KB210008

두리안의 맛

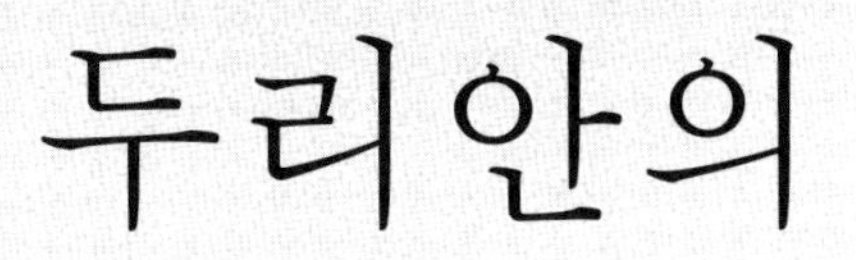

맛

김의경
소설

은행나무

차례

순간접착제

우리는 공장으로 향하는 셔틀버스 안에서 서로의 어깨와 머리를 포개고 졸았다. 공장까지는 한 시간 반이 걸렸다. 왕복 세 시간을 길에다 버리는 셈이었다. 예은은 차가 급정거하는 바람에 앞으로 기운 몸을 원위치로 되돌리며 말했다.

"2번 출구에 마카롱 카페 생긴 거 알아? 어제 하나 사 먹었는데 맛있더라."

"스윗마카롱보다?"

"응. 그리고 개당 500원이나 더 싸."

나는 눈을 감은 채로 웃으며 말했다.

"사장 언니 똥줄 타겠네."

우리는 버스에서 내리자마자 탈의실로 뛰어들어갔다. 탈

의실은 좁아터졌으므로 최대한 빨리 들어가야 편하게 옷을 갈아입을 수 있었다. 우리는 경쟁이라도 하듯 빠른 속도로 작은 캐비닛에 옷과 가방을 쑤셔넣은 뒤 하늘색 속모자를 뒤집어썼다. 흰색 위생 바지를 다리에 꿰고 위생모가 달린 상의를 걸치자 우리는 우주인으로 변신했다. 나는 탈의실에서 나가려는 예은을 불러세워 삐져나온 상의를 바지 속으로 집어넣어줬다. 나도 앞치마를 두르고 토시를 낀 다음 예은을 앞질러 나갔다.

문을 열고 나오자마자 오른쪽 책상에 놓인 마스크를 집어 착용했다. 작업장이 있는 지하로 내려가기 전에 마스크를 미리 써야 했다. 반장 아줌마는 코가 마스크 밖으로 절대로 나오면 안 된다고 강조했다. 코로나가 시작된 이후로 계속 그랬지만 공장에서는 특히 '코'가 굉장히 더러운 물건처럼 여겨졌다. 처음에는 이렇게 갑갑한 복장으로 어떻게 일을 하나 걱정했지만 닷새가 지난 지금은 그럭저럭 적응이 되어서 견딜 만했다. 갑갑한 채로 일하다가 휴식 시간에 위생모를 벗으면 해방감마저 느꼈다. 마치 그 순간을 만끽하기 위해서 일한 것처럼.

서너 걸음 앞으로 가자 검문소처럼 계단참 양옆을 지키고 선 남녀가 보였다. 처음 보는 아저씨가 껌을 씹으며 손톱을 깎고 내려가라고 말하자 예은이 자신의 손을 내려다봤다. 지난겨울 함께 드러그스토어에서 테스터로 바른 보라색 매니큐어가 예은의 손톱 끝에 남아 있었다. 나는 비치된 손톱깎이로 예은의 손톱을 깎아줬다. 예은은 요즘 대체로 멍했다. 투병 중인 엄마 때문만은 아닐 것이다. 예은은 학교를 그만둬야 할지도 몰랐다.

우리는 지하로 내려가 신발장에서 위생화를 꺼내 신은 뒤 돌돌이 테이프로 몸에 붙은 먼지를 제거했다. 알바인데 이렇게까지 해야 하나 생각될 정도로 반장은 복장과 위생에 대해 주의를 여러 번 주었다.

"위생복 철저하게 갖춰 입어야 하고, 첫째도 청결 둘째도 청결, 먼지하고 머리카락 하나도 남으면 안 돼. 들어가서 손 들어."

나는 손을 들고 예은에게만 보이게 총 맞는 시늉을 했다. 예은이 킥킥대며 웃자 반장이 얼굴을 찡그리며 재촉했다. 유리문을 열고 에어 샤워기 안으로 들어서는 순간, 누군가 슬며시 우리 뒤를 따라 들어왔다.

"바쁘니까 같이 해."

나는 그녀와 눈이 마주친 순간 흠칫 놀랐다. 눈가에 주름이 자글자글했다. 설마 할머니? 탈의실에서 만난 사람들은 대부분 오륙십대 아줌마들이었지만 눈앞의 여자는 나이가 훨씬 많은 것 같았다. 셋이 들어가기에는 좁은 공간이었다.

나는 예은을 잡아끌어 한쪽에 섰다. 어딘가에 눈동자가 달려 있어 우리를 내려다보는 것 같아 긴장이 되었다. 할머니는 양손을 들더니 콧노래를 흥얼거리며 어깨춤을 췄다. 우리는 할머니를 보며 웃다가 서로 마주 본 채로 손을 들었다. 그 순간 사방에서 쉭, 소리가 나며 거센 바람이 나오기 시작했다. 저절로 눈이 감겼다. 우리는 눈을 감은 채로 웃었다. 30초 정도 나오던 바람이 뚝 끊겼다. 바람이 멈추자 웃음도 멈췄고, 몸 안의 끈적하고 텁텁한 감정도 함께 털려나간 듯했다. 문이 열리자마자 할머니는 잽싸게 밖으로 나갔고 세면대에서 손을 씻은 뒤 사라졌다. 우리도 세면대로 다가갔다. 수도꼭지가 하나 달린 작은 세면대였다. 세정제를 손에 묻혀 솔을 이용해 거품을 낸 다음 손톱 밑까지 벅벅 문지르고, 발로 바닥에 있는 버튼을 눌러 물이 흘러나오게 한 뒤 번갈아 손을 씻었다. 건조기에 손을 말리던 예은이 하품을 하며 말했다.

"이러다가 정말 사라지는 거 아니야?"

씻고 씻고 또 씻고. 소독하고 소독하고 또 소독하고. 더러운 것이 전부 빠져나가면 언젠가 몸이 먼지가 되어버릴 것 같았다. 따지고 보면 몸에 더럽지 않은 부분이 있던가. 머리카락이 빠지고 손발톱이 뽑혀나가고 내장기관마저 빠져나가면 껍데기만 남은 몸은 주저앉아 평평해진 다음 썩어서 흙이 되겠지. 나는 그런 상상을 하며 손을 건조기로 말린 뒤 손

소독기에 집어넣었다. 드디어 작업장으로 들어가라는 반장의 지시가 떨어졌다. 비로소 삼각김밥을 만들 준비가 완료된 것이다.

안으로 들어서자 공장 특유의 활기가 느껴지며 온갖 음식 재료 냄새가 코를 찔렀다. 삼각김밥을 만들 때는 딴청을 피울 시간이 없었다. 기계와 함께하는 작업이었다. 기계가 퍼준 밥에 불고기, 소고기고추창 같은 소를 넣어야 했다. 내 앞으로 오는 밥을 하나라도 놓치지 않으려고 긴장한 탓에 일하는 내내 팔과 어깨가 뻐근했다. 김밥에 들어가는 재료가 바뀔 때마다 계속해서 일회용 비닐장갑을 바꿔 껴야 했다. 반장의 말에 의하면 바람처럼 빠른 속도로. 다 쓴 비닐장갑은 작업대 옆에 놓인 대형 쓰레기통에 버렸는데 시간이 갈수록 높이 쌓여갔다. 예은은 비닐장갑이 겹겹이 쌓이다 무너지는 광경을 지켜보다가 불량을 냈다. 그럴 때마다 반장은 예은의 뒤로 다가가 귓가에 손뼉을 치며 정신 차리라고 말했다.

잠시 기계가 멈췄을 때 옆 라인의 예은에게 다가가 말을 건 나는 흠칫 놀랐다. 예은이 아니었다. 에어 샤워기 안에서 만난 할머니였다. 나는 침을 삼키며 그녀의 오른쪽 눈 아래에 얼룩진 갈색 점을 물끄러미 내려다봤다. 할머니도 내 눈을 멍하니 쳐다봤다. 나는 황급히 물러서며 말했다.

"여기 있던 여학생 못 보셨어요?"

할머니가 웃음을 흘리며 말했다.

"도망갔나보지."

그녀는 CCTV와 반장을 피해 쭈그려 앉더니 마스크를 슬쩍 내리고 코를 푼 뒤 재빨리 다시 마스크를 올렸다. 정말 할머니였다. 하회탈처럼 얼굴에 주름이 가득했다. 할머니는 말할 때마다 칙, 바람 빠지는 소리를 냈다. 나는 고개를 돌려 예은을 찾다가 다시 내 자리로 돌아왔다. 반장은 나보고 잠시 쉬라고 하더니 할머니를 불렀다. 내 자리에 선 할머니가 장갑을 바꿔 끼며 말했다.

"내가 가장 좋아하는 전주비빔밥이네."

원체 구부정하게 등이 굽은 할머니가 몸을 조금 더 굽혀 준비 자세를 취하더니 펼쳐진 밥 위에 새빨간 소를 올리기 시작했다. 작업대 밑에서 행주를 꺼내 앞치마를 닦던 나는 눈을 부릅떴다. 할머니의 손은 부채질이라도 하는 것처럼 움직임이 빨랐다. 밥 위에 놓인 소도 하나하나 중량을 달아 올린 것처럼 모양과 크기가 일정했다. 그녀는 춤이라도 추는 듯 흥을 얹어 일하고 있었다. 얼마나 일하면 저렇게 자연스럽게 할 수 있을까. 할머니라고 우습게 볼 것이 아니었다. 할머니는 나보다 속도가 갑절은 빨랐다. 어쩌면 이 일을 하다가 자세가 고정되어 등이 굽은 건지도 몰랐다. 비닐장갑을 바꿔 끼던 할머니는 삼각형 몰드에서 모양이 잡혀 나온 밥이 김을 만나기 위해 앞으로 나아가는 것을 보며 말했다.

"아이고, 귀여워라. 줄 맞춰서 학교 가는 아이들 같네."

나는 점심시간을 알리는 벨이 울리기가 무섭게 탈의실로 달려가 작업복을 벗고 지하 식당으로 내려갔다. 아침을 제대로 못 먹고 온 탓에 허기가 졌다. 밥을 입에 넣는 순간 누군가 앞자리에 식판을 놓고 앉았다. 아까 그 할머니였다. 하늘색 속모자를 벗은 할머니는 파마기가 없는 푸석한 머리를 어깨까지 늘어뜨린 상태였다. 검은 머리칼이 단 한 올도 없는 백발노인은 장난기 어린 표정 덕분에 언뜻 연극배우처럼 보였다. 할머니는 수다스러웠다. 음식을 씹으면서도 쉼없이 말을 했다. 덕분에 바람 빠지는 소리의 근원지를 찾을 수 있었다. 할머니는 유치가 빠지기 시작한 어린아이처럼 위아래 앞니가 없었다. 할머니는 원래 취반실에서 일한다고 했다. 자신은 주로 교반기를 담당하는데 가끔은 삼각김밥 라인에 투입된다고 했다. 초보들이 서툴러서 자신이 시범을 보여야 한다나 뭐라나. 할머니는 내게 나이가 몇이냐는 둥, 왜 아르바이트를 하느냐는 둥 다른 아줌마들도 돌아가며 했던 질문을 했다. 내가 웃음으로 답변을 대신하자 할머니가 말했다.

"지난달에도 학생 또래 여자애들이 왔었는데 반나절 하고 집에 갔어. 너무 힘들어서 도저히 못하겠대."

그때 식판을 든 예은이 다가와 옆자리에 앉았다.

"대체 어디 갔었어? 찾았잖아."

나는 구원투수라도 만난 것처럼 예은이 반가웠다. 예은이 식판을 내려놓으며 말했다.

"취반실에 투입됐어. 교반기 돌아가는 거 재밌더라."

나는 예은을 빤히 쳐다보는 할머니에게 물었다.

"여기는 왜 젊은 사람이 없어요? 평균 나이가 60세 정도는 되는 것 같아요."

"젊은 사람이 왜 없냐고? 며칠 일했으니 알 텐데? 반나절만 해도 다리 아프고 허리 쑤시잖아. 여기서 일하는 사람들은 다 허리도 안 좋고 하지정맥류야. 젊은 애들이 와도 일주일 이상 버티질 못해. 오래 붙어 있는 건 나 같은 노인네뿐이야. 내가 몇 살로 보여?"

할머니는 마법의 주문이라도 알려줄 듯이 뜸을 들이다가 주먹 속에 숨긴 손가락 중 일곱 개를 펴서 내밀며 말했다.

"일흔이야 일흔. 반장한테 잘 보여서 지금까지 버티고 있지."

나이 든 사람이 많은 건 사실이었지만 할머니는 그중에서도 최연장자인 것 같았다. 할머니는 자세가 구부정하고 얼굴에 주름이 많아서인지 더 나이 들어 보였다. 나는 두부처럼 통통한 할머니의 손을 물끄러미 쳐다봤다.

"손이 작지? 여기서 9년 일했더니 줄어들었어. 거품 비누랑 소독제를 오래 쓰면 피부가 녹거든. 처음에는 각질을 벗기고 지문을 없애다가 나중에는 살을 녹이고 뼈를 흐무러지게 만들어."

"정말요?"

할머니는 입술을 들어 이가 듬성하게 빠진 잇몸을 보이며 말했다.

"농담이야, 농담. 로션을 잘 안 발라서 그렇지 뭐."

그녀는 손나팔을 하더니 목소리를 낮췄다.

"여기 있는 아줌마, 할마시들 잘 봐봐. 다 메주지? 젊고 예쁜 여자들은 다 거기에 있어."

"거기요?"

"노래방. 사십대까지는 노래방 도우미로 빠지지. 춤추고 노래 잘하면 돼. 그런 곳에 오는 사내들은 얼굴도 안 따지고 젊은 여자면 다 좋아한대."

할머니가 또 칙, 소리를 내며 웃었다.

"그냥 들은 얘기야."

우리는 할머니를 따라 어색하게 웃었다. 할머니가 손을 뻗어 내 손을 잡으며 말했다.

"좀 만져봐도 돼? 얼마나 좋아. 이렇게 젊은 손으로 못할 게 뭐가 있겠어."

나는 슬그머니 손을 뺐다. 안 그래도 코로나 때문에 예민한데 낯선 사람이 몸을 만지는 게 싫었다. 할머니는 예은이 남긴 햄을 젓가락으로 집어 입에 넣으며 말했다.

"조금이라도 젊을 때 좋은 일자리 알아봐. 이렇게 젊고 예쁜데 왜 이런 데서 일해?"

예은의 눈썹이 살짝 치켜올라갔다. 무슨 상관이야, 하는 눈빛이었다. 내가 생각하기에도 예은은 이곳에서 일하기에는 젊고 예뻤다. 마음만 먹으면 좀 더 편하고 시급이 높은 알바를 구할 수도 있었다. 하지만 코로나 때문에 다 부질없는 말이었다. 지금은 공장에서 버티는 게 최선이었다. 나는 웃으며 말했다.

"우리는 반년 잡고 들어왔어요. 휴학했거든요. 잘 맞으면 1년 이상 할지도 몰라요."

그 순간 할머니의 미간에 주름이 선명하게 그어졌다. 할머니는 무슨 말을 하려다가 한숨을 작게 내쉬며 자리에서 일어났다. 할머니가 식판을 들고 퇴식구로 가자 예은이 말했다.

"저 할머니하고 말 섞지 마."

"말을 거는데 어떡해?"

"저 할머니 보이는 거하고 다르대. 심보가 고약하대."

예은은 더 이상 말하고 싶지 않다는 듯 무선 이어폰을 귀에 꽂으며 숟가락을 내려놨다. 나는 후식으로 나온 방울토마토 세 개를 주머니에 넣으며 자리에서 일어났다.

공장 뒤뜰에 놓인 등나무 벤치에 앉아 방울토마토를 꺼냈다. 방울토마토에 붙은 꼭지를 뗀 뒤 내 무릎을 베고 누운 예은의 입에 넣어줬다. 내 입에도 하나 넣고 씹으며 우리가 마흔이 넘어서도 함께 일한다면 어떻게 될까 생각했다. 나는 그 나이에도 공장에 다니고 있을까. 노래를 잘하는 예은은 노래방 도우미가 되어 있을지도 모른다. 나도 예은과 함께 노래방 도우미를 하고 있을까. 나이 든 여자 둘이서 2인 1조 노래방 도우미라니. 비참한 상상이었지만 할머니의 말대로라면 그것이 최악의 상황도 아닌 모양이었다.

바람이 불어 머리 위 포도송이 같은 연보랏빛 등나무 꽃을 흔들자 꽃향기가 은은하게 번졌다. 공장에 이런 공간이 있다는 게 믿기지 않았다. 이곳에서 사람들을 바라보면 마음이 차분해졌다. 모든 것이 자연 속에서 일어나는 일처럼 느껴졌다. 담배를 피우는 아저씨들도, 아저씨들 옆에서 기지개를 켜고 허리를 돌리는 아주머니들도 저마다의 사연이 있는 사람들로 보였다. 내가 다니는 대학교에도 인문대 앞에 등나무 벤치가 있다. 이렇게 등나무 밑에 앉으면 다시 학교에 다니고 공부를 시작할 수 있을 것 같았다.

예은이 몸을 일으키며 말했다.

"교반기 구경하러 가자."

우리는 탈의실로 이동해 위생복만 대충 걸치고 취반실로 달려갔다. 취반실 문을 열자 익숙한 냄새가 풍겨왔다. 태어나서 수도 없이 맡은 냄새였지만 낯설게 느껴졌다. 나는 감탄사를 내뱉으며 코를 벌름거렸다. 한 아저씨가 벌써 일을 시작한 상태였다. 철제 프레임 위에 서른 개가 넘는 커다란 무쇠솥이 네 줄로 정렬해 있었고 교반기 한 대가 돌아가고 있었다. 예은은 밥솥들을 보며 흐뭇하다는 듯이 말했다.

"이 녀석들이 하루에 몇만 명 분의 밥을 짓는다고."

많은 양의 밥을 한꺼번에 지으면 이렇게 기분 좋은 냄새가 난다는 건 처음 알았다. 아저씨가 밥솥을 열고 참기름을 뿌리자 고소한 냄새가 진동을 했다. 나는 코로 숨을 크게 들이마시며 교반기에서 새하얀 밥이 두루마리 화장지처럼 쏟아지는 것을 쳐다봤다. 윤기 나는 흰쌀밥을 보자 식사를 마쳤는데도 한 줌 손에 쥐고 맛보고 싶었다. 예은이 손목을 돌리며 말했다.

"나 오늘 하루 종일 이 산더미 같은 밥에 빨간 양념 섞는 일을 했어. 땀복 입은 것처럼 땀이 줄줄 흐르더라. 그 할머니가 어깨가 아프다고 해서 반장이 오늘 하루 나하고 바꾸게 한 거 같아."

아저씨가 밖으로 나갔을 때 나는 주위를 둘러보며 말했다.

"여기 일은 할머니가 하기엔 힘들 거 같아. 삼각김밥 라인은 손동작만 반복해도 되는데 여기는 힘쓰는 일이 많잖아."

"그런데도 그 할머니 바득바득 여기서 일하겠다고 우긴대. 안 잘리려고 용쓰는 거지. 얼마나 일을 잘하면 아줌마, 아저씨들이 은근히 그 할머니하고 나를 비교하더라. 어떻게 젊은 사람이 할머니보다 힘을 못 쓰냐고."

예은은 자기를 따라오라고 하더니 열을 지은 밥솥들의 맨 뒷줄로 이동해 바닥에 엎드렸다. 그리고 네 발로 앞으로 기어나가기 시작했다. 나는 영문도 모르고 따라서 기었다. 막다른 곳에 다다르자 예은은 자리에서 일어나 문고리를 돌렸다. 그곳에는 작은 창고가 있었다. 안에는 대형 플라스틱 상자가 겹겹이 높게 쌓여 있었고 싱글 사이즈 매트리스도 놓여 있었다. 예은은 운동화를 벗더니 주머니에서 순간접착제를 꺼내 반쯤 떨어진 운동화 밑창에 바르고 운동화 코를 손으로 눌렀다. 그리고 매트리스에 드러누우며 점심시간이 끝날 때까지 여기서 잠시 눈을 붙이자고 했다. 내가 옆에 눕자 예은은 눈을 감은 채로 작게 중얼거렸다.

"여기 있으니까 마음이 편해. 저 안으로 들어가고 싶어."

"어디? 무쇠 밥솥 속으로?"

"응. 쌀 한 톨이 돼서 밥으로 태어나고 싶어."

농담이라기엔 표정이 진지했다.

"뭔가 쓸모 있는 사람이 되고 싶어."

네가 왜 쓸모없냐고 말하려고 했지만 예은은 주머니에서 무선 이어폰을 꺼내 귀에 꽂았다. 그 순간 뒤쪽에서 무언가 떨어지는 소리가 들렸다. 갑작스런 인기척에 우리는 자리에서 일어났다. 플라스틱 상자 탑 뒤에서 할머니의 머리가 불쑥 나오자 소름이 돋았다. 예은이 짜증 섞인 목소리로 말했다.

"거기서 뭐 하세요?"

할머니는 칫솔이 담긴 종이컵을 든 채 문으로 다가가며 말했다.

"뭘 하다니? 여긴 원래 내 아지트야. 밥 먹고 늘 여기서 낮잠을 잔다고. 예고도 없이 들이닥친 건 너네지."

전혀 당황하지 않는 할머니를 보니 잘못한 사람은 우리인 것 같았다. 예은은 할머니가 나간 뒤 크게 한숨을 내쉬며 말했다.

"저 할머니 저 나이에 여기서 이러고 있는 걸 보면 형편이 안 좋은 거겠지?"

할머니를 이해해보려고 애쓰는 표정이었다. 아무래도 그럴 것이다. 할머니와 나이가 비슷한 우리 외할머니는 때때로 공공 근로를 하거나 폐지를 팔았지만 용돈벌이였다. 외할머니가 이런 공장에서 종일 일하는 건 상상조차 할 수 없었다.

오후 근무 때는 반장의 지시로 금속탐지기 앞에 섰다. 다 만들어진 김밥은 금속탐지기를 거쳐야 했다. 수천 개의 김밥이 쉴 새 없이 탐지기를 통과했다. 예은은 가까이 다가가 구경했지만 나는 멀찍이 서 있었다. 중량이 모자란 삼각김밥은 자동 중량 선별기에 의해 불량으로 분류됐다. 우리는 기계가 자동으로 잡아낸 불량품들을 다른 곳으로 옮기는 일을 했다.

일이 끝나자 반장은 우리에게 다가와 6시가 되었으니 초짜는 이제 가보라고 했다. 예은은 반장에게 김밥을 좀 가져가도 되느냐고 물었다. 반장은 불량은 전부 버리게 되어 있다면서 절대로 가져가면 안 된다고 했다. 탈의실로 이동하려는 우리를 할머니가 불러세웠다. 그녀는 손가락으로 한 곳을 가리키며 저쪽에 있는 건 조금 가져가도 된다고 했다. 나는 삼각김밥 여섯 개를 품에 넣다가 한 개를 바닥에 떨어뜨렸고, 그것을 주우려고 허리를 구부리다가 모조리 떨어뜨렸다. 떨어뜨린 삼각김밥을 주워 든 나는 아줌마들과 눈이 마주쳤다. 왠지 나를 비웃는 것 같아 잠시 머뭇거렸다. 우리는 양 소매에 각각 하나씩만 숨겨 탈의실로 이동했다. 탈의실로 따라 들어온 할머니는 구석에 앉아 무언가를 들여다봤다. 로또 용지였다. 예은은 자물쇠 번호를 손으로 누르며 할머니에게 연장 근무는 몇 시까지 하느냐고 물었다. 할머니는 양손을 들더니 오른손 새끼손가락을 굽혀 9시라고 답했다. 나는 옷을 갈아입으며 로또에 당첨되신 적이 있느냐고 물었다. 할머니가 하품을 하며 답했다.

"아니. 꼭 당첨이 되려고 사? 이걸 사면 일주일을 견딜 수 있으니까 사는 거지. 발표 나는 날까지 설레잖아."

할머니는 연장 근무가 시작되기 전에 잠시 쉬어야겠다면서 모로 누웠다. 할머니는 신기할 정도로 금세 잠들더니 숨소리도 내지 않고 단잠을 잤다. 나는 탁자 위에 놓인 담요를 펼쳐 할머니를 덮어주었다. 갓난아이처럼 쌔근대는 할머니를 보며 나는 언젠가 할머니가 이곳에서 사라지지 않을까 생각했다. 삼각김밥이 몰래 사라지듯이 쥐도 새도 모르게. 교반기 뒤에 있는 등받이 의자에 기대어 고개를 주억거리며 졸다가 교반기 안으로 쓰러져 뜨거운 밥 속에서 흐물흐물 녹아버리는 거다. 교반기 안에서 할머니의 몇 개 남지 않은 이가 발견되겠지만 아무도 할머니가 실종됐다는 것을 눈치채지 못할 거다.

건물 밖에서는 아줌마들이 한곳에 모여 커피를 마시고 있었다. 우리를 따라 나온 반장이 우리에게 내일 연장 근무를 할 수 있느냐고 물었다. 예은이 집이 멀어서 연장 근무는 힘들다고 답하자 반장은 그럼 그렇지, 하는 표정으로 고개를 저었다.

집에 올 때는 주임의 차를 얻어탔다. 돌이 지난 딸 자랑을 하던 그는 우리를 지하철역에 떨궈줬다. 나는 차에서 내리자마자 계단을 뛰어내려갔다. 닫히려는 지하철 문 틈으로 간신히 들어간 뒤 숨을 몰아쉬며 주위를 둘러보니 예은이 보이지 않았다. 지하철 문 밖에서 울상을 짓고 있는 예은이 휴대폰을 귀에 댄 채로 나를 보고 있었다. 나는 손짓과 입 모양으로 다음 역에서 기다리고 있겠다고 전한 뒤 다음 역에 내려 예은을 기다렸다. 예은이 탄 열차가 도착했고, 예은은 지하철에 다시 오른 내 품에 어린아이처럼 뛰어들었다. 왜 그러냐고, 무슨 일이 있느냐고 물었더니 울음 섞인 답변이 돌아왔다.

"아저씨하고 통화했는데 엄마 수술이 잘 안 됐대."

사람들이 우리를 쳐다봤다. 나는 품에서 예은을 떼어내려 했지만 예은은 나를 놓아주지 않았다. 나는 잠시 예은을 안은 채로 가만히 있었다. 누군가 순간접착제로 우리를 붙여놓은 것 같았다. 강제로 떼어내려다가는 상처가 날 것 같은 섬뜩한 느낌이었다.

예은의 엄마는 암 투병 중이었다. 5년 전에 수술을 했는데 최근에 재발했고 이제는 정말 마음의 준비를 해야 하는 상황인 모양이었다. 예은의 엄마와 아저씨는 정식으로 결혼한 것이 아니기 때문에 엄마가 죽으면 예은은 홀로 남겨지는 셈이었다.

우리는 지하철 좌석에 나란히 앉아 서로의 어깨와 머리를 포갠 채로 눈을 감았다. 색색의 마카롱이 눈앞을 스쳐지나갔다. 나는 대학에 입학하자마자 빵집과 카페로 범위를 좁힌 뒤 파트타임 아르바이트를 알아봤다. 많은 곳을 거쳤지만 '스윗마카롱'만큼 마음이 가는 곳은 없었다. 우리보다 세 살 많은 사장 언니는 친절했고 무엇보다 일 자체가 재미있었다. 여동생이 대학에 들어가던 해, 나는 휴학을 하고 1년 동안 스윗마카롱에서 일했다. 가정 형편이 좋지 않아 형제들이 번갈아가며 학교를 다닐 수밖에 없었다.

나는 일곱 평 남짓의 그 작은 카페에 들어서는 순간 설레었다. 아르바이트 시간을 기다려보기는 처음이었다. 예은은 오전 타임, 나는 오후 타임 알바였다. 마카롱 제조는 사장 언니가 직접 했다. 우리는 음료를 제조하고 손님 응대를 했다. 주문이 많을 때는 우리도 마카롱 제조를 도왔다. 마카롱을 만드는 건 쉽지 않았지만 정성을 들여 예쁘고 달콤한 것을 만들어낸다는 것이 좋았다. 삼각김밥을 만드는 중에도 자꾸만 그곳이 생각났다. 봐도 봐도 질리지 않던 마카롱, 퍽퍽한 현실을 잊게 해주던 달콤하고 나른한 냄새, 피아노 선율 사이로 들려오던 스탠드 믹서기 돌아가는 소리, 짤주머니를 눌러 쉼표를 찍듯이 꼬끄 위에 필링을 짜 올리던 언니의 손놀림, 손님이 들어올 때마다 울리던 풍경 소리…… 그런 것들이 떠오를 때면 공장에서의 하루가 더욱 고되게 느껴졌다.

예은은 교대 시간에 때때로 카운터 아래에 주저앉아 순간접착제로 운동화 밑창을 붙였다. 새 운동화를 사라고 말하면 알바비도 쥐꼬리만 한데 운동화 살 돈이 어디 있느냐면서 고개를 저었다. 그래서 나는 일주일에 한두 번은 마카롱 냄새에 섞여드는 순간접착제 냄새를 맡아야 했다. 미간을 찡그리게 되면서도 조금은 안도가 되는 냄새였다.

코로나가 시작되면서 이 완벽한 세계에 균열이 생겼다. 경쾌하게 울리던 풍경 소리가 들리지 않자 언니의 얼굴은 가면이라도 쓴 것처럼 무표정해졌다. 언니는 우리에게 한 시간 늦게 나오라는 문자를 보내기도 했고 한 시간 일찍 들어가라고 말하기도 했다. 언니는 초보나 하는 실수를 반복했다. 꼬끄 표면에 크랙이 생기거나 꼬끄 속이 꽉 차지 않고 뻥 뚫리는 '뻥카롱'이 자꾸만 나오는 바람에 불량이 늘어났다. 대체 무슨 정신인지 언니 스스로 매번 강조했던, 마카롱을 만들 때 가장 중요한 단계라는 '마카로나주'에서 계속 실패하고 있었던 것이다. 마카로나주는 머랭에 마른 재료를 넣고 반죽을 주걱으로 세게 누르듯이 저어 섞는 과정이었다. 마카로나주를 너무 적게 하면 오븐에서 구울 때 꼬끄 표면이 갈라지거나 부서졌고, 너무 과하게 하면 오븐 팬에 반죽을 올릴 때 납작하게 퍼졌다.

지하철역 출구를 향해 올라가는 에스컬레이터 위에서 예은이 말했다.

"오늘 우리 집에서 자면 안 돼?"

나는 잠시 망설이다가 고개를 끄덕였다. 나는 여동생에게 예은의 집에서 자고 간다는 문자를 남기며 엄마에게 잘 말해 달라고 부탁했다. 예은이 한숨을 쉬며 말했다.

"이보다 나쁠 수는 없을 거야."

정말 이보다 나쁠 수는 없을 것 같았다. 안 좋은 상황에 코로나까지 겹쳤다. 코로나 때문에 힘들게 찾은 만족스러운 알바 자리를 잃고 공장으로 내몰렸다. 복학을 언제 할 수 있을지도 알 수 없었다.

예은의 집으로 가는 길에 스윗마카롱을 지났다. 영업 시간인데 입간판이 보이지 않는 것을 보니 일찍 문을 닫은 모양이었다. 그런데 이상했다. 'CLOSED' 팻말이 걸려 있는데도 카페 안에서 불빛이 새어나왔다. 나는 유리문에 얼굴을 붙인 채로 안을 들여다봤다. 언니는 심각한 표정으로 노트를 들여다보고 있었다. 그 순간 몸이 앞으로 기울면서 풍경 소리가 작게 울렸고, 나는 예은의 손을 잡은 채로 달렸다. 내리막길을 지나 평지에 다다랐을 때 예은이 숨을 몰아쉬며 말했다.

"들켰어?"

"아니. 못 본 것 같아."

"알바 구했을까? 하루 두 시간만 일해도 되는 애들로. 그런 애들 부러워. 그거 갖고는 월세만 겨우 낸다고."

우리는 사장 언니를 좋아했다. 세련된 외모에 손재주가 좋은 언니를 좋아하지 않을 수 없었다. 대학을 졸업하자마자 부모의 반대를 무릅쓰고 창업을 했다는 언니는 종종 일본인 남자친구와 일본어로 영상통화를 했다. 나는 다양하게 변하는 언니의 표정을 보며 두 사람 사이에 오가는 부드럽고 달콤한 말의 뜻을 유추해보곤 했다. 언니는 인기 아이돌의 메인 보컬을 닮았지만 아이돌이라면 절대로 입지 않을 옷만 입었다. 엄마 옷을 대충 걸치고 나온 것처럼 몸매가 드러나지 않는 옷들 말이다. 언니는 마카롱 만드는 방법을 알바생인 우리에게 틈틈이 알려줬다. 나라면 어렵게 습득한 기술을 그렇게 쉽게 알려주지 않았을 것이다.

그런 언니가 단톡방에 다음날 하루만 예은은 오후 12시에서 3시까지, 나는 3시에서 6시까지 세 시간씩만 나오라는 메시지를 남겼다. 나는 이튿날 20분이나 일찍 카페에 나갔다. 예은과 함께 사장 언니 욕을 실컷 할 생각이었다. 하지만 그날은 언니가 교대 시간에도 카페를 지키고 있었다. 언니는 여기저기 전화를 걸어 돈을 빌려달라고 했다. 언니가 담배를 피우기 위해 카페 밖으로 나갔을 때 예은은 운동화 밑창에 순간접착제를 바르며 말했다.

“정말 좆같아서 못해먹겠네. 겨우 세 시간 일하려고 씻고 화장하고 나오는 거 아니거든.”

"며칠 동안만이겠지. 요즘 손님이 너무 없잖아."

그 순간 언니가 문을 밀고 들어왔다. 언니는 심각한 표정으로 오랜 시간 고민했을 말을 꺼냈다.

"앞으로는 낮엔 12시에서 2시까지 두 시간, 저녁엔 7시에서 9시까지 두 시간만 아르바이트를 쓸 수밖에 없을 것 같아."

피크 타임에만 알바를 쓰겠다는 뜻이었다. 예은이 따지듯이 물었다.

"그러니까 우리는 순간접착제 같은 거네요? 카페가 망하지 않게 최소한만 일을 시켜서 임시로 지탱하는 거잖아요."

언니는 부서진 마카롱 같은 얼굴로 말했다.

"그렇게 말하니 내가 더 미안하잖니."

언니는 의자에 주저앉으며 이마에 손을 얹었다. 언니의 커다란 눈에 눈물이 차올랐다.

"이대로라면 반년도 버티지 못해."

언니가 카페를 둘러보며 말했다.

"여기 인테리어 하나하나 내가 직접 한 거야. 이렇게 금세 접을 줄 알았으면 대충 하는 건데. 대출받아서 급한 불은 꺼놨는데 오래 못 버틸 거야."

"하루에 두 시간 일하면 용돈도 못 벌어요. 저 카드빚 갚아야 해요. 오늘까지만 할게요."

예은은 그렇게 말한 뒤 문을 열고 밖으로 나갔다. 나도 언니를 한 번 노려본 뒤 유리문에 달아놓은 풍경 소리가 잦아들기 전에 예은을 따라 나갔다. 인사도 제대로 하지 못하고 나왔다. 쫓겨난 것도, 도망친 것도 아니었다. 그런데도 부서진 기분이었다. 누군가 우리를 뭉개서 내다버린 것 같았다. 땅에 떨어져 산산조각이 나버려서 주워 먹을 수도 없는 마카롱이 된 것 같았다.

멀리 가지도 못하고 발을 헛디디며 멈춰 선 예은은 길가의 벤치에 앉더니 가방에서 순간접착제를 꺼냈다. 나는 예은의 옆에 앉으며 말했다.

"둘 다 갑자기 그만뒀으니 당분간 알바 없이 힘들겠지?"

예은이 말했다.

"전보다 손님이 줄었으니 그렇지도 않겠지 뭐."

우리는 마주 보고 웃었다. 나는 가방을 열어 카페에서 챙겨 온 흠집 난 황치즈 마카롱을 꺼내 예은에게 건넸다. 내 입에도 뭉개진 앙버터 마카롱을 넣었지만 하나도 달게 느껴지지 않았다. 나는 예은의 운동화 코를 손으로 누르며 말했다.

"월급 받으면 운동화부터 사. 알았지?"

나는 언니에게 매몰차게 대한 것을 뒤늦게 후회했다. 다시는 언니하고 대화를 나누지 못한다는 것이 일자리를 잃은 것보다 더 속상했다. 판매할 수 없는 마카롱을 먹으며 대화를 나누지 못한다는 것이. 이상해요, 언니. 부서진 게 더 맛있는 거 같아요. 나는 그렇게 말하며 언니에게 흠집 난 것을 좀 가져가면 안 되느냐고 물었고 언니는 불량품을 줄 순 없다면서 반값에 줄 테니 판매 중인 마카롱을 사 가라고 했다. 나는 언니 몰래 흠집 난 마카롱을 몇 개씩 슬쩍했다. 이렇게 맛있는 마카롱이 쓰레기통에 들어가는 것을 견딜 수 없었다.

예은이 허공에 대고 말했다.

"이제 어디로 가지?"

솔직히 어딜 가든 마찬가지였다. 전에 일했던 호프집 사장은 최저 시급이 인상되자 근무 시간을 줄여 균형을 맞추려 했다. 나중에는 아들이 일하기로 했으니 그만 나와달라고 부탁했다. 편의점에서 일했던 예은은 주휴 수당을 주지 않으려고 하루 두 시간만 일을 시키는 점주의 횡포를 알면서도 견뎠다. 이제 코로나까지 겹쳤으니 좋은 알바 자리를 구하는 건 불가능해 보였다. 예은은 이렇게 된 거 차라리 공장에 들어가자고 했다. 공장은 이른아침부터 저녁까지 꽉 채워서 일하니 좀 힘들어도 반년 정도 빡세게 일하면 목돈을 손에 쥘 수 있지 않겠냐면서. 그때 눈에 들어온 것이 식품 공장 구인 광고였다. 우리의 눈은 '삼각김밥 생산'이라는 문구에 고정되었다. 가난한 대학생인 우리도 매일 하나씩은 사 먹는 삼각김밥. 우리는 삼각김밥 공장이 망할 일은 없을 거라고 생각했다.

나는 잠자리에 들기 전에 공장에서 가져온 참치마요 삼각김밥을 가방에서 꺼냈다. 저녁을 대충 먹어서인지 출출했다. 절취선을 뜯고 오른쪽 비닐과 왼쪽 비닐을 제거한 뒤 꼭꼭 씹어서 목으로 넘겼다. 참치마요는 양이 많지 않고 자극적이지 않아서 야식으로 적합했다. 예은은 삼각김밥은 냄새만 맡아도 지겹다고 했으면서 두 개나 먹고 이를 닦은 뒤 이불 안으로 들어와 금세 잠들었다. 예은은 공장에서 일한 이후로는 최소한 도중에 깨어나지 않고 편히 잔다고 했다. 나도 말차 마카롱을 떠올리며 잠을 청했다. 아이러니하게도 스윗마카롱에서 가장 인기 있는 제품은 달지 않은 말차 마카롱이었다. 언니는 말차 마카롱 레시피만은 알려주지 않았다. 스윗마카롱에서 2년 이상 일하면 알려주겠다고 했다. 그래놓곤 붙잡지도 않다니. 나는 누구에게 향하는지 모를 원망의 말들을 내뱉으며 눈물을 훔쳤다.

이튿날, 눈을 뜨자마자 불길한 기분에 휩싸였다. 시간을 확인하니 셔틀버스가 도착하기까지 겨우 10분이 남아 있었다. 이도 닦지 않고 뛰쳐나간 우리는 간발의 차로 셔틀버스에 오를 수 있었다. 버스에서 내리자 건물 오른쪽 벤치에 앉은 할머니가 눈에 들어왔다. 웃고 떠드는 아줌마들로부터 떨어져 앉아 휴대폰을 들여다보는 할머니의 표정이 심상치 않았다. 세상이 끝나기라도 한 듯 심각했다.

탈의실에서 만난 반장은 나를 보자마자 화를 냈다.

"어제 삼각김밥 가져갔다면서? 내가 가져가지 말랬잖아. 한 명 주면 다 줘야 한다고. 불량은 일괄 폐기가 원칙이야. 앞으론 절대 건드리지 마."

반장은 학생 알바들이 불량을 챙겨 당근마켓에서 판매하려다가 들킨 적이 있다면서 요즘 애들은 이상한 쪽으로 머리가 잘 돌아간다고 덧붙였다. 반장이 밖으로 나가자 예은은 캐비닛 문을 세게 닫으며 할머니를 노려봤다. 할머니는 태연한 얼굴로 토시를 끼더니 밖으로 나갔다. 예은이 입을 크게 벌린 채로 그런 할머니를 가리키며 나를 보았다. 예은이 말했다.

"저 할머니 우리한테 가져가도 된다고 하고선 반장한테 꼰지른 거지?"

텃세라고 하기엔 귀여운 정도였다. 다른 아줌마 말에 따르면 할머니는 70세가 된 이후로 장기 알바가 들어올 때마다 유독 긴장하는 것 같다고 했다.

그날은 우리도 연장 근무를 피할 수 없었다. 반장은 오늘 연장 근무를 하지 않을 사람은 그만두라고 했다. 코로나 때문에 집에 틀어박혀 삼각김밥으로 끼니를 때우는 사람이 늘어난 모양이었다.

저녁식사를 마친 우리는 막대사탕을 입에 넣은 채로 등나무 벤치에 앉아 자판기 옆에 서 있는 할머니를 노려봤다. 할머니는 허리가 아픈지 손으로 허리를 받치며 뒤로 넘기는 동작을 여러 번 반복했다. 예은이 사탕을 씹으며 말했다.

"저 할머니 말이야, 이름이 소순이래. 김소순. 오늘 취반실 아줌마들이 그러는데 소순 할머니 딸이 9년 전에 교통사고를 당해서 전신 마비가 됐대. 차에 약혼자도 같이 타고 있었는데 남자는 즉사했고 딸만 겨우 살았대. 할머니 혼자서 그 딸을 먹여 살리고 있대."

그 순간 나는 사탕의 단맛이 느껴지지 않았다. 고된 일을 마치고 집에 들어가서 아픈 딸을 돌봐야 한다니. 그런데 저 할머니는 왜 늘 웃고 있을까 생각하니 숨이 막혔다.

첫 연장 근무는 생각보다 힘들었다. 허리가 끊어질 듯한 통증이 느껴질 때쯤 휴식을 알리는 벨이 울렸다. 작업대 밑에 주저앉은 나는 보온병에 든 커피를 따라 마시며 목을 천천히 돌리는 할머니에게 물었다.

"할머니 딸이 정말 전신 마비 장애인이에요?"

할머니의 눈썹이 살짝 치켜 올라갔다.

"누가 그런 소릴 해?"

할머니의 입꼬리가 미세하게 떨렸다. 그녀는 바닥에 떨어진 비닐장갑을 주워 쓰레기통에 담으며 말했다.

"전신 마비는 아니야. 왼손은 스스로 움직이니까. 왼쪽 상체는 스스로 일으킬 수 있다고."

나는 퇴근 버스 안에서 줄곧 멍한 상태로 있다가 내린 뒤 내리막길을 걸으며 예은에게 그 이야기를 했다. 예은이 한숨을 내쉬며 말했다.

"천만다행이네. 한 손이라도 움직인다면 책도 볼 수 있고 리모컨을 누를 수도 있을 거 아니야. 전신 마비인데 종일 엄마만 기다리고 있다면…… 어휴, 난 상상도 못하겠어."

"복지관에서 보내준 사람이 와서 돌봐주고, 할머니 여동생도 가끔 들여다봐준대. 근데 그거 아냐? 왼손을 움직일 수 있어서 자살 시도를 두 번이나 했대."

할머니가 죽으면 누가 딸을 돌봐줄까. 죽을 수도 살 수도 없는 상황에 처한 것이다. 나는 그녀의 불행이 어느 정도 깊이인지 가늠조차 할 수 없었다.

사람들의 숙덕임과 상관없이 할머니는 대체로 웃는 얼굴이었다. 남들보다 공장에 일찍 도착해서 성실히 일했고, 일하는 동안 꾀부리지 않았다. 나는 일하는 중에도 할머니와 말을 섞고 싶지 않아서 가급적 눈을 맞추지 않으려 했지만 할머니는 여전히 우리를 의식하는 듯 우리 옆에서 우리보다 더 많은 일을 했다. 그러거나 말거나 우리는 이를 악물고 버텼다. 한 달 동안 빠짐없이 연장 근무를 견뎠을 때는 곧 우리가 목표로 하는 액수를 벌 수 있을 거라는 자신감이 생겼다.

그날도 에어 샤워기 문이 닫히려는 찰나, 할머니가 뛰어들어왔다. 할머니는 양손을 든 채로 춤을 췄다. 그야말로 막춤이었다. 예은은 할머니를 보며 웃었지만 나는 웃을 수 없었다. 할머니의 눈에서 눈물이 쏟아져나와 갈색 점과 주름진 얼굴을 적시고 있었다.

할머니가 슬픔에 잠긴 이유는 애쓰지 않아도 알게 되었다. 점심시간, 위생복을 벗은 할머니가 탈의실에서 나가자마자 아줌마들은 기다렸다는 듯이 숙덕거렸다. 며칠 전에 할머니 딸이 병원에 실려갔고 이번에는 소생하기 힘든 모양이었다. 아줌마들이 탈의실 밖으로 나간 뒤 예은은 순간접착제를 꺼내 운동화 밑창에 바르며 말했다.

"정말 안됐어. 하지만 그게 꼭 할머니에게 나쁜 일일까. 먹여 살릴 사람이 없다면 더 이상 이렇게 고된 일은 안 해도 될 거 아니야."

나는 자리에서 일어나 창문을 열며 말했다.

"그 짓 좀 그만하면 안 돼? 냄새만 맡아도 어지럽단 말이야."

예은이 자리에서 일어나 신발을 발로 밟으며 말했다.

"이거라도 있어서 얼마나 다행인지 몰라. 3~4일은 멀쩡하거든. 5일째에 살짝 벌어지고 7일째엔 떨어져. 떨어지면 또 붙이면 되고."

하지만 예은은 다음 휴식 시간에 반쯤 떨어진 운동화 밑창에 순간접착제를 바르다가 손가락이 붙어버리는 바람에 한바탕 소동을 일으켰다. 당황한 예은이 소리를 지르자 아줌마들이 모여들었다. 응급실 가야 하는 거 아니야? 누군가의 말에 할머니는 태연한 얼굴로 소금과 물을 가져오라고 했다. 할머니가 손가락 틈에 소금을 뿌리더니 예은의 손을 잡아끌어 물에 적셨다. 예은이 손가락을 조금씩 움직이자 순간접착제가 쉽게 떨어졌다. 휴식 시간 종료를 알리는 벨이 울렸고 할머니는 아무 일 없었다는 듯 작업대 앞으로 다가가 비닐장갑을 꼈다.

그날 저녁, 얼굴이 새파랗게 질린 반장이 할머니에게 다가와 어깨를 잡아끌었다. 할머니는 소를 올리지 못한 밥들이 다음 공정으로 넘어가는 것을 보며 말했다.

"왜 이래? 못 올렸잖아. 아이고, 아까워라."

반장이 할머니의 손을 붙들고 말했다.

"언니, 방금 동생이 회사로 전화했어. 언니가 전화를 안 받는다고 말 전해달래. 혜영이가 위급하대. 지금 안 오면 못 볼 수도 있대."

할머니는 아무 소리 못 들었다는 듯 밥에 소를 올렸다. 반장이 큰 소리로 말했다.

"소순 언니, 병원 안 갈 거야?"

할머니는 태연한 표정으로 목을 돌리며 말했다.

"이거 마저 마치고. 내가 갈 때까지 버텨줄 거야. 괜찮아, 괜찮을 거라고."

할머니는 구부정한 자세로 밥에 스팸을 올리는 일을 한 시간 동안 반복한 뒤 퇴근했다.

이튿날 할머니는 공장에 나오지 않았다. 그다음 날도 나오지 않자 코로나에 걸린 게 아니냐는 소문이 돌았다. 할머니와 가장 접촉이 많았던 사람은 바로 옆에서 일한 나였으므로 덜컥 겁이 났다. 반장은 공장에 확진자가 나오면 문을 닫을지도 모른다면서 재수 없는 소리 하지 말라고 했다.

할머니 자리에는 낯선 사람이 서 있었다. 속도가 느린 오십대 아줌마는 계속 불량을 냈다. 사람이 바뀔 때마다 나는 할머니가 돌아올 때까지 그들이 잠시 자리를 지키고 있는 거라고 생각했지만 여섯 명의 아줌마들이 배턴을 주고받듯 하루, 이틀 만에 돌아가며 그만두는 동안에도 할머니는 소식이 없었다. 불량이 속출했고 반장의 신경질은 늘어갔다. 반장은 할머니와 연락이 되지 않아서 할머니 딸이 죽었는지 살았는지 알 길이 없다고 했다. 할머니가 무사한지 역시 알 길이 없는 건 마찬가지였다.

나는 온갖 양념이 묻은 비닐 손들을 멍하니 쳐다보다가 장갑을 갈아 꼈다. 비닐 손들은 무언가를 잡으려는 듯이 하늘을 향해 손을 뻗고 있었다. 쓰레기통에 버린 비닐장갑을 수거하는 아저씨가 오지 않았다. 하늘을 향해 내뻗은 비닐 손들은 층층이 쌓이다가 맥없이 무너져내렸다. 그 순간 목구멍이 따끔거리더니 기분 나쁜 통증이 밀려왔다. 나는 새로 온 아줌마에게 시범을 보이기 위해 잠깐 비키라고 말한 뒤 할머니의 자리에 발을 딛고 섰다. 할머니처럼 구부정한 자세로 일을 시작했지만 소를 올리지 못한 밥이 서서히 멀어졌다. 정신 안 차려? 정신 바짝 차리고 올려! 반장의 날카로운 목소리에 정신을 다잡으며 밥에 소를 올리던 나는 헛기침을 하며 자세를 바로잡았다. 또다시 소를 밥에 올리는 순간 목구멍에 따끔한 통증이 느껴지면서 몸에 열이 오르기 시작했다. ■

시디팩토리

목이 말랐다. 빛이 조금 들어오는 것을 보면 11시쯤 되었을 것이다. 나는 엎드린 채로 기어서 냉장고까지 갔다. 냉장고 문을 열어 이온음료를 마셨지만 갈증은 가시지 않았다. 이럴 줄 알고 한 병 이상 마시지 않으려고 했는데 어제는 어쩐 일인지 자꾸만 옛날 생각이 나서 소주를 두 병이나 마시고 잠들었다. 감상에 빠져서는 안 되는데 왜 자꾸 약해지는지 알 수 없었다. 이런 생활에도 감정의 통제는 중요했다. 최소한 나 자신을 책임질 수 있어야 했다. 핸드폰 요금과 인터넷 비용을 내고 최소한의 생활을 유지하려면 한 달에 30만원은 벌어야 했다.

컴퓨터를 켜고 아르바이트 구인 사이트에 접속했다. 5분

안에 올라온 당일알바를 클릭해 즉시 문자를 보냈다. 금세 답문이 왔다.

— 오늘 밤 9시 30분까지 가산디지털단지역으로 가세요.

그는 역에서 공장까지 가는 길을 문자로 자세히 알려주었다.

'시디팩토리'라고 적힌 1층짜리 공장 안에서는 한 아줌마가 신경질적인 목소리로 이런저런 지시를 내리고 있었다. 그녀는 갑자기 누군가를 향해 소리를 질렀다.

"얘, 너 뭐니? 어디서 핸드폰을 보고 있어? 어서 집어넣어!"

그 '누군가'는 바로 나였다. 중개인은 일터에 도착하면 자신에게 문자를 보내라고 당부했지만 나는 성급히 핸드폰을 주머니에 넣은 다음 금세 순종적인 자세를 취하며 일을 했다. 저 여자도 보름 전에 갔던 공장 사장과 비슷한 부류인 것 같았다.

그날은 뭣도 모르고 끌려가서 고생만 하다 왔다. 누군가 독산역에 도착한 열댓 명의 이십대들을 봉고차에 태워 오산으로 실어가더니 짐처럼 부려놓았는데, 그곳은 노인 부부가 운영하는 작은 호빵 공장이었다. 식기 세척부터 호빵 나르기까지 고된 노동의 연속이었다. 칠십대로 보이는 할머니, 할아버지는 아르바이트생들에게 욕설을 퍼부어댔다. 이 바보 같은 놈! 너 여기 놀러 왔냐? 저리 가서 짜부라져 있어. 그러니 취직을 못하지. 너 같은 거 한 트럭으로 있어. 다들 기가 막혀서 그 노인들을 물끄러미 바라보다가 한두 명이 "에이, 그냥 돌아가자" 했지만 막상 서울로 가려니 차비도 없고 오늘 하루만 참아보자는 눈치였다.

가장 견디기 힘든 건 할아버지의 성희롱이었다. 나와 한 여자는 선 채로 호빵을 두 손에 쥐고 쟁반으로 옮기는 일을 몇 시간 동안 반복해야 했는데 할아버지는 저 일은 남자애들에게 시켜야 잘한다며 히죽거렸다. 그러고는 손으로 무언가를 주무르는 시늉을 했다. 우리는 '저 노인네 노망난 거 아냐?' 하는 눈짓을 주고받으며 남은 시간을 가까스로 버텼다. 돌아오는 길에서야 하루 종일 소, 돼지 취급을 당한 것이 참을 수 없이 억울해지면서 다시 가서 노인네들의 목을 조르고 싶다는 생각이 들었다.

지금 눈앞에 있는 아줌마는 그 정도는 아니었으므로 그냥 참을 만했다. 다들 이런 취급에 이력이 났는지 묵묵히 손짓만 했다. 나는 혹시라도 타깃이 되지 않도록 아줌마의 시야에서 벗어난 곳에 자리를 잡고 사각 종이 케이스에 쉴 새 없이 시디를 담았다. 인크레더블. 여자처럼 예쁘장하게 생긴 남자 아이돌 그룹이었는데 모르는 그룹이었다. 나는 근 2년간 텔레비전을 보지 않았다. 밤을 새워도 포장이 끝나지 않을 것 같이 수북이 쌓인 시디로 인기 그룹이라는 것을 짐작할 뿐이었다.

손목이 시큰했다. 잠시 고개를 들어 주변을 살폈는데 손이 아주 빠른 여자애가 보였다. 나보다 족히 서너 배는 속도가 빨랐다. 내게 소리를 지른 아줌마가 그 애 곁으로 다가갔다. 그 여자애는 아줌마에게 '사모님'이라고 부르며 무슨 질문을 했다. 사장 마누라는 뜻밖에도 친절하게 답해주었다. 그러곤 여자애의 등을 한 대 치며 너는 내일도 꼭 나오라고 했다. 인크레더블 컴백 날짜가 예정보다 당겨지는 바람에 요즘 밤낮으로 알바생들이 드나드는 모양이었다.

식사 시간, 모두들 다른 공간으로 이동해 공장 측에서 제공한 도시락을 풀었다. 얼마 만에 먹어보는 반찬이 갖추어진 도시락인지. 나는 먼저 냄새를 깊이 들이마신 뒤 나무젓가락을 둘로 쪼갰다. 한 입 먹으려는데 누군가 말을 걸어왔다.

"혼자 왔어요?"

여자는 내 옆으로 바짝 다가앉으며 자신의 도시락 뚜껑을 열었다.

"저는 늘 혼자 오는데요."

"젊어 보이는데 왜 단기알바를 해요?"

"그냥 일하기 싫어서요. 사실은 정규직으로 다니는 거 피곤해서 못해요. 집에 있다가 컨디션 좋아지면 일하러 나오고 일하기 싫으면 며칠간 누워 있고."

대수롭지 않게 말하려고 했는데 이상하게 웃음이 나왔다. 여자가 나를 한심하게 생각할 것 같아 나는 시선을 도시락에 고정했다. 내게 젊어 보인다고 했지만 여자는 기껏해야 나보다 한두 살 많아 보였다. 아니, 피부 상태로 보자면 나보다 서너 살 어릴지도 몰랐다. 여자는 고개를 갸웃거리며 말했다.

"그래도 겨울인데 생활비 많이 안 들어요?"

"사실은 가스를 거의 안 틀어요. 집 안에 있으면 입김이 나요. 그냥 벌벌 떨며 지내다가 정 못 견디겠다 싶으면 언니 집에 가서 돈 얻어 오고 그래요."

나는 이렇게 말하고 또 피식 웃었다.

"남친은 없어요?"

"있는데 1년에 두세 번 만나요."

"두세 번? 그게 무슨 남친이에요?"

나는 키득거리며 말했다.

"전에 한번 3만 원짜리 가방 사달라고 했거든요. 그날 사주긴 했는데 그 이후로 연락이 뜸해졌어요. 뭐 저도 연락하긴 싫은데, 받아주는 사람이 나밖에 없는 거겠죠."

왜 자꾸 웃음이 나오는지 모를 노릇이었다. 여자는 "으음" 하더니 밖으로 나갔다. 기훈은 제멋대로였다. 기훈과 사귄 것은 4년이 넘었지만 사실 우리는 다섯 달 전에 끝났다. 기훈은 먼저 헤어지자고 해놓고는 석 달 뒤 아무 일 없었던 것처럼 다시 연락을 해왔다.

여자는 금세 담배 냄새를 풍기며 돌아와 내게 커피를 건넸다. 그러고 보니 누군가와 밥을 먹어본 것이 도대체 얼마 만인지 몰랐다. 밥을 먹으며 누군가와 대화를 한 것도 근 1년 만이었다. 여자는 뭐가 그렇게 궁금한 게 많은지 나에게 질문을 퍼부어댔다. 자신은 취업 준비를 하면서 가끔씩 단기 알바를 한다며 좋은 정보가 있으면 알려달라고 했다. 나는 어디에 취직하고 싶으냐고 물었다. 여자가 목소리를 낮춰 말했다.

"스튜어디스 시험 준비를 하고 있어요. 8년간 시험을 엄청 많이 봤는데 계속 떨어졌어요."

여자는 스튜어디스가 되고도 남을 정도로 예뻤다. 특히 눈웃음과 청아한 목소리는 보고 듣기만 해도 기분이 좋았다. 이런 여자가 떨어지는 것을 보면 그 시험에는 예쁘고 똑똑한 여자들만 몰려드는 모양이었다. 나는 노인 부부의 호빵 공장을 포함해 절대로 가면 안 되는 회사 이름을 몇 개 알려주었다. 사장 마누라가 설치는 이곳 역시 다시는 오지 말라고 했다. 여자는 알려줘서 고맙다고 하면서 커피를 다 마시고 남은 빈 종이컵을 대신 버려주었다.

"식사 끝!"

사장 마누라의 목소리에 다들 작업장 안으로 우르르 몰려 들어갔다.

"여기가 무슨 학관 줄 알아? 어서 앉아서 일 시작해!"

여자가 저쪽 테이블에서 둥근 의자를 들고 와 내 앞에 자리를 잡았다. 사장 마누라는 5분 늦게 들어온 세 명의 알바생들에게 소리를 지르며 그따위로 할 거면 당장 가라고, 일할 사람은 시디처럼 잔뜩 쌓여 있다고 말했다. 두 명은 구시렁대며 가방을 싸 들고 나갔고 한 명은 의자에 앉아 일을 시작했다. 사장 마누라가 애들이 나간 방향을 향해 "정신머리가……" 하며 화를 내다 내 옆에 쌓여 있던 시디 케이스들을 잘못 건드리는 바람에 전부 바닥으로 쏟아졌다. 나와 여자는 사장 마누라의 명령으로 떨어진 시디 케이스들을 주워 마른 수건으로 닦는 일에 투입되었다. 여자는 빠른 속도로 시디 케이스를 닦아 원래 자리에 쌓았다.

우리는 다시 의자에 앉아 종이 케이스에 시디를 담았다. 한참을 담다가 고개를 들어보니 여자가 나를 보며 웃고 있었다. 여자가 시디를 하나 집어 자기 얼굴에 갖다 대자 얼굴이 사라졌다.

"얼굴 정말 작네요. 연예인 해도 되겠어요."

여자는 그 말을 기다렸다는 듯이 말했다.

"그렇죠? 얼굴 크기로 스튜어디스를 뽑으면 좋을 텐데."

"어디서 잡담질이야?"

사장 마누라의 시디 튀는 듯한 목소리에 우리는 고개를 숙이고 다시 일을 시작했다. 담아도 담아도 시디는 줄어들지 않았다. 세 시간 정도 수그리고 있었더니 몸이 더 납작해진 기분이었다. 등을 펴고 잠시 쉬려는데 사장 마누라가 나를 노려보는 것이 보여 나는 다시 몸을 웅크렸다.

종이 케이스에 시디를 담는 것은 시디 케이스에 시디를 담는 것에 비하면 일도 아니었다. 우리는 이제 줄줄이 늘어서서, 참고서 부록으로 나갈 시디 천 개를 빠른 속도로 지나가는 컨베이어 벨트 위 시디 케이스 안에 꽉 눌러 고정시켜야 했다. 한 명이라도 제대로 누르지 못하면 기계를 멈춰야 했으므로 사장 마누라의 고성이 끊이지 않았다. 그것을 두 시간 하고 나자 손가락이 뻐근하게 아파왔다. 새벽 4시가 넘어가자 하나둘 하품을 하는 사람이 보였다. 그 독한 사장 마누라도 공장 한구석에서 졸고 있었다.

10분간의 휴식 중에 여자가 나를 어딘가로 잡아끌었다. 포장하는 곳 옆에 문이 하나 있었는데 '시디 제작실'이라고 적혀 있었다. 안으로 들어가니 오십대 중반으로 보이는 아저씨가 일을 하고 있었다. 여자가 눈웃음을 지으며 아저씨에게 말했다.

"아저씨, 저희 구경 좀 해도 돼요?"

아저씨가 고개를 끄덕이며 아르바이트생이냐고 물었다. 여자는 그렇다며 쉬는 시간이라고 말하고 작은 시디를 들어 올리며 귀엽다고 했다. 80밀리의 작은 원형 시디였다. 우리가 알고 있는 일반적인 시디보다 크기가 작았다. 그 시디는 '미니시디'로 120밀리의 시디로 제작한 다음에 커팅한 것이라고 했다.

"이건 뭐지?"

여자가 들어올린 시디는 타원과 사각형을 섞어놓은 독특한 모양이었다.

"그건 반달형 시디야. 명함시디라고도 하지. 영업사원들이 시디에 이력이나 카탈로그를 넣어서 명함처럼 사용해. 커팅 공정 때문에 일반 시디보다 며칠 더 걸려."

"크기가 작은데 시간은 더 걸린다고요? 까다롭네요."

내가 이렇게 말하자 여자는 반달형 시디를 들여다보며 웃었다. 아저씨가 기계를 만지며 말했다.

"음악 시디도 만들고 디브이디도 만들지. 인기 가수 음반 대량 제작할 때가 이렇게 바빠. 복사할 시디나 디브이디 있으면 갖고 와."

내가 사장 마누라가 깼을지 모르니 어서 가자고 재촉하자 여자는 그 방에서 나왔다. 우리는 다시 자리로 돌아가 시디를 담았다.

아침 6시에 일이 끝나자 새로운 아르바이트생 대여섯 명이 공장 안으로 들어왔다. 사장 마누라의 말처럼 우리 같은 단기알바생은 시디처럼 잔뜩 쌓여 있는가보았다. 밤새 몸을 납작하게 하고 있었더니 별다른 어려움 없이 일당을 챙길 수 있었다. 당일치기 알바를 하면서 깨달은 건 그것뿐이었다. 최대한 몸을 낮춰 나를 감출 것. 사람들 사이에 묻혀 평균적으로 일하고 일당을 챙기면 그만이었다.

밖으로 나오는데 여자가 나를 쫓아왔다. 여자는 내게 팔짱을 끼며 어디로 가느냐고 물었다. 1호선을 타야 한다고 하자 여자가 품에서 무언가를 꺼내 내게 내밀었다. 인크레더블의 시디 두 장이었다. 여자가 웃으며 말했다.

"미친 여자한테 당한 만큼 가져오려면 저 안에 있는 거 다 가져와도 모자랄걸요. 안 그래요? 미친년, 돈도 던지듯이 주더라고. 한 달 안에 망해라!"

여자는 집에 가자마자 오늘 있었던 일을 인터넷에 올릴 거라고 했다. 알바생이 떨어져야 알바생을 인간 대접해주지 않겠느냐면서. 여자는 시디 하나를 내 가방 안에 넣어주었다. 싫다는 말조차 귀찮아 대강 인사를 하고 돌아서려는데 여자가 말했다.

"또 봐요. 나도 단기알바 하니까."

또 보자고? 하긴 단기알바를 하다 보면 어디선가 함께 일했던 사람을 며칠 뒤 다른 곳에서 마주치기도 했다. 그럼 서로 아는 척하지 않고 각자 일했다. 저 여자는 얼굴 가죽이 다른 사람보다 두 배는 두꺼운 모양이었다.

집으로 돌아오는 길에 실수했다는 생각이 들었다. 뭐 하자고 처음 보는 여자에게 주저리주저리 내 이야기를 늘어놓은 건지. 하긴 보름간 아무하고도 이야기하지 않았으니 무리도 아니었다. 혼자 산 이후로 처음 몇 달간은 혼잣말도 했지만 언젠가부터는 그냥 속으로 또 다른 나와 말을 주고받았다. 설마 외로운 건가? 한숨을 내쉬며 기훈에게 문자를 보냈지만 핸드폰은 미동조차 하지 않았다.

우리에게도 하루 종일 서로 문자를 보내며 일상을 나누던 시절이 있었다. 그는 늘 10분을 넘기지 않고 답문을 보내주었다. 요즘은 '잘 지내?'라고 물으면 이틀 뒤에, 심하면 한 달이 지나 답문이 왔다.

핸드폰이 울렸다. 기훈이 웬일로 즉시 답문을 보냈다.

— 그냥 숨만 쉬고 있어.

기훈은 취업 준비를 하며 피시방에서 아르바이트를 하고 있었다.

일당으로 받은 돈으로 라면과 부탄가스, 휴지, 생리대 등을 사서 집으로 향했다. 집에 거의 다 와서는 결국 유혹을 이기지 못하고 마트에서도 사지 않은 소주를 근처 슈퍼에서 사서 들어갔다. 나는 방 안을 뒤져 오랫동안 사용하지 않은 시디플레이어를 찾았다. 먼지를 닦고 전원을 연결한 뒤 여자가 준 시디를 넣었다. 인크레더블의 음악은 생각보다 좋았다. 여러 개의 댄스곡 다음에 이어지는 발라드를 허밍으로 따라 부르는데 이유 없이 눈물이 났다. 나는 인크레더블의 노래를 며칠간 반복해서 들었다.

며칠이나 지났을까. 문 열리는 소리가 들렸다. 나 외에 열쇠를 가진 사람은 언니밖에 없었으므로 이불 속에 그대로 누워 있었다. 언니는 신발도 벗기 전에 현관에서부터 잔소리를 늘어놓았다.

"너 죽은 건 아니지? 어떻게 이러고 사니? 돼지우리도 아니고……."

나는 그제야 엉거주춤 일어나 언니에게 다가가서는 언니가 들고 온 것들을 낚아챘다. 가지무침, 진미채볶음, 도라지무침, 시금치나물, 멸치볶음…… 손에 닿는 대로 집어 삼키다가 삼겹살을 본 순간 이성을 잃었다. 이불을 몸에 동여맨 채 고개만 내민 상태로 버너에 프라이팬을 올리고 고기가 익는 시간을 견디는데 언니가 혀를 차며 말했다.

"너 요즘 거울은 보고 사니? 젊은 애가 어떻게 이러고 사니? 세수도 잘 안 하지? 네 나이에 연애도 안 하고 일도 안

하고 대체 어쩌려고 그래? 무슨 병이 있는 것도 아니고."

언니는 집 앞에 쌓아놓은 연탄을 봤는지 시끄럽게 종알댔다.

"아무리 추워도 연탄난로는 쓰지 말라고 했잖아."

한 달 전에는 언니 집에 반찬을 얻으러 갔다가 형부와 언니가 나를 두고 무기력증, 은둔형 외톨이, 정신과 진료 어쩌고 하는 소리를 들었다. 형부는 그래도 가끔씩 일하러 나가는 것을 보면 은둔형 외톨이는 아니라고 했다.

병에 걸린 것은 아니었지만 언젠가부터 몸에 힘이 없고 밖에만 나가면 어지럽고 답답했다. 일을 하는 중에도 자꾸 편안하고 보드라운 이불의 감촉이 그리웠다. 세상에서 나를 인간 대접해주는 유일한 것은 이 방뿐이었다. 이 방도 사실 내 것은 아니었다.

처음에 나는 언니와 형부 집에 얹혀살았다. 1년간 언니 부부의 신혼 생활을 방해하던 나는 고시원에 들어가겠다고 했고, 형부는 그것이 미안했던지 전세 2500만 원인 이 방을 구해주었다. 작은 화장실도 딸렸고 지층이긴 하지만 1층 같은 지층이었다. 3년이나 살았더니 정도 들었다.

대학을 막 졸업했을 때만 해도 나는 의욕에 차 있었다. 열심히 이력서를 내고 면접을 보러 다녔다. 수 년간 백 개가 넘는 이력서를 쓰고 몇 번의 면접을 봤지만 최종심사를 통과하진 못했다. 어느 순간 취업 같은 건 불가능하다고 생각했고 구직 활동을 중단했다. 가끔씩 당일알바를 하며 지낸 지가 벌써 2년, 어쩌면 언니와 형부가 걱정하는 무기력증 직전의 상황인 것 같기도 했다.

배를 채우자 나른해져서 다시 이불 속으로 기어 들어갔다. 언니는 엄마 아빠가 걱정하시니 집에 전화 한번 하라고 하고선 자리에서 일어났다. 언니는 가끔 와서 속 뒤집어지는 소리를 하고 갈 때가 많았지만 저번에는 울다가 갔다. 내가 자는 척하는 것을 모르고 내 머리를 쓰다듬으며 훌쩍거렸다. 형부도 나를 버려진 강아지라도 보는 것처럼 안쓰러운 눈길로 보듬어 보고 5만 원짜리를 손에 쥐여줬다. 온 가족이 나 때문에 회의라도 했는지 지난해부터 나를 대하는 방식이 비슷했다.

일주일 뒤 술을 살 돈이 떨어져서 나는 또다시 아르바이트 구인 사이트에 접속했다. 단기 아르바이트로 검색 조건을 설정하고 게시물을 걸러냈다.

— 당일알바 독산역, 단순한 아기 옷 포장 작업, 10명 모집.

10분 전에 올라온 글이었다. 잽싸게 클릭하고 문자를 보냈다. 중개인의 답문이 없었다. 한발 늦은 건가 싶어 다른 게시글을 보려는데 답문이 도착했다.

— 11시까지 독산역 1번 출구로 가세요. 도착하면 확인 문

자 주시고요. 펑크 내면 안 되는 거 아시죠?

지하로 난 계단을 내려가는데 어째 좀 불안했다. 지금까지의 경험으로 판단하건대 일하는 장소가 은밀할수록 환경은 열악했다. 들어가자마자 나는 뒤돌아 나가고 싶은 심정이었다. 커다란 탁자에 둘러앉은 이십대들 옆에 서 있는 관리자는 거대한 체구의 눈이 푹 꺼진 남자였다. 몰래 돌아서 나가려는데 누군가 나를 불렀다.

"다혜 씨!"

놀라서 돌아봤는데 그 여자, 바로 시디만 한 얼굴이었다. 내가 이름을 알려주었던 모양이다. 주춤대며 다가가자 여자는 호들갑을 떨며 또 만났다고 좋아했다. 나를 더 놀라게 한 것은 탁자에 높이 쌓여 있는 브래지어였다. 분명히 아기 옷이라고 했는데 온통 성인용 속옷이었다. 두 개의 봉분처럼 쌓여 있어 멀리서 보면 그 자체가 하나의 거대한 브래지어 같았다. 관리자는 원래 아기 옷을 포장할 계획이었는데 갑자기 내일 아침까지 백화점에 속옷 납품해야 할 일이 생겨서 일이 바뀌었다고 했다.

우리는 마주 보고 앉아 일을 했는데 관리자는 인상과는 다르게 우리를 괴롭히지 않았고 심지어 알바생들에게 별 관심이 없어 보였다. 그는 애인과 통화를 하는지 얼굴이 발그레해서는 연신 전화질이었다. 여자가 커다란 분홍빛 브래지어를 들어올리며 이렇게 커다란 것은 누가 차는지 모르겠다고 했다. 나 역시 E컵 브라는 처음 봤다. 외국 여자들이 하겠죠 뭐. 우리는 그 많은 브래지어들을 비닐에 담은 뒤 90, 95와 같은 사이즈를 표시하는 동그란 스티커를 팬티에 붙이는 일을 일곱 시간 동안 했다.

나는 밖으로 나와 고개를 돌리며 뻣뻣하게 굳은 목을 풀었다. 여자는 이번에도 나를 뒤좇아 왔다.

“여기는 그래도 할 만했죠? 다음에 모집하면 또 와야지.”

내가 고개를 끄덕이자 여자가 말했다.

“우리 아무래도 인연인가봐요. 자꾸 만나고. 돈도 나왔는데 맥주 마시러 갈래요?”

나도 맥주가 마시고 싶지 않은 건 아니었지만 솔직하게 돈이 없다고 말했다. 이 돈은 내 일주일 치 생활비이기 때문에 다 써버릴 순 없다고 했다. 그래도 여자는 나를 쫓아왔다. 지하철도 따라 타기에 같은 방향으로 가는 줄 알았는데 내가 내리는 데서 같이 내렸다. 여자가 내게 팔짱을 끼며 말했다.

“오늘 돈 다 내가 낼게요. 일당 6만 원 다 가져요. 우리 그냥 다혜 씨 집에 가서 피자 한 판 먹는 거 어때요?”

나는 얼결에 승낙을 해버렸다. 여기까지 따라온 여자를 그냥 내칠 수도 없었다. 내 방을 보면 기겁해서 일찍 가겠지 하는 마음도 있었다. 여자는 집에 가는 길에 유명 피자 체인점에 들러 내가 평소 먹을 생각도 하지 못하는 3만 원이 넘는 피자를 사서 나왔다. 소풍이라도 가는 줄 아는지 집 앞 슈퍼에서 맥주 피처를 사며 신나서 종알댔다. 아까 그 관리자 아저씨 개그맨 닮지 않았어요? 이름이 뭐였더라?

방문을 열자마자 여자는 안으로 들어섰고 갑자기 "푸!" 하고 크게 웃음을 터뜨렸다.

"여기서 혼자 사는 거예요?"

여자는 눈에 띄는 가전제품이라고는 냉장고와 중고 텔레비전, 그리고 낡은 컴퓨터 하나뿐인 방 한가운데서 즐거워했다. 그러고 보니 하나 더 있었다. 컴퓨터 모니터를 올려놓은 작은 상 위에는 휴대용 시디플레이어도 놓여 있었다. 이불과 요는 개키지도 않은 채로 펼쳐져 있고 한구석에 쓰레기가 쌓여 있었지만 신경쓰지 않는 것 같았다. 여자는 이불 속에 발을 집어넣은 뒤 맥주를 종이컵에 따라 내게 건넸다.

"건배!"

잔을 부딪치는데 기분이 이상했다. 누군가 들어와 있어서 그런지 방이 예전보다 밝아 보여 내 방 같지 않았다. 여자가 이불을 들추며 말했다.

"안 추워요? 이리 들어와요."

나도 이불 속으로 다리를 집어넣었다. 이불 속에서 우리의 발이 닿았다. 나는 발을 슬그머니 옮겨 닿지 않게 했는데 여자는 자기 발바닥을 내 발바닥에 밀착시켰다.

"이러고 있으니까 초등학생 된 거 같다. 예전에 사촌들하고 이러고 놀았거든요. 발 잡기 놀이 하고."

여자가 갑자기 이불 속으로 손을 집어넣어 내 발을 덥석 쥐더니 "잡았다!" 하며 크게 웃었다. 기가 막혀서 나도 따라 웃었다. 하지만 같이 발 잡기 놀이까지 해줘야 한다면 앞으로는 집에 들이지 말아야겠다고 생각했다. 나는 자리에서 일어나 보일러를 틀었다. 너무 오랜만에 틀어서인지 보일러가 쿨럭쿨럭 이상한 소리를 냈고 여자는 크게 웃었다.

여자는 내게 나이를 묻더니 자신이 한 살 언니라고 했다. 자신의 이름은 '하령'이라고 했다. 그녀가 말을 놓자고 제안하더니 말했다.

"초대해줘서 고마워."

하령을 초대한 적은 없었지만 그녀의 살가운 성격 덕분인지 기분이 좋아졌다. 우리는 한참 동안 웃고 떠들었다. 처음에는 내가 주로 듣는 편이었지만 한 잔 두 잔 술이 들어가자 나도 모르게 말을 많이 했다. 하령이 갑자기 시무룩해지며 말했다.

"오늘 하루 종일 속옷을 담아서 그런가, 또 생각나네. 예전에 코딱지만 한 회사에서 비서 노릇을 잠깐 했는데 사장 새끼 그 무식하고 돈밖에 없는 놈이 툭하면 성희롱이야. 속옷 사이즈가 몇이냐는 둥. 못 들은 척하면서 석 달이나 버텼는데 하루는 일 끝나고 밖으로 불러내서 스튜어디스 시험 합격하기 힘들다는데 자기랑 몇 달만 동거하자는 거야. 아이가 셋이나 있는 유부남이. 그때 정말 기분이 더러웠어."

하령은 종이컵에 담긴 맥주를 단숨에 마셨다. 하령이 갑자기 눈물을 흘렸다. 왜 그러냐고 물었더니 갑자기 친구 생각이 나서 그렇다고 했다. 나는 친구에게 무슨 일이 있느냐고 물었다. 하령은 눈시울을 붉히며 말했다.

"몇 달 전에 친구가 죽었어. 자살이었어. 고등학교 친구였는데 걔는 내가 아는 가장 잘난 애였어. 몇 년간 공무원 시험 준비했는데 계속 떨어졌어. 그렇다고 자살을 하다니 말이 돼? 그렇게 잘난 애가 말이야."

무슨 말을 해야 좋을지 알 수 없었다. 나는 친구를 마지막으로 본 것이 언제인지도 기억나지 않았다. 하령은 혼잣말을 하듯이 알 수 없는 말을 했다.

"이렇게 알바를 하면서 사는 것도 나쁘지 않겠지만 시디 공장 같은 데서 일하다 보면 나도 모르는 새 내가 증발해버릴 것 같아. 그리고 어쩌면 나는 그 순간을 기다리고 있는 것 같아."

우리는 잠시 말없이 인크레더블의 음악을 들었다. 마음이 따뜻해졌다. 혼자서 들었을 때는 느끼지 못했던 무언가가 내

안을 부드럽게 통과하고 있었다. 하령이 자리에서 일어나더니 시디플레이어에서 시디를 빼내어 자신의 얼굴을 비춰보았다. 하령은 할 수만 있다면 시디 속으로 들어가 숨어버리고 싶다고 했다. 아무도 찾지 못하는 곳으로 가서 몇 달만 살다 왔으면 좋겠다고 했다. 나는 하령에게 얼굴도 몸도 작으니 시디 속으로 들어가는 게 어렵지 않을 거라고 했다. 하령이 눈을 빛내며 말했다.

"나는 죽으면 영혼이 되어 시디 속으로 들어가고 싶어. 평생 그 안에서 빙글빙글 몸을 돌리며 음악이 되어 살고 싶어."

나는 웃으며 말했다.

"시디 속에 들어가면 앉아 있을 순 없고 누워 있어야겠네. 그런데 시디가 둥그니까 똑바로 누워 있을 순 없고 기역 자 비슷하게 허리가 꺾일 거 아니야. 플레이 버튼 누르면 빙글빙글 허리 운동 되겠어."

하령도 나를 따라 웃었다. 하령이 가방에서 무언가를 꺼냈다. 케이스에 담긴 미니시디와 반달형 시디였다. 공장에서 인크레더블만 훔쳐 온 게 아닌 모양이었다. 하령은 미니시디를 내게 건넸다. 나는 하령이 준 80밀리짜리 미니시디를 들여다봤다. 용량이 185메가바이트밖에 안 되는 커팅 미니시디에는 원래의 형태에서 잘려진 자국이 희미하게 남아 있었다. 하령은 반달형 시디가 마음에 든다고 했다. 반달형 시디는 35메가바이트로, 185메가바이트인 미니시디보다 용량은 작지만 자신은 시디 속에 들어갈 수 있다면 반달형 시디를 택하겠다고 했다. 하령이 반달형 시디에 얼굴을 비춰보며 말했다.

"이제 겨우 서른이니 용량은 이 정도로도 충분해."

나는 하령에게 맥주를 따라주며 앞으로 같이 알바를 다니자고 했다. 하령은 그럼 덜 심심하겠다며 좋다고 했다. 맥주가 떨어지자 하령은 나에게 맥주를 한 캔만 사다 달라고 부탁했다. 내가 코트를 걸치고 방에서 나가려 하자 하령은 아까 그 피자도 미디엄 사이즈로 한 판만 더 사다 달라고 했다. 아직도 배가 고프냐고 묻자 하령은 지갑에서 돈을 꺼내며 조금 더 먹고 싶다고 했다. 내가 돈을 내겠다고 했더니 하령은 내가 장소 제공을 했으니 돈은 자신이 내겠다고 했다.

밖으로 나와 걷는데 웃음이 나왔다. 엉뚱하고 재미있는 여자라는 생각이 들었다. 비슷한 처지라서인지 하령과 이야기하는 것이 편했다. 피자 체인점은 집에서 10분 정도 걸어야 했다. 하령이 자기는 그 피자가 아니면 먹지 않는다고 했으므로 나는 걸음을 재촉했다. 피자는 정확히 15분 만에 나왔고 식지 않게 가져다주고 싶은 마음에 나는 집까지 뛰다시피 걸었다. 그러고 보니 뛴 것이 대체 얼마 만인지 몰랐다. 속도를 늦추며 숨을 몰아쉬는데 길고양이가 보였다. 고양이는 배가 고픈지 나를 빤히 쳐다봤다. 나는 피자를 한 조각 떼어 고양이 근처에 놓았다. 조금 걷다가 돌아보니 고양이가 피자 가까이로 다가가고 있었다. 하령은 그날 밤 두 번째 피자를 혼자서 다 먹은 뒤 잠들었고 나도 이런저런 술주정을 하다가 잠들었다.

다음날 나는 고소한 미역국 냄새에 깨어났다. 창으로 새어들어온 햇살에 눈이 부셔 이불을 뒤집어쓰려는데 하령의 목소리가 들렸다.

"이제 그만 일어나. 해가 중천에 떴어."

하령은 앞치마를 두른 채로 작은 상을 편 다음 밥, 김치 그리고 고소한 냄새가 진동하는 미역국을 올렸다. 나는 앞치마는 어디서 났느냐고 물었다. 하령은 부엌에서 찾았다고 했다. 나는 고맙다고 말하며 숟가락을 들었다. 하령의 요리 솜씨는 기대 이상이었다. 고소한 미역국이 온몸으로 퍼져나가는 것 같았다.

밥을 먹고 커피까지 마신 다음 나는 조심스럽게 하령에게 집에 가지 않아도 되느냐고 물었다. 하령은 얼굴을 붉히며 사흘만 더 있으면 안 되느냐고 되물었다. 하령은 난처한 표정으로 사실은 가출하다시피 나와서 집에 들어가기가 싫다고 했다. 어제 아르바이트하러 나오기 전에 부모님과 대판

싸웠고, 부모님께 다시는 이놈의 집구석에 들어오지 않겠다고 으름장을 놓았다는 거였다. 그러고 보니 어제부터 핸드폰이 자주 울렸는데 하령은 진동으로 해놓고 받지 않았다. 왜 부모님과 싸웠느냐고 물으려다가 말았다. 나만 해도 부모님 얼굴 보는 것이 불편했다.

"딱 사흘이야. 대신 요리, 청소 다 내가 할게."

하령이 간절한 눈빛으로 나를 바라봤다. 내가 아무 말 하지 않자 하령은 자신이 슈퍼에 가서 장도 봐 오겠다고 했다. 나는 그 말에 얼굴을 찡그리지 않으려 애쓰며 고개를 끄덕였고, 고개를 끄덕이면서도 실수한 것 같다는 생각을 지울 수 없었다. 누군가와 함께 같은 방에서 생활한 지가 너무 오래되었기 때문에 걱정이 되었지만 하령은 우렁각시처럼 하루에 한 번씩 걸레질을 하고 장을 봐 간단한 반찬을 만들었으며, 식사를 마친 후에는 설거지까지 끝냈다. 그렇게 하루 이틀 지내다 보니 나는 하령이 처음 약속한 것과는 달리 엿새나 집에 머물렀다는 것을 깨달았다. 이제 집에 돌아가봐야 하지 않겠느냐는 말을 꺼내려는데 하령은 아르바이트 구인 사이트에 접속하고 있었다. 하령이 잽싸게 문자를 보냈고 곧 답문이 왔다. 하령이 코트를 입으며 말했다.

"어서 옷 입어. 한 시간 뒤에 합정역. 생활비 다 떨어졌잖아."

지하철에 올라서야 나는 우리가 웨딩홀 뷔페에 당일알바로 가는 중이라는 것을 알았다.

"10초만 늦게 클릭했어도 다른 사람에게 넘어갔을걸. 두 명 구하는 알바라서 보자마자 보냈지."

우리는 예식장 탈의실에서 식장에서 제공한 흰색 유니폼으로 갈아입고 간단히 화장도 했다. 거울에 비친 내 모습은 어색했지만 하령은 훨씬 예뻐 보였다. 우리는 손발이 잘 맞았고 요령껏 휴식을 취하며 일을 했다. 예식이 진행되는 동안 식당 테이블을 세팅하고 그릇을 나르는 일은 쉬웠지만 예식이 끝나고 사람들이 몰려들자 정신이 하나도 없었다. 하지만 둘이 함께 아르바이트를 해서인지 일이 그리 어렵게 느껴지지 않았다.

나는 집으로 돌아오는 길에 하령에게 언제 집에 갈 것인지를 물어보려다가 입을 다물었다. 때때로 하령의 얼굴에 비치는 어두운 표정 때문에 말을 꺼내기가 힘들었다. 그럴 때마다 나는 하령이 있어서 좋은 점을 생각했다. 생각할 것도 없이 집 안이 깨끗해졌다는 점을 들 수 있었다. 예전에 나는 열흘에 한 번 청소를 했다. 세탁기가 없었으므로 손빨래만 해도 온몸이 뻐근했다. 하지만 손재주가 좋은 하령은 빨래와 청소는 물론이고 고장 난 문고리 수리까지 손쉽고 빠르게 해치웠다. 하령은 요리 솜씨도 뛰어났다. 하령은 값싼 재료로 금세 먹을 만한 반찬을 만들어냈으며 기똥차게 맛있는 라면을 끓일 줄 알았다. 2인 1조로 일하는 것의 장점은 말할 것도 없었다. 하령과 지내면서 나는 처음으로 사흘 연속으로 일하기도 했다. 하지만 텔레비전 채널 때문에 우리는 자주 다퉜다. 하령은 자신이 내 방에서 신세지고 있다는 것을 잊었는지 채널을 결정하려 들었다.

우리는 자그마치 두 달간 함께 살았다. 정확히 말하자면 하령이 내게 두 달간이나 빌붙었다. 두 달 동안 일주일에 두 번 정도 일했으니 혼자 살 때보다는 많이 일한 셈이었다. 하지만 별것 아닌 일로 티격태격하고 서로에게 베개를 집어던진 다음날, 나는 아침에 일어나자마자 하령에게 당장 집에서 나가달라고 말했다. 하령은 어른스러운 말투로 일하러 가야 한다고, 어서 옷을 입으라고 했다. 지하철에 올라타서야 나는 우리가 이태원에 있는 한 호텔 직원식당에 당일알바로 가고 있다는 것을 알았다. 하령은 지하철 의자에 앉아 눈을 감고 팔짱을 낀 채로 말했다.

"내일 아침엔 무슨 일이 있어도 집에서 나갈 테니 걱정하지 마."

직원식당은 한 명의 영양사와 두 명의 주방 아줌마가 함께 일하는 곳이었다. 아줌마 한 명이 몸이 아파 못 나와서 당일알바를 구한 모양이었다. 우리가 해야 할 설거지와 바닥

닦기를 비롯한 주방 청소는 쉬운 일이 아니었다. 주방 아줌마는 한 달에 두세 번 쓰는 알바생들에게 자신의 일까지 모조리 떠넘기려 했다. 쉴 새 없이 몸을 움직이던 우리는 어느 순간 눈이 마주쳤다. 하령의 이마에 땀이 맺혀 있었다. 갑자기 하령이 호스를 들어 나에게 물을 뿌렸다. 나도 호스를 잡고 하령을 향해 물을 뿌렸다. 우리는 입을 막고 웃었다. 물에 흠뻑 젖은 하령은 즐거워 보였다. 우리는 주방에 떨어진 마지막 물방울까지 깨끗이 닦은 다음 작업복을 벗었다. 영양사는 우리처럼 호흡이 잘 맞는 친구는 본 적이 없다면서 다음에도 와달라고 했다.

지하철역에서 내려 피자 체인점 앞을 지나는데 하령이 나를 피자집 안으로 끌어당겼다. 우리는 피자가 만들어지는 동안 나란히 앉아 핸드폰을 만지작거렸다. 집까지 오는 길에도 하령은 말이 없었다. 하령은 집 앞 슈퍼에 들어가 맥주 피처를 사서 나왔다.

힘든 노동 덕분에 피자는 순식간에 사라졌다. 우리는 이불 속에 발을 집어넣고 금세 페트병을 비웠다. 하령은 또다시 하소연을 늘어놓았다.

"사실 난 집안의 천덕꾸러기야. 언니 오빠 다 일류대 들어갔는데 나만 지방 전문대, 그것도 과외 선생 붙여서 겨우 갔어. 스튜어디스? 그런 건 처음부터 그림의 떡이었어."

나는 말없이 맥주를 마셨다.

"그동안 고마웠어. 나중에 취직하면 거하게 한턱 쏠게."

하령이 그렇게 말하니 나는 더 미안해서 말이 나오지 않았다. 하령은 잔에 남은 맥주를 한 모금 더 마시더니 콜록거리며 가방에서 무언가를 꺼내 입 안에 털어넣었다.

"약을 술이랑 먹으면 안 좋다던데."

하령은 전처럼 나에게 피자를 미디엄 사이즈로 하나만 더 사다 달라고 했다. 나는 피자 사러 가는 김에 맥주도 사다 주겠다고 하면서 자리에서 일어났다. 하령이 내게 돈을 내밀었다. 나는 이번에는 내가 쏘겠다고 하고는 방에서 나왔다.

피자 체인점까지 가는데 몸이 축 처져서 걷기가 힘들었다. 나는 체인점에 들어가 저번에 하령이 주문했던 피자 이름을 가까스로 기억해냈다.

"새우 들어간 거 신제품 뭐더라? 아, 슈림프 퀸 미디엄 한 판 주세요."

나보다 먼저 온 사람이 피자를 받아 나간 뒤 나는 의자에 앉아 머리를 기대고 눈을 감았다. 피자가 만들어지는 15분 동안 기분이 좋지 않았다. 그새 하령에게 정이 들었는가 싶어 기분이 이상했다. 그렇다고 하령에게 다시 나가지 말라고 할 수도 없는 노릇이고 앞으로도 같이 아르바이트를 할 거니 지겹도록 볼 건데 무슨 걱정인가 싶었다. 둘이서 장기적으로 할 수 있는 아르바이트를 구해도 괜찮을 것 같았다. 다시 발걸음이 가벼워졌다. 나는 골목을 빠르게 돌았다.

집 앞에 와서야 맥주를 빼먹었다는 사실을 깨달았다. 다시 왔던 길로 돌아가려다가 하령에게 피자를 먼저 건네주고 슈퍼에 가려고 벨을 눌렀는데 대답이 없었다. 손으로 문을 두드렸지만 마찬가지였다. 주머니에서 열쇠를 꺼내 열쇠 구멍에 꽂으려는데 왜인지 잘 들어가지 않았다. 녹이 슬어서 그런 걸까. 내일 열쇠를 하나 더 맞춰야겠다고 생각하며 문을 연 순간 익숙한 냄새가 흘러나왔다.

나는 본능적으로 입을 틀어막고 문을 활짝 열었다. 버너 위에 타다 남은 연탄과 번개탄이 보였다. 하령의 옆모습이 보였다. 여전히 하체는 이불 속에 집어넣은 채로 벽에 기대어 있었다. 나는 하령에게 다가가 어깨를 잡고 흔들었다. 하령의 몸은 젖은 솜처럼 축 늘어졌다. 나는 하령의 겨드랑이에 양손을 끼워 밖으로 끌어낸 뒤 입안에 바람을 불어넣었다. 인공호흡은 한 번도 안 해봤지만 체육 시간에 배운 기억을 최대한 되살려 몇 번 시도하다가 핸드폰을 꺼내 들었다. 119에 전화를 하려 했지만 버튼을 누르는 손이 떨리는 바람에 몇 번의 시도 끝에 겨우 전화를 걸 수 있었다.

하령과 함께 구급차에 올라타 병원으로 가는 길에 나는 또 다시 몸이 납작해지는 것 같았다. 자꾸만 드러눕고 싶고 이불 속으로 기어 들어가고 싶었다. 구급대원이 아가씨도 혹시 가스를 마신 거 아니냐며 의자에 기대어 있으라고 했다. 내가 누울 자리는 없었으므로 나는 허리를 굽혀 눕듯이 의자에 기댔는데 빙글빙글 도는 놀이기구를 탄 것처럼 어지러웠다.

혼수상태에 빠진 하령은 응급실로 들어갔다. 누군가 전화를 걸었는지 금세 하령의 부모님이 들이닥쳤다. 누군가 내 연락처를 적어 갔고 나는 이런저런 질문에 답한 뒤에 집으로 돌아올 수 있었다.

나는 집에 오자마자 문을 걸어 잠갔다. 역시 방에 들이는 게 아니었어. 뺨 위로 눈물이 흘러내렸다. 버너 위에 놓인 번개탄과 연탄을 창문 밖으로 내던졌다. 연탄은 집 앞에 있던 것을 사용한 것 같았고 번개탄은 하령이 직접 사 온 것 같았다. 언제 번개탄을 사 왔을까. 내가 피자를 사러 간 사이에? 하령이 미웠다. 피자를 사러 가는 나를 비웃으며 번개탄을 사러 간 하령이 무섭고 미웠다.

창문을 닫은 다음 이불 속으로 기어 들어갔다. 누군가 위에서 누르고 있는 것처럼 몸이 무거웠다. 곧 깊은 잠이 몰려들었다. 올겨울엔 돈을 아끼기 위해 종종 연탄 난로를 사용했다. 춥고 배가 고파 죽어버릴까 하는 생각이 때때로 밀려들었다. 사나흘 동안 술을 마시다가 잠들고, 일어나 구인 사이트를 들여다보는 생활의 연속이었다. 지지난달에는 난로를 켜놓고 잠시 졸았는데 가스를 마셨는지 메스껍고 구역질이 났다. 나는 입과 코를 틀어막고 거북이 자세로, 하지만 속도만은 토끼처럼 빠르게 기어서 밖으로 나왔다. 나는 언니 집으로 향했다. 언니에게 동치미 국물을 달라고 해서 한 대접 마신 다음 집으로 돌아와 이불을 덮어쓰고 키득거렸다. 매일 죽고 싶다고 생각했는데 대체 왜 그랬는지 알 수 없었다. 혹시 하령도 그랬던 건 아닐까. 막 죽으려는 순간 밖으로 나가고 싶었던 건 아닐까. 아니다. 하령은 진심으로 납작해지고 싶어 했다. 납작해져서 몸을 숨기고 싶어 했다. 하령이 죽고 싶었던 진짜 이유는 무엇일까. 단지 스튜어디스 시험에 떨어져서? 묻고 싶었지만 하령은 답할 수 없었다.

아침에 일어나자마자 팔을 뻗어 기지개를 켜려는데 몸이 움직여지지 않았다. 아무래도 잠이 덜 깬 모양이었다. 가위에 눌린 건가? 현관 쪽에서 소리가 들렸다. 언니가 안으로 들어와 나를 불렀다. 나는 여기에 있다고 말하려 했지만 목소리가 나오지 않았다. 언니가 내 곁으로 다가와 무언가를 눌렀다. 어디선가 시디 돌아가는 소리가 들렸다. 허리 부분이 비틀리는 감각이 느껴지면서 음악 소리가 들려왔다.

"문 열어놓고 어딜 간 거야?"

방 안을 인크레더블의 음악이 점령했다. 나는 목청껏 언니를 불렀지만 내 목소리는 음악 소리에 묻혀 들리지 않았다. 아무것도 보이지 않았지만 몸이 빙빙 돌아가는 것만은 느껴졌다. 어지럽고 토할 것 같았다. 갑자기 음악이 뚝 끊어지더니 눈앞이 밝아졌다. 눈이 부셔 실눈을 떴다. 언니가 내 쪽으로 얼굴을 바짝 들이밀었다. 드디어 나를 발견했구나 싶어 웃음이 나오려는데 언니가 옆에 놓인 인크레더블 시디 케이스를 들어올렸다.

"시디 살 돈도 있네?"

다시 시야가 어두워지며 뚜껑 닫히는 소리가 들렸다. 음악이 울려퍼졌다. 비틀리는 허리의 통증을 느끼며 나도 같이 노래를 불렀다. ■

두리안의 맛

윤지는 인천 공항에 도착하자마자 전속력으로 달렸다. 비행기는 처음이었다. 어렸을 때 비행기를 타고 제주도에 간 적이 있다는데 기억나지 않았다. 어쨌거나 윤지의 첫 해외여행이었다. 캐리어 가방을 끌고 달리느라 손목이 아팠지만 젖먹던 힘까지 쥐어짠 덕분에 5분 일찍 도착할 수 있었다. 윤지는 이메일로 일정표를 보내준 가이드 선생을 찾아 인사를 했다. 가이드 선생은 머리가 희끗한 오십대 남성이었다. 그가 손에 든 종이에서 윤지의 이름을 확인하며 말했다.

"파워블로거 강윤지 님? 반가워요. 나도 강씬데. 강 샘이라고 불러요."

어디선가 본 적이 있는 것처럼 친근한 인상이었다. 강 샘은 손가락으로 의자를 가리키며 저쪽에서 사람들이 올 때까지 잠시 기다리라고 했다. 윤지는 대기석에 앉아 공항 내부가 보이도록 셀카를 찍어 인스타그램에 올렸다. '방콕행 비행기 타기 전'이라고 적고 해시태그를 달았다. #팬데믹을뚫고태국여행

금세 하트가 쏟아졌고 댓글도 여러 개 달렸다.

— 여행 가시는 거예요? 부럽. 역시 금수저 윤지님. 전 요즘 매일 야근인데. 저 대신 잘 놀다 오십셔.

금수저라고? 여행 피드를 주로 올리다 보니 금수저로 보이는 걸까. 윤지는 수정 버튼을 눌러 해시태그를 하나 더 달았다. #공짜여행

이번 팸투어는 백신을 접종한 사람들에 한해서 허락된 단체 여행이었지만 윤지는 마스크를 여러 개 챙겨왔다. 사실 백신의 효과를 백 프로 믿기도 힘들었다. 윤지는 아직 그 어느 것도 완전히 믿을 수 없었다. 그럼에도 떠나고 싶었다. 부모님은 아직 해외여행은 이르다면서 반대했지만 윤지는 부모님을 설득했다. 팸투어 참가를 통해 전 세계가 코로나에서 한 발짝 비켜났다는 것을 자신의 눈으로 확인하고 싶었다.

태국은 2021년 7월, 푸껫 관광 샌드박스를 통해 백신 접종자에 한해 격리 없이 외국인 관광객의 입국을 허용했다. 격리는 해제되었지만 푸껫에서 일주일간 체류해야 했다. 일

주일간의 체류가 끝나면 다른 지역으로 이동할 수 있었다. 10월부터는 다른 도시도 조금씩 개방했다. 11월부터는 백신 접종 증명서를 갖고 있는 한국을 포함한 63개국의 외국인 관광객이 격리 없이 태국 전 지역을 여행할 수 있게 되었다. 2022년 5월인 지금, 윤지는 한층 여유로운 마음으로 태국 팸투어에 합류했다. 윤지는 이번 팸투어에 참가하기 위해 일찌감치 백신 접종을 마쳤다. 관광 대국인 태국은 코로나로 인해 경제가 위축되어 국민들의 고통이 그 어느 나라보다도 큰 상태였다. 태국관광청은 팸투어를 통해 얼어붙은 여행업계에 활기를 불어넣으려는 모양이었다. 윤지를 포함한 팸투어 참가자는 마음껏 즐긴 뒤 블로그를 비롯한 SNS에 태국 여행을 홍보하면 되었다.

"혹시 윤지님?"

윤지는 고개를 들었다. 낯선 남자가 밝게 웃으며 말했다.

"반갑습니다. 지그재그예요."

윤지는 그가 내민 손을 잡았다.

"정말요? 반가워요. 저 지그재그님 블로그 자주 가요."

그는 마스크를 잠깐 벗었다가 다시 쓰며 말했다.

"그래요? 요즘 업데이트 못했는데. 윤지님 블로그 잘 보고 있습니다."

윤지의 얼굴이 달아올랐다. 윤지는 지그재그가 팸투어에

함께 간다는 것은 알고 있었지만 그가 자신의 블로그에 방문할 거라는 생각도, 자신을 알고 있을 거라는 생각도 해보지 않았다. 여행 블로거들 사이에서 그는 연예인보다 유명한 존재였다. 윤지는 지그재그가 처음 블로그를 시작한 8년 전부터 그의 블로그 이웃이었다. 지그재그는 중학교 2학년 때부터 해외여행을 시작했다. 그는 전 세계 안 가본 곳이 없었다. 국내여행부터 해외여행까지, 그의 블로그 검색창에 몰디브, 태종대와 같은 도시나 여행지를 넣기만 하면 여행기가 자동으로 떴다. 그가 찍은 사진들은 작품 같았다. 인스타그램 피드를 가득 채운 사진들도 멋졌지만 그의 진가가 발휘되는 것은 글이었다. 여행 잡지 기자가 쓴 기사보다 그의 블로그에 올라온 여행기가 훨씬 매혹적이었다. 그가 올린 사진과 여행기를 보기만 해도 그곳에 다녀온 듯한 착각이 들 정도로 생생했다. 여행사 사장 아들이라는 소문부터 금수저 한량이라는 소문까지 다양했지만 눈앞의 남자는 지극히 평범해 보였다. 캐주얼한 옷에 야구모자를 눌러쓴 지그재그는 한국에서 흔히 볼 수 있는 대학생의 모습이었다.

"혹시 지그재그님 여행 관련 취업 준비하세요?"

"아니요. 저에게 여행은 취미에 가까워요. 직업으로 삼고 싶은 일은 따로 있어요. 이쪽과는 완전히 다른 분야예요."

지그재그가 금수저라는 소문은 진짜일까. 고등학교 1학년 여름방학 때 홀로 유럽 배낭여행을 했다는 지그재그. 블로그를 10분만 둘러봐도 이십대 청년의 블로그라고는 믿을 수 없는 방대한 지식과 다양한 분야에 대한 강렬한 호기심을 느낄 수 있었다. 유튜브는 본격적으로 하지 않는 분위기였지만 이미 20만 명이 넘는 구독자를 보유하고 있었다. 5개국어 구사자인 것으로 모자라 구김살 없는 성격과 몸에 밴 매너까지. 문득 세상은 불공평하다는 생각이 들었다.

윤지의 블로그 방문자 수가 지그재그의 블로그 방문자 수보다 많았지만 그것은 윤지가 방문자 수를 늘리기 위해 안간힘을 썼기 때문이지 순 방문자 수는 지그재그가 많을 것이었다. 가만히 있어도 사람이 모여드는 것과 호들갑을 떨어 사람을 모으는 것에는 큰 차이가 있었다. 아등바등하지 않아도 되는 것. 그것이야말로 지그재그가 자신과 다른 점 같았다.

"참, 우리 동갑인데 말 놔요."

윤지가 고개를 끄덕이며 말했다.

"그, 그래."

사실 윤지를 여행 블로거라고 하기는 힘들었다. 오히려 맛집 블로거라는 말이 적합할 것이다. 윤지의 블로그는 애초에 일상과 맛집 탐방기를 올리는 평범한 블로그였다. 나중에는 유튜브로 영상도 함께 올렸고 그 때문인지 방문자 수가 조금씩 늘었다. 주머니가 가벼운 대학생들이 갈 수 있는

2~3만 원대의 맛집들을 주로 소개했는데 윤지가 올린 글이 포털 메인에 올라가면서 조회 수가 급증했다. 윤지는 오래지 않아 깨달았다. 자신에게 관종의 피가 흐른다는 것을.

친구들은 이왕 이렇게 된 거 먹방을 해보라고 했지만 입이 짧다 보니 먹방은 무리였다. 대신 남자친구와 데이트하는 과정을 브이로그로 찍어 공개하고 맛집 정보와 영수증을 올렸다. 2년간 사귄 남자친구와 헤어지면서 블로그는 잠시 침체되었지만 윤지는 여자친구와 의기투합해 꾸준히 맛집 블로그를 이어갔다. 차도 없는 여대생이 발품을 팔아 국내 맛집을 탐방하는 과정을 솔직히 올렸고 제법 반응이 좋았다. 전국 맛집을 다니다 보니 국내여행도 하게 되었다. 여행이야 늘 가고 싶었지만 해외여행을 꿈꿀 순 없는 형편이었다. 그러던 중 전남 여수에서 열린 파워블로거 팸투어에 초청되어 1박 2일간 참여한 뒤 쓴 여행기를 블로그에 실었고 함께 간 블로거들과 함께 공동저자로 책도 출간했다. 이번 일도 비슷한 것이었다. 이번 태국 팸투어 기자단은 파워블로거와 여행기자들이 닷새 동안 함께 다니면서 태국이 코로나로부터 얼마나 안전한지를 보여주는 것이 목적이었다. 윤지는 공짜 여행에 지원했고 높은 경쟁률을 뚫고 파워블로거 중 한 명으로 선발됐다. 여행을 오기 전부터 설레기 시작했다. 난생처음 여권을 만들었고 캐리어 가방도 장만했다. 국내를 벗어나본 적이 없는 윤지는 삶이라는 컴퍼스의 각도를 넓힌 기분이 들었다.

윤지는 긴장한 채로 탑승구로 들어갔다. 윤지는 강 샘의 뒤를 쫓아다녔다. 해외로 나가본 적이 없다 보니 일행을 놓치면 끝장이었다. 강 샘도 이번이 첫 해외여행이라는 윤지를 좀 더 신경쓰는 눈치였다.

비행기 안으로 들어간 윤지는 자신의 자리를 찾아 창가 좌석에 앉았다. 잠시 뒤 머리를 노랗게 염색한 여자가 영어로 말을 걸어왔다. 자신의 자리니 비켜달라고 했다. 윤지는 티켓을 확인했다. 자신의 자리는 옆자리인 통로 쪽 좌석이었다. 윤지는 한국말로 말했다.

"앗, 죄송합니다."

그러자 여자가 말했다.

"한국분이세요? 혹시 태국관광청 초청으로 온? 저도 같은 팀이에요."

"정말요? 강윤지예요. 반갑습니다. 아직 학생이고 파워블로거예요."

"아, 그렇구나. 저는 출장 왔어요. 창가 자리가 좋으면 바꿔줄까요?"

윤지는 창가 자리에 앉고 싶으면서도 괜찮다고 사양했다. 여자가 명함을 건넸는데 윤지도 잘 아는 여행 잡지의 기자였다. 이수연. 윤지 앞에 앉은 남자가 뒤돌아 수연에게 인사했다.

“오랜만이네. 거기 요즘 바쁘지?”

수연이 놀라며 답했다.

“요즘 좀 그렇죠. 선배는 여기 웬일?”

“사직서 냈더니 부장이 그 자리에서 찢어버리면서 여행 가서 머리 식히고 오라던데?”

“정말?”

“때마침 여행 담당 기자가 코로나 확진돼서 대타로 가게 됐어.”

윤지가 남자에게 고개 숙여 인사하자 그는 윤지에게 명함을 건넸다. 박범수. 그는 종합 일간지 문화부 문학 담당 기자였다. 이곳에 온 사람들은 대부분 윤지처럼 당첨된 기분으로 가는 게 아니라 출장을 가는 모양이었다.

윤지의 눈에 수연은 너무나 매력적이었다. 영어도 잘했지만 뒷자리에 앉은 중국인이 무언가를 물어보자 유창한 중국어로 답했다. 그러고 보니 여기 온 사람들은 자신을 제외하고는 외국어 한두 개쯤은 하는 사람들일 거라는 생각이 들었다. 윤지는 새삼 공짜 여행이라는 행운권에 당첨되었다는 생각이 들면서 여행기만은 최고로 잘 쓰겠다는 의지가 불타올랐다. 윤지는 단 한순간도 놓치지 않겠다는 듯 눈을 부릅떴다. 맛집 블로거인 자신을 뽑은 것은 음식에 대한 리뷰를 기대하는 것이라는 생각에 기내식도 하나씩 음미하듯 먹었고, 인스타그램, 페이스북에 세세한 설명과 함께 올렸다. 첫 해외여행인 만큼 단 하나도 놓치고 싶지 않았다. 윤지는 신라면을 찍어 올리고 해시태그를 달았다. #기내식도신라면이최고 #컵라면

통로를 사이에 두고 윤지의 오른쪽에 앉은 강 샘이 말했다.

"윤지 씨, 라면으로 배 채우지 마. 방콕 가면 좋은 거 많이 먹을 거니까."

윤지는 고개를 끄덕이면서도 국물까지 모두 들이켰다. 가방 안에도 신라면이 몇 개 들어 있었지만 어제 집에서 먹던 신라면과는 맛이 달라서 포기할 수 없었다. 윤지는 이것이 바로 여행의 맛이구나 싶었다. 윤지는 수정 버튼을 눌러 해시태그를 하나 더 달았다. #여행의맛

윤지는 음악을 듣다가 인스타그램에 접속했다. 비행기에 오르기 전, 인천 공항에서 올린 게시물에 댓글이 여러 개 달려 있었는데 '스파이더맨'이라는 유저가 달아놓은 댓글이 눈에 들어왔다.

— 하루 종일 개같이 일해도 알바에서 벗어나기 힘든데 윤지님은 여행을 가시는군요. 저는 대리 만족하겠습니다.

비아냥대는 건지 부럽다는 건지 알 수 없었지만 윤지도 댓글을 달았다.

— 언제 시간 내서 떠나시면 좋을 텐데요.

그도 인스타그램에 접속하고 있었던 건지 금세 답글이 달렸다.

— 세상에는 님처럼 운 좋은 사람보다는 하루하루 힘들게 살아가는 사람이 더 많답니다.

— 너무 부정적으로 생각하는 거 아닐까요? 님도 꿈꾸세요. 님도 갈 수 있다는 꿈을 꾸셔도 될 텐데요. 이런 댓글을 달 시간에 자기 자신에게 몰두하는 게 낫지 않을까요?

윤지는 끝까지 예의를 갖춰 약을 올려줬다. 불쾌했다. 일면식도 없는 사람이 자신의 사적인 공간에 저런 댓글을 다는 것도 싫었지만 윤지 역시 형편이 좋아 여행을 다니는 처지가 아니었기 때문에 억울했다. 자신이 정말 정의의 사도인 스파이더맨이라도 되는 줄 아는 걸까. 팬데믹이 완전히 끝나기 전에 해외여행이나 다니는 여자를 단죄해야 하는? 그러고 보니 스파이더맨은 생활고에 시달리는 캐릭터였다. 여행기를 쓰는 대가로 가는 무료 여행이라고 댓글을 달 수도 있었지만 윤지는 왠지 그렇게 하고 싶지 않았다.

윤지는 돈므앙 공항에 내리자마자 사진을 찍느라 분주했다. 사진을 찍은 지 20분이 지나서야 팸투어에 참여한 사람들이 한곳에 모였다. 다른 비행기로 왔는지 인천 공항에서도, 비행기에서도 보지 못한 두 명의 남자가 합류했다. 한 사람은 어깨에 카메라를 메고 있었는데 수염이 더부룩했고 한 명은 대조적으로 깔끔한 인상이었다. 무테안경 때문에 인상이 다소 차가워 보였다. 윤지는 털보가 마음에 들지 않았다. 자꾸 자신을 힐끔거리며 웃는 것 같았다. 윤지는 그가 곁으로 오면 마스크를 코 위로 눌러쓰며 조용히 자리를 피했다.

강 샘이 말했다.

"이렇게 일곱 명 외에 호텔에 미리 도착해 있는 사람이 두 명 더 있어요. 네 명, 다섯 명으로 나눠서 다니면 되겠네요."

털보와 무테안경은 윤지를 비롯한 모든 사람에게 명함을 나눠줬다. 털보의 명함에는 연극연출가, 무테안경의 명함에는 자유기고가라고 적혀 있었다. 오늘 받은 명함만 네 장이었다. 이렇게 많은 사람들에게 명함을 받아본 일이 처음인 윤지는 인맥이 넓어진다는 게 이런 것인가 생각했다. 그러면서도 이번 여행이 끝나고서 이 사람들과 다시 만날 일이 있을까 싶었다. 문득 여행이란 멋진 풍경을 낯선 사람들과 함께 바라보는 것이 아닌가 하는 생각이 들었다.

강 샘이 먼저 털보, 무테안경과 함께 택시에 오르며 박 기자에게 남은 사람들을 잘 인솔해서 오라고 했다. 윤지는 곧 이어 도착한 택시에 수연, 지그재그, 박 기자와 함께 올라탔다. 조수석에 탄 박 기자가 택시 운전사에게 G호텔로 가자고 했다.

윤지는 일정표에 나온 호텔 이름을 인터넷에 검색했다.

무려 5성급 호텔이었다. 차창 밖 화려한 조명 아래로 지나다니는 사람들 중에는 마스크를 쓰지 않은 사람도 드문드문 보였지만 대부분은 쓰고 있었다. 언제쯤 코로나가 종식될까 생각하니 한숨이 나왔다. 전문가들은 코로나는 종식되지 않을 것이고 풍토병으로 남을 거라고 했다. 결국 코로나와 공존하는 법을 배워야 하는 것이다. 수연이 미간을 찌푸리며 말했다.

"이 사람 지금 일부러 도는 거지?"

지그재그가 말했다.

"그냥 가죠. 첫날부터 싸워서 기분 잡치고 싶지 않아요. 세 바퀴 돌아봤자 얼마 안 하니까요. 추가분 택시비 제가 낼게요."

택시 운전사에게 따질 요량으로 주먹을 불끈 쥔 윤지는 맥이 빠졌다. 수연도 더 이상 말하지 않았다. 윤지는 지그재그를 감탄의 눈길로 바라보며 생각했다. 여행을 많이 해본 사람은 역시 다르구나. 소액의 돈 때문에 기분 상하게 하지 않겠다니. 그러고 보니 방콕은 택시비가 저렴하다는 이야기를 들은 적이 있었다. 윤지는 지그재그가 더 멋져 보였다. 어른스러워 보였다고 할까. 동갑이지만 왠지 자신보다 대여섯 살 많은 것처럼 여겨졌다. 그 순간 자신의 캐리어 가방이 떠올랐다. 택시 트렁크에 캐리어를 실을 때 택시 운전사가 신음소리를 냈을 정도로 윤지 혼자만 짐을 바리바리 싸 왔다. 모두 짐이 단출했고 수연은 심지어 가벼운 배낭 하나였다.

윤지는 이것부터가 자신이 해외여행 초보라는 증거인 것 같아 멋쩍었다.

택시 운전사는 세 바퀴를 돌아 방콕 시내 구경을 시켜준 다음 고급지게 빛나는 건물 앞에 손님들을 내려놨다. 택시에서 내린 윤지는 호텔을 올려다봤다. 엄청나게 높은 건물이었다.

호텔 1층 로비에서 젊은 태국 여자가 팸투어 기자단을 반겼다. 강 샘이 말했다.

"이분이 현지 가이드세요. 내일부터 함께 다니면서 태국 곳곳을 안내해주실 겁니다."

그 옆에는 키가 큰 아줌마가 서 있었는데 강 샘과 아는 사이인지 서로 끌어안으며 반가워했다.

"잠깐 여기 주목해주세요."

태국인 가이드가 교과서를 읽듯이 또박또박 말했다.

"친해질 기회는 많으니까요. 5일 동안 여행하다 보면 자연스럽게 친해질 거예요. 오늘은 첫날이니까 들어가서 쉬세요. 자유롭게 시간 보내시면 됩니다. 저녁은 각자 뷔페 레스토랑에 가서 너무 늦지 않게 드시면 되고요. 내일 아침 식사도 편하신 대로 정해진 시간 안에 하시면 됩니다. 코로나가 완전히 끝난 건 아니니까 조심하면서 여행을 즐겨주시면 감사하겠습니다. 내일 아침 9시, 이 자리에서 다시 뵙겠습니다."

윤지는 프런트에서 카드키를 받아 사람들과 함께 엘리베

이터에 올라탔다. 세 명의 중국인이 7층에서 내린 뒤 윤지를 포함한 네 명이 10층에서 내렸다. 윤지, 박 기자, 수연, 지그재그는 서로 목례를 하며 편히 쉬라고 말한 뒤 각자의 방을 찾아 흩어졌다.

윤지의 방은 가장 끄트머리에 있었다. 윤지는 두근거리는 가슴에 손을 대며 안으로 들어갔다. 가장 먼저 윤지를 반겨준 것은 과일 바구니였다. 문에서 가까운 탁자 위에 놓인 바구니에는 망고스틴을 비롯하여 태국의 공기와 빛을 머금은 싱싱한 과일이 가득 담겨 있었다.

객실 인테리어는 모던하면서도 고급스러웠다. 둘이 자도 충분한 퀸 사이즈 침대가 놓여 있었으며 욕실이 아닌 방 한가운데에 욕조가 있었다. 윤지는 침대 위에 털썩 몸을 던지며 기쁨의 비명을 내질렀다. 방콕에서 5성급 호텔이라니. 윤지는 한국에서 그 흔한 호캉스 한번 못 가봤다. 친구들이 호캉스를 가자고 할 때도 이런저런 핑계를 대고 빠졌다. 호텔 숙박권을 준다면서 리뷰를 제안하는 쪽지가 종종 왔지만 무슨 자존심인지 그것만은 늘 거절해왔다. 소박하고 서민적인 자신의 블로그와 성격이 맞지 않는다고 생각했기 때문이다. 하지만 막상 호텔에 들어와보니 세상에 이렇게 다정하고 따뜻한, 그리고 안전한 기분이 드는 장소가 또 있을까 싶었다. 낯선 나라에서 여자 혼자 여행을 하면서 신변의 안전을 보장

받을 수 있는 장소는 단연코 호텔밖에 없을 것이다. 안전은 돈으로만 보장받을 수 있는 걸까. 코로나는 부자도 피해갈 수 없었다. 하지만 일용직 노동자들은 코로나에 좀 더 노출될 수밖에 없지 않을까. 코로나 확진자는 법률 사무소나 국회의사당보다는 물류 창고라든가 콜센터 같은 곳에서 더 많이 발생했다. 윤지는 밀려드는 생각을 떨쳐내려는 듯 자리에서 일어나 22층에 있는 레스토랑으로 올라갔다.

저녁 식사를 하기엔 늦은 시간이었지만 레스토랑에는 사람이 많았다. 접시에 음식을 담아 앉을 곳을 찾는데 홀로 밥을 먹고 있는 수연이 보였다. 윤지는 수연에게 다가가 건너편에 앉았다. 수연은 윤지가 접시를 반도 비우기 전에 먼저 올라가보겠다고 했다. 수연은 자리에서 일어나며 이렇게 말했다.

"내려가서 기사 써야 해. 두 시간 안에 써서 편집장한테 보내야 하거든."

윤지는 고개를 끄덕이며 어서 올라가보라고 했다. 그러고 보니 수연과 자신은 이번 여행에 대한 온도 차가 클 거라는 생각이 그제야 들었다. 사실 이렇게 들뜬 사람은 윤지 자신뿐인 것 같았다. 수연에겐 반복되는 '일'일 뿐이고 여러 번 와본 방콕이 대단할 것도 없을 것이다. 저 멀리 창가 쪽 테이블에는 털보와 무테안경이 함께 식사를 하고 있었다. 털보가 윤지를 힐끔거렸지만 윤지는 접시를 비운 뒤 서둘러 자기 방으로 올라왔다.

윤지는 욕조에 물을 받고 입욕제를 꺼내 물에 녹였다. 콧노래를 흥얼거리며 욕조 안에 들어가 이북리더기로 어젯밤에 읽던 소설을 마저 읽었고 그러고도 뭔가 허전하다는 생각을 지울 수 없었다. 윤지는 욕조 밖으로 나와 옷장 안에 있는 가운을 걸친 뒤 유튜브에 올릴 영상을 제작했다. 대도시의 5성급 호텔을 보여주는 흔하디흔한 영상이었다. 전 세계에 체인이 있는 호텔이다 보니 한국 호텔과 크게 다를 것도 없었다. 혼자 낄낄대며 영상을 찍고 나서도 허전한 기분은 가시지 않았다. 윤지는 다시 옷을 입었다. 여행 첫날 혼자서라도 첫 해외여행을 축하하는 축배를 들어야겠다고 생각했다. 첫날이라서인지 피곤한데도 잠이 오지 않았고 그새 배가 꺼져 출출했다.

자정이 넘은 시각, 윤지는 호텔 방에서 빠져나와 엘리베이터에 올랐다. 이 밤에 깨어 있는 사람이 윤지만은 아닌 모양이었다. 1층에서 회전문을 통과하는 지그재그가 보였다. 윤지는 지그재그 뒤에서 잠시 따라 걸었다. 혹시 여자친구와 태국에서 만나기로 한 게 아닐까. 그런 생각이 들 만큼 그는 멋지게 차려입었다. 얼굴이 상기되어 보이기까지 했다. 인파에 묻혀 걷다 보니 지그재그를 잃어버렸고 윤지는 고개를 이리저리 돌리며 원래 목적지인 편의점을 찾았다. 조금씩 호텔에서 멀어지자 낮에는 친근해 보이던 거리가 어두침침해 보였다. 목줄도 없이 배회하는 개들도 밤이 되자 눈빛이 번득거렸으며 지나다니는 외국 남자들과 눈이라도 마주치면 섬뜩했다. 홀로 여행 온 여자가 실종됐다든가 성폭행을 당했다든가 하는 흉흉한 일들만 떠올랐다.

그때 누군가 윤지의 팔을 건드렸다. 먹거리를 파는 상인이었다. 그는 윤지에게 과일을 한 조각 건네며 먹어보라고 했다. 그 순간 윤지는 트럭 밑에서 나오는 커다란 개를 보고 놀라 소리를 질렀다. 갑자기 사람들이 모여들었다. 거친 인상의 태국 상인 두 명이 뭐라고 말하며 윤지에게 다가왔다. 윤지는 그들의 말을 알아들을 수 없었으므로 더욱 겁이 났다. 어서 이 자리에서 벗어나야겠다고 생각한 순간 익숙한 언어가 들려왔다.

"여기서 뭐 해?"

지그재그였다. 윤지는 눈물이 날 정도로 그가 반가웠다.

"괜찮아요?"

지그재그 옆에 선 남자가 물었다. 지그재그가 말했다.

"내 친구."

지그재그가 자신의 친구에게 윤지를 소개했다.

"이 친구는 강윤지라고, 팸투어 같이 온 친구야."

윤지는 지그재그의 친구에게 살짝 고개 숙여 인사한 뒤 말했다.

"괜찮아요. 그냥 정신이 없어서요. 무슨 개가 이렇게 많죠?"

"태국엔 떠돌이 개가 많아요. 태국은 불교 국가라서 살생을 함부로 하지 않는대요. 개가 돌아다녀도 그냥 두는 모양이에요."

낯선 나라에서 만난 낯선 남자의 말투가 너무 다정해서 눈물이 날 것 같았다. 그는 유창한 한국어를 구사했지만 억양이 어색한 것을 보면 한국인은 아닌 것 같았다. 윤지는 휘휘 손을 저으며 말했다.

"어서 가던 길 가세요. 저는 곧 호텔로 돌아갈 거예요."

가라고 한 건 자신인데 윤지는 멀어지는 그들의 뒷모습을 보자 눈물이 날 것처럼 슬펐다. 그들은 깍지 껴 손을 잡고 있었다.

윤지는 정신을 다잡으며 앞만 보고 걸었다. 차들이 달리는 도로 건너편에 세븐일레븐이 보였다. 이국땅에서 발견한 익숙한 브랜드의 편의점이 이렇게 반가울 줄이야. 신호가 바뀌자 윤지는 길을 건너 편의점 안으로 들어갔다.

태국 편의점도 한국 편의점과 크게 다를 게 없었다. 윤지는 편의점 내부를 구경하다가 와인과 맥주, 리치 맛이 나는 마시는 젤리, 코코넛 음료, 태국 라면을 사 들고 호텔로 돌아왔다.

호텔 방에 들어오자 아늑한 기분이 들면서 긴장이 풀렸다. 윤지는 신발을 벗고 안으로 들어서자마자 사진 찍기 좋은 장면을 연출했다. 자신의 돈으로는 꿈도 못 꾸던 고가의 여행을 자랑하고 싶은 마음도 없지 않았지만 취업을 하면 한동안 해외여행 같은 건 꿈도 못 꿀 것이므로 사소한 것도 기록으로 남기고 싶었다. 레드 와인을 반쯤 채운 와인 잔을 한 손에 들고 방콕 야경을 배경으로 한 장, 비누 거품이 올라오는 욕조를 배경으로 또 한 장 셀카를 찍었다. 출국 전날 큰맘 먹고 네일아트를 받은 손톱이 보이도록 하는 것도 잊지 않았다. 윤지는 보정 앱을 이용해 좀 더 뽀얗게 만들어 인스타그램에 올렸다. #방콕G호텔 #코로나도어쩌지못한방콕야경

윤지는 사진을 찍기 위해 구입한 와인을 세면대에 흘려보낸 뒤 맥주를 마시다가 언제 잠들었는지도 모르게 잠들었다.

이튿날 윤지는 눈을 뜨자마자 벌떡 일어났다. 1층 로비에서 모이기로 한 시간이 10분밖에 남지 않았다. 주량보다 많이 마신 탓에 알람을 듣지 못했다. 윤지는 양치와 세수만 하고 바람처럼 아래로 내려갔다.

계단으로 뛰어내려온 것이 무색하게도 1층에는 사람들이

아직 반도 모이지 않았다. 털보와 무테안경이 로비에 놓인 소파에 앉아 있었다. 털보는 카메라를 만지작거렸고 무테안경은 스마트폰을 보고 있었다. 털보가 윤지에게 알은체를 했다.

"잘 잤어?"

윤지는 털보를 힐끔 쳐다봤다. 언제 봤다고 반말인지. 그러면서도 여행이란 것이 그런 것인지도 모르겠다고 생각했다. 일상을 떠나 격식을 벗어던지고 처음 만난 사람과 오랫동안 알고 지낸 사이처럼 지내는 것인지도. 윤지는 이곳에서는 좀 더 관대해지기로 했다. 타인은 물론 자기 자신에게도. 윤지는 그를 향해 고개를 가볍게 끄덕였다. 여유로운 발걸음으로 다가오는 지그재그가 보였다. 윤지는 그에게 손을 흔들어 인사했다. 어젯밤 친구와 인파 속으로 사라졌던 지그재그는 평온한 표정이었다. 박 기자와 수연은 15분이나 늦었는데도 담소를 나누며 천천히 걸어왔다.

인원이 모두 모이자 태국인 가이드가 말했다.

"이제 체크아웃하고 꼬창으로 갈 거예요. 꼬창은 코끼리 섬이라는 뜻입니다. 다섯 시간 정도 소요됩니다. 꼬창은 아름다운 섬이에요. 상대적으로 덜 알려져 있으니 깨알홍보 부탁드립니다."

'깨알홍보'라는 말에 윤지는 웃음이 났다.

모두들 일찍 일어나 식사를 하고 온 걸까. 윤지는 가방에서 초콜릿을 꺼내 입안에 넣으며 대기 중인 밴에 올라탔다. 조수석에 앉은 강 샘과 강 샘의 뒷자리에 앉은 아줌마는 간간이 대화를 나눴다. 윤지는 두 사람이 서로를 '원성 오빠', '정희'라고 친근하게 부르는 것으로 보아 대학 시절 동아리 선후배 사이가 아닐까 생각했다. 두 사람을 제외하고는 어젯밤 모두 늦게 잠들었는지 대부분 귀에 이어폰을 꽂은 채로 눈을 감고 있었다. 윤지도 조금씩 졸렸다. 윤지는 시선을 창밖으로 던졌다. 차에서 자는 잠이 달콤하다지만 난생처음 방문한 태국에서 차창 밖 풍경을 놓칠 순 없었다. 윤지는 눈꺼풀을 밀어올리며 창밖을 내다보다가 스마트폰을 꺼내 인스타그램을 훑어봤다.

어제 약을 올려준 뒤로 조용하길래 더 이상 윤지의 인스타그램을 보지 않는 줄 알았는데 스파이더맨이 이번엔 와인잔 밑에 댓글을 달아놨다.

— 여행지에서 사고 조심하세요. 저는 어제 죽을 뻔했어요. 일하다가 하마터면 지게차에 치일 뻔했답니다. 윤지님은 운 좋은 사람이니까 불행도 피해가겠지만요.

대체 뭐 하자는 거지? 사고가 나라고 저주를 퍼붓는 걸까. 불쾌했다. SNS에는 다양한 사람이 존재했다. 연륜이 쌓인 파워블로거답게 윤지는 크게 신경쓰지 않는 편이었다. 웬만해선 가볍게 넘기는 법도 알았다. 차단해버릴까 하다가 처음으로 그의 인스타그램을 방문했다.

그의 프로필 사진인 '붉은색과 푸른색이 섞인 슈트를 입고 벽에 붙어 있는 스파이더맨 그림'을 무심코 클릭한 순간, 윤지는 가슴이 철렁 내려앉았다. 그가 가장 최근에 올린 사진은 어지러운 현장 사진이었는데 바닥에 피가 고여 있었다. 글을 읽어보니 함께 일하는 동료가 다친 모양이었고 그는 크게 화가 난 듯했다. 회사에서는 사고를 동료의 잘못으로 돌리고 산재 처리에 협조해주지 않는 모양이었다. 지난 게시물도 훑어봤다. 일터에서 코로나 확진자가 나온 것 같았고 그는 일자리를 잃을까봐 걱정하고 있었다. 상자가 수북이 쌓인 물류창고를 배경으로 찍은 셀카 밑에 이런 글이 적혀 있었다.

— 코로나 따위 두렵지 않다. 하지만 코로나 때문에 일자리를 잃는 것은 두렵다.

얼굴에 심술이 덕지덕지 붙어 있을 거라고 생각했는데 그는 지그재그처럼 평범해 보이는 인상이었다. 그 순간, 윤지의 몸이 크게 들썩이면서 차가 멈춰 섰다. 운전기사는 차를 한쪽에 세우고 밖으로 나갔다. 그를 따라 차에서 내린 강 샘은 차 안에 있는 사람들에게 타이어가 펑크 난 것 같다고 했다. 운전기사는 트렁크에서 스페어타이어를 꺼내 갈았다.

그가 타이어를 다 갈고 운전석에 오를 때까지 윤지는 가슴이 두근거렸다. 하마터면 크게 다칠 수도 있었다. 차 안은 분위기가 냉랭했다. 윤지는 이것이 마치 스파이더맨 때문인 양 몸을 부들부들 떨었다. 운전기사는 사과를 할 생각이 없어 보였다. 별일 아니란 듯이 다시 시동을 걸고 차를 몰았다. 사과를 한 건 태국인 가이드였다. 그녀는 한국어로 몇 번이나 죄송하다고 말했다. 강 샘도 태국인 가이드에게 눈을 흘겼다. 모두들 화가 난 기색이었지만 굳이 나서서 화를 낼 기력은 없어 보였다. 공짜 여행인데다가 어쨌든 다친 사람이 없었으므로 분위기를 망칠 순 없었다. 게다가 운전을 한 태국인은 영어도 한국어도 하지 못하는 것 같았다. 그가 운전을 하면서 간헐적으로 내뱉는 짧은 태국어는 마치 욕설처럼 들렸다. 수연이 밀짚모자를 눌러쓰며 투덜댔다.

"하마터면 골로 갈 뻔했네."

차가 다시 달리는데도 윤지는 공포가 가라앉지 않았다. 무슨 운전을 그렇게 하느냐고 따지고 싶었지만 윤지는 입을 앙다물었다. 차는 아무 일 없다는 듯이 한참을 달렸고 뒤에 오던 차가 윤지가 탄 밴을 추월했다. 픽업트럭 적재함에 앉은 태국 소녀들은 장난기가 동했는지 다 같이 마스크를 벗어 한 손에 들고서 손수건 흔들듯이 기자단을 향해 흔들었다. 눈이 큰 단발머리 소녀는 윤지와 눈을 맞추고 웃었다. 소녀들은 중학생 정도 되어 보였다. 적재함에 앉은 모습이 위험해 보였지만 표정은 천진하기만 했다. 소녀들의 미소 덕분에 불쾌감이 잦아들었다. 윤지는 눈이 큰 소녀에게 손을 흔들어 준 뒤 잠을 청했지만 불안감에 잠이 오지 않았다. 윤지의 뒤에 앉은 털보는 수치심도 없이 자신의 이혼한 전처에 대한 험담을 늘어놨다.

뜨랏 선착장에 도착한 윤지는 백인 커플의 부탁으로 사진을 찍어줬다. 히피처럼 차려입은 두 사람은 깊이 사랑에 빠진 듯 서로에게서 눈을 떼지 않았다. 그때 누군가 윤지의 어깨를 툭 치고 도망갔다. 털보였다. 그는 차 안에서도 윤지와 눈이 마주치면 능글맞게 웃었고 자꾸만 장난을 치려 했다. 마흔이 넘은 남자가 마음만은 스물다섯이라는 듯 구니 당황스럽기도 했지만 짜증이 났다. 윤지는 버럭 화를 내려다가 표정 관리를 했다. 공짜 여행을 온 것이니 분란을 일으키고 싶지 않았고 조용히 자신의 임무를 완수하고 싶었다.

크고 마른 개가 윤지에게 다가왔다. 개는 윤지가 앉은 벤치 밑에 배를 깔고 엎드렸다. 태국에서는 어디를 가든 사람을 피하지 않는 개를 만날 수 있었다. 윤지는 배에 오르기 전에 벤치 밑에서 느긋하게 잠을 청하는 개를 찍어 인스타그램에 올렸다. #개팔자상팔자

페리호에 탑승한 윤지는 털보에게서 멀찍이 떨어져 앉았다. 강 샘이 꼬창까지 40분 정도 걸린다고 하자 박 기자는 꼬창이 상대적으로 덜 알려진 것은 교통이 불편해서인 것 같다

고 했다. 수연은 뱃멀미를 하며 짜증을 냈지만 윤지는 여기까지의 과정이 험난해서인지 더욱 꼬창에 대한 기대감이 피어올랐다.

윤지는 배 난간에 서서 셀카를 찍는 수연에게 다가갔다.

"언니, 바다 너무 예뻐요. 에메랄드빛 바다는 처음 봐요."

윤지는 바다를 향해 양팔을 펼치며 웃었다. 뜨랏까지 오는 길에 올라온 분노가 바닷바람에 휩쓸려간 것인지 기분이 상쾌했다.

"그렇게 예뻐? 나는 태국에 자주 와서 그런지 잘 모르겠는데. 여행 와서 이렇게 좋아하는 사람도 오랜만이다."

수연이 얼굴 위로 흩날리는 노란 머리칼을 손으로 쓸어 넘기며 말했다.

"다시 잘 봐봐. 부산 바다하고 크게 다르지 않아."

윤지는 눈을 부릅뜨며 말했다.

"아니에요. 달라요. 아주 달라요."

부산 바다라니. 마음만 먹으면 당일치기로 다녀올 수 있는 부산 바다와 같아서는 절대로 안 되었다. 힘들게 오게 된 여행이어서일까. 에메랄드도 이보다 아름다울 순 없었다. 수연이 웃으며 말했다.

"하긴. 나처럼 생각한다면 누가 여행을 하겠어. 나도 처음엔 그랬던 거 같은데."

"전 여기 와서 여행가가 되겠다고 결심했어요. 그동안은 막연히 생각만 하고 있었는데 언니하고 박 기자님 만나서 생각이 굳어졌어요. 여행 작가가 될지 여행 기자가 될지 그것까진 결정 못했지만 여행을 즐기면서 먹고살 거예요. 꼭."

지그재그는 윤지의 말에 말없이 고개를 끄덕였다. 수연은 시선은 저 멀리 수평선에 둔 채로 새로운 사실을 알았다는 듯 말했다.

"여행가는 여행을 즐기면서 먹고사는 사람이구나."

여행가를 사전에서 찾아본 적은 없었지만 여행가는 그런 사람이 아닐까, 윤지는 막연히 생각했다. 수연이 웃으며 말했다.

"그럼 난 여행가가 아니네."

옆에서 바다 사진을 찍던 박 기자가 말했다.

"어떤 일이든 그렇지. 업이 되어버리면. 나도 문학 담당 기자 하기 전엔 책 좋아했어."

"여행가를 꿈꾸는 사람 앞에서 너무한 거 아니야?"

윤지의 뒤에 다가와 선 사람은 털보였다. 손에 과자와 음료를 든 무테안경도 일행에게 다가오고 있었다. 털보가 능글맞게 웃으며 말했다.

"첫 해외여행으로 방콕과 꼬창은 환상적인 장소야. 윤지는 운이 좋은 거야."

윤지는 자신도 모르게 털보를 보며 얼굴을 찌푸렸다. 털보가 무테안경의 손에서 음료를 건네받아 윤지에게 건넸다. 낯선 사람이 건네는 음료는 먹지 않는 것을 원칙으로 하고 있었지만 윤지는 감사하다고 말한 뒤 음료를 받아 한 모금 마셨다. 윤지는 두 남자가 불편했다. 그들은 다른 사람들과는 다르게 시간이 지나도 익숙해지지 않았다. 수연은 왜인지 털보와 무테안경을 쏘아본 뒤 윤지에게 얼른 안으로 들어오라는 말을 남기고 먼저 자리로 돌아갔다.

꼬창은 여유로운 자태로 윤지를 맞아주었다. 코로나가 무엇인지 모른다는 듯 자연은 홀로 도도하게 아름다웠다. 윤지는 아름다운 섬으로 설레는 발걸음을 내디뎠다. 이틀간 머물게 된 리조트는 길을 잃을지도 모른다는 생각이 들 정도로 넓고 화려했다. 짐을 푼 숙소도 윤지 혼자 지내기엔 지나치게 넓은 풀 빌라였다. 모든 빌라 앞에는 작은 수영장이 있어서 한밤중에도 수영을 즐길 수 있었다. 이웃 빌라의 투숙객인 중년의 백인 부부는 수영을 하고 있었다. 윤지는 안으로 들어가기 전에 그들에게 이곳에 머문 지 얼마나 되었느냐고 물었다. 백인 여자는 두 달 정도 되었다고 했다. 그녀는 태국에서 보낸 휴가가 만족스럽다면서 좀 더 머물다가 갈 계획이라고 했다. 백인 남자가 자신들은 방콕에서 한 달간 지내다가 꼬창으로 왔다면서 다음달에는 푸껫으로 가서 석 달 동안 지낼 생각이라고 했다. 윤지는 왠지 씁쓸했다. 매일 아르바이트를 하며 바쁘게 사는 사람들이 있는가 하면 이런 곳에서 반년을 머물 수 있는 사람들도 있다니.

빌라 안으로 들어간 윤지는 스파이더맨의 인스타그램에 접속했다. 그의 인스타그램에는 붕대를 감은 손목 사진이 올라와 있었다. 동료가 다친 날 그도 다쳤던 걸까. 누군가 사진 밑에 단 댓글과 그가 달아놓은 답글이 보였다.

— 다치신 거예요?

— 운이 좋았어요. 저는 이 정도로 끝났지만 함께 일한 친구는 큰 부상을 입었거든요. 아직 입원 중ㅜㅜ

윤지는 좀 더 구체적으로 물어볼까 하다가 핸드폰을 내려놨다. 구체적으로 안다고 해도 윤지가 할 수 있는 일은 없었다.

윤지는 풀 빌라로 들어가 사진을 찍었다. 신혼부부가 많이 오는 리조트인지 침대 위에는 수건으로 접은 코끼리가 한 쌍 놓여 있었다. 방콕 호텔에서처럼 탁자 위에는 과일 바구니가 놓여 있었고 탁자 밑에는 불을 붙여 연기로 모기를 쫓는 코일형 모기향과 눈금으로 체중을 측정하는 아날로그 체중계가 놓여 있었다. 윤지는 방콕보다 꼬창이 마음에 들었다. 대도시 방콕과 다르게 꼬창은 정감이 있었다. 리조트 직원들은 영어에 서툴렀지만 얼굴에 푸근한 미소가 가득했고 맑은 공기 덕분인지 기분이 상쾌했다. 윤지는 밖으로 나가 풀 빌라 독채 사진을 찍고 다시 안으로 들어와 모기향에 불을 붙여 아날로그 체중계 위에 놓은 뒤 사진을 찍어 인스타그램에 올리며 해시태그를 달았다. #꼬창풀빌라 #아날로그감성

윤지는 옷을 갈아입고 모이기로 한 장소로 나갔다. 꼬창의 유명 식당에서 식사를 한 뒤 인근의 다른 섬을 돌아보고 스노클링을 한다고 했다. 그리고 저녁에는 반딧불이를 보러 간다고 했다. 윤지는 반딧불이가 가장 기대되었다. 반딧불이라니. 그런 건 애니메이션에서나 볼 수 있는 것인 줄 알았다.

태국은 먹거리 천국이었다. 길거리에서 사 먹은 코코넛 아이스크림, 망고밥도 맛있었고 일정표에 적힌 식당에서 먹은 음식 또한 모두 훌륭했다. 꼬창의 유명 식당에서는 다 같이 기다란 식탁에 둘러앉아 아무리 먹어도 질리지 않는 수북이 쌓인 음식을 먹었다. 불쾌했던 기억과 부정적인 감정을 모두 씻어갈 만큼 훌륭한 식사였다. 윤지는 태국에서 먹은 음식 이름을 모두 기억할 순 없었지만 어느새 자극적인 태국 음식에 익숙해졌다. 똠양꿍과 고수를 하루라도 먹지 않으면 허전했다. 디저트로는 두리안이 나왔다. 구린내가 나는 듯했지만 고소하고 달콤한 과육이 입안에서 부드럽게 녹았다. 윤지는 언젠가 자신이 다시 태국에 온다면 아마도 똠양꿍과 고수, 두리안의 맛을 못 잊어서일 거라고 생각했다. 윤지가 선정한 태국 대표 음식은 두리안이었다. 윤지는 먹음직스러운

두리안을 손에 들고 찍어 올렸다. #두리안의맛

생애 첫 스노클링을 앞두고 윤지는 한참을 망설였다. 막상 물에 뛰어들려니 두려웠다. 바닷속 풍경을 보고 싶다는 욕심과 물에 대한 공포심이 뒤섞여 이러지도 저러지도 못한 채 장비를 갖추고도 갑판 위에 엉거주춤 서 있었다.

"심호흡을 하다가 편안해졌을 때 뛰어내려. 나 먼저 갈게."

지그재그가 배에서 뛰어내린 뒤 윤지의 몸도 빨려들어가듯이 첨벙, 물 위로 떨어졌다. 누군가 뒤에서 민 걸까. 누구일까 생각하기도 전에 윤지는 눈앞의 광경에 정신을 빼앗겼다. 윤지를 빙 둘러선 물고기들이 잠시 윤지를 관찰하더니 이내 흥미를 잃었다는 듯이 흩어졌다. 수연은 구명조끼 없이 컬러풀한 비키니를 입고 물고기처럼 유영했다. 구명조끼를 입은 윤지는 깊이 들어가보지도 못하고 얕은 곳에서만 놀았다. 다음번에는 제대로 스킨스쿠버를 배워서 오겠다고 다짐하며 물속을 구경했다. 그런데도 윤지는 전 세계 섬을 찾아다니며 스노클링을 하면서 살고 싶다고 생각했을 정도로 스노클링에 반했다. 이런 꿈을 꾸면 안 되는 걸까. 취업도 하지 못한 현재로선 허황된 꿈이었다. 또다시 스파이더맨 생각이 났다. 물고기 떼 위로 붕대를 감은 그의 손목이 겹쳐졌다. 그의 손목이 한 마리 열대어처럼 헤엄치더니 윤지 주위를 빙빙 돌다가 멈춰 섰다. 윤지는 그것으로부터 도망치듯이 구명조끼를 벗어 던지고 일행이 있는 곳으로 다가갔다. 잠영하며 아래로 내려가 산호를 만진 순간 누군가 윤지에게 바짝 달라붙어 장난을 쳤다. 털보였다. 갑판에서 등을 민 것도 이 사람일까. 놀란 윤지는 발버둥쳤고 박 기자가 그를 윤지에게서 떼어냈다. 물속에서 본 그는 사람이라기보다는 기이할 정도로 못생기고 혐오스러운 물고기 같았다.

배 위로 올라온 윤지는 얼굴을 찡그리며 그에게 화를 냈다. 그는 머리를 긁적이며 물고기 흉내를 낸 거라면서 미안하다고 했다. 한바탕하려던 윤지는 가까스로 화를 억눌렀다. 짜증이 나서 눈물이 조금 났다. 털보는 눈치도 없이 스노클링이 그렇게 무서웠냐고 물었다. 윤지는 만약 자기 돈을 내고 온 여행이었다면 절대로 그냥 넘어가지 않았을 거라고 생각하며 심호흡을 했다. 강 샘과 정희 아줌마는 한 시간이 지나도록 바닷속에서 나오려 하지 않았다. 그들은 윤지가 보지 못하는 바닷속 깊은 곳을 보고 있음이 틀림없었다. #스노클링꿀잼

다시 숙소로 돌아와 잠시 휴식을 취한 뒤 반딧불이를 보러 갔다. 통통배도 두 팀으로 나눠 탔다. 윤지는 수연, 지그재그, 박 기자와 같은 배에 올라탔다. 깊숙이 들어가자 칠흑 같은 어둠 속에서 반딧불이가 몸을 밝혔다. 모두 반딧불이를 촬영했지만 윤지는 핸드폰을 내려놨다. 윤지는 마스크를 벗

고 숨을 깊이 들이마셨다. 이 시간만큼은 방해받고 싶지 않았다. 리뷰어로서가 아니라 여행가 강윤지로서 반딧불이를 마주하고 싶었다. 이 장면은 자신의 눈동자에만 아로새기고 싶었다.

윤지가 숙소로 돌아왔을 때 옆 빌라의 백인 부부는 빌라 앞에 놓인 테이블에 앉아 와인을 마시고 있었다. 그들이 와인을 나눠주겠다며 윤지에게 잔을 가져오라고 했다. 윤지가 빌라 안으로 들어가 내부에 비치된 와인 잔을 들고 와서 건네자 백인 여자는 화이트 와인을 반쯤 채워줬다. 윤지는 다시 빌라 안으로 뛰어들어갔다. 윤지는 가방을 들고 밖으로 나와, 가방 안에서 신라면을 두 개 꺼내 백인 부부에게 건넸다.

다음날 첫 일정은 코끼리 트레킹이었다. 차에서 내려 산을 걸어 올라가자 코끼리들이 보였다. 털보가 말했다.

"꼬창에 왔으면 코끼리를 타야지."

코끼리들은 계속해서 두 사람씩 등에 태우고 산행을 나갔다. 윤지가 올라탈 코끼리가 다가오고 있었다. 코끼리 등에는 100킬로그램이 넘어 보이는 거대한 체구의 남자 두 명이 올라타 있었는데 그들은 낄낄대며 즐거워했다. 윤지는 코끼리를 타고 싶지 않았지만 여행기를 써야 하니 타지 않을 수도 없었다. 윤지가 무테안경 옆에 붙어 서며 말했다.

"저하고 같이 타요."

윤지는 수연에게 남녀가 짝을 이뤄 타는 것이 좋을 것 같다고 말했다. 건장한 남자 둘이서 타면 코끼리가 힘들 것 같아 조금이라도 무게가 덜 나가게 하기 위해서였다. 수연과 털보를 태운 코끼리가 떠난 뒤, 무테안경이 먼저 코끼리 위로 건너가 안장으로 얹어둔 고무 발판 위에 놓인 의자에 앉았다. 그러고는 윤지에게 손을 내밀었다. 윤지는 망설이다가 그의 손을 잡고 후들거리는 다리를 들어 무테안경 옆자리에 올라탔다. 코끼리의 목에 올라탄 조련사는 어린 시절부터 코끼리와 함께 자란 사이인지 코끼리와 아주 친해 보였다. 조련사는 코끼리의 귀를 만지거나 몸을 어루만지며 장난을 쳤다.

트레킹이 시작되었다. 코끼리 위에서 주변을 둘러보니 제법 스릴이 있었다. 그런데 안정되게 걷던 코끼리가 갑자기 멈춰 서서 방향을 틀었다. 코끼리는 경로를 이탈해서 수연과 털보가 탄 코끼리와 멀어지며 다른 방향으로 걷기 시작했다. 윤지가 조련사에게 말했다.

"어엇, 코끼리가 왜 이러죠?"

조련사도 당황한 것 같았다. 그는 코끼리의 머리를 막대기로 쿡쿡 찌르며 방향을 바꾸려 했지만 코끼리는 앞만 보고 빠르게 걸었다. 윤지는 자신도 모르게 코끼리를 응원했다. 달려! 도망쳐!

"어어어어……! 어떻게 좀 해봐요. 어서 코끼리를 멈추게 해요!"

무테안경이 조련사에게 소리쳤다. 겁에 질린 윤지는 의자 손잡이를 꼭 붙든 채로 눈을 감았다. 결국 코끼리는 멈춰 섰고 숨을 거칠게 몰아쉬었다. 코끼리는 다시 돌아가기 싫다는 듯 나무 밑에 가만히 서 있었다. 윤지는 코끝이 찡했다. 코로나가 기승을 부리는 동안은 일을 쉬었을 텐데. 그러고 보니 코끼리는 코로나가 종식되는 것을 원치 않을지도 모르겠다는 생각이 들었다. 조련사는 정성껏 코끼리를 달래 정해진 경로로 돌아왔다. 다시 돌아와 묵묵히 제 일을 하는 코끼리의 등 위에서 윤지는 갑자기 귀가 막힌 듯 소리가 잘 들리지 않았다. 코끼리에게 감정 이입이 된 윤지에겐 세상에서 가장 슬픈 트레킹이었다. 코끼리를 타는 것은 〈정글북〉 같은 만화영화에서 본 것처럼 낭만적이지 않았다. 만화영화 속에서 코끼리와 사람은 교감했지만 현실 속 코끼리 트레킹은 동물 학대로 여겨질 뿐이었다. 윤지가 무테안경에게 물었다.

"코끼리 불쌍하지 않아요?"

그가 안경을 만지작거리며 말했다.

"힘들게 일하는 건 불쌍하지만 코끼리가 일하지 않으면 안락사시키는 수밖에 없을걸요. 코끼리 먹이는 데 드는 돈을 누가 감당해요. 안 그래도 코로나 때문에 코끼리들이 아사할 뻔했다던데. 사람들이 코끼리를 타려 하지 않으면 쓸모가 없어질 거예요. 죄책감 가질 거 없어요. 우리가 코끼리를 도와주는 거니까."

일리가 있는 이야기였다. 코끼리를 타러 오는 사람이 없으면 이 많은 코끼리는 굶어 죽을 것이다. 윤지는 코끼리를 위해 트레킹을 즐기기로 했다. 하지만 코끼리 등에서 내리기 전, 윤지의 마음은 한 번 더 내려앉았다. 발밑에 놓인 고무 발판 옆으로 흘러나온 코끼리의 피가 윤지의 눈에 들어왔다. 피와 진물이 나는 등 위에 그대로 발판을 올리고 영업을 하고 있는 것이다. 윤지는 팸투어고 뭐고 간에 다 그만두고 풀빌라에 틀어박히고 싶었다.

찜찜한 기분이 화이트샌드비치까지 따라왔다. 일행은 비치 인근 도로에 있는 마사지숍으로 안내되었다. 그곳에는 마사지사 다섯 명이 나란히 앉아 있었는데 생각보다 연령대가 낮았다. 중년 여성이 두 명, 앳되어 보이는 마사지사가 세 명이었다. 강 샘이 마음에 드는 마사지사 앞에 가서 앉으라고 했다. 윤지는 잠시 망설이다가 빈자리에 가서 앉았다.

"어서 오세요."

그녀는 태국 사람들이 으레 그렇듯이 기분 좋게 웃으며 윤지를 반겼다. 윤지는 그녀의 해맑은 미소에 오늘 받은 스트레스가 녹아내리는 것 같았다. 한국어를 하는 것을 보니 이곳에는 한국인 관광객이 많이 방문하는 모양이었다.

그녀가 윤지의 등 위에 올라타 마사지를 하기 시작했다. 그녀의 손길은 어린 학생의 손이라고 믿기엔 놀라울 정도로 섬세했다. 등을 더듬는 손길이 마음까지 뻗어 들어가 뭉친 근육을 풀어주기라도 한 것처럼 우울한 감정이 사라지면서 몸과 마음이 개운해졌다. 털보는 그곳에서도 윤지의 심기를 건드렸다. 그는 윤지의 마사지가 끝나길 기다렸다는 듯이 같은 마사지사에게 마사지를 부탁했는데 윤지에게 한 것처럼 마사지사가 그의 등 위에 올라가 마사지를 할 때 이상한 신음소리를 냈다. 윤지는 마사지사의 손을 잡아 일으켜 세워 그로부터 분리하고 싶었지만 어린 마사지사는 프로답게 끝까지 정성 들여 마사지를 했다.

마사지가 끝난 뒤 윤지는 마사지사에게 몇 살이냐고 물었다. 열일곱이라니. 생각보다 더 어려서 윤지는 내심 놀랐다. 마사지하는 것이 힘들지 않냐고 묻자 그녀는 공부보다 마사지하는 것이 더 재밌다고 했다. 활달하게 웃으며 답해서 공부만 하기도 부족한 때에 마사지를 하는 그녀를 안쓰럽다고 생각하는 것은 실례라는 생각이 들었다. 십대 마사지사는 사소한 것에도 크게 웃었는데 팁을 받으려고 친절히 대하는 것이겠거니 생각하면서도 그녀의 미소에 기분이 좋아졌다. 누가 뭐래도 억지로 웃는 웃음 같진 않았다. 그녀의 미소만 그런 게 아니었다. 호텔 직원들은 물론이고 식당이나 리조트에서 만난 태국인들은 관광객들과 눈을 맞추고 환히 웃었다. 그들의 미소에서 위로를 얻은 윤지로서는 직업적인 미소라고 해도 기꺼이 그들에게 팁을 쥐여주고 싶었다. #환상적인로컬마사지숍

윤지는 일행과 함께 모래알이 하얗게 빛나는 화이트샌드비치에 위치한 술집에서 불 쇼를 감상하며 음악을 듣고 칵테일을 마셨다. 윤지는 습관적으로 해시태그를 달고 사진을 올렸다. #화이트샌드비치불쇼 #내생애최고의여행

화려한 불 쇼를 구경하는 윤지의 마음은 미지근하게 가라앉고 있었다. 낯섦과 설렘, 들뜸과 불편함으로 뒤범벅된 공짜 여행이 끝나가고 있었다.

리조트에서는 꼬창에서의 마지막 밤이라면서 간단한 술자리를 마련해줬다. 내일 다시 방콕으로 돌아가 첫날 머물렀던 호텔에 짐을 풀고 디너크루즈에 참가한 뒤 이튿날 한국행 비행기를 탄다고 했다. 윤지는 머릿속에 블로그에 올릴 여행기의 전체적인 그림을 그렸다. 하지만 그 순간 머릿속에 떠오른 건 빙빙 도는 택시 운전사와 펑크 난 타이어, 피와 진물이 흐르는 코끼리의 등, 남성 관광객의 등 위에 올라탄 어린 마사지사와 같은 편집해야 할 장면들이었다. 자신의 돈으로 맛집을 탐방한 뒤 리뷰를 올릴 때는 배설감과 통쾌함마저 느

꼈건만. 윤지는 절대로 봐주지 않았다. 아무리 유명한 식당이어도 아니다 싶으면 느낀 대로 솔직한 혹평을 쏟아부었다. 받은 돈이 없으니 어느 누구의 눈치를 보지 않아도 되었다. 윤지는 그동안 고집스레 지키고 있던 블로거로서의 정체성이 훼손된 느낌을 받았다. 거지가 된 기분이었다. 블로거지. 공짜 여행을 통해 배운 교훈은 세상에 공짜는 없다는 사실이었다.

털보는 거나하게 취했다. 무테안경을 붙들고 불분명한 발음으로 떠들었다.

"태국은 다 좋은데 게이가 너무 많아. 트랜스젠더도 많고. 하이힐에 미니스커트 입은 남자가 거리를 활보해. 꼭 그렇게 벌거벗고 다녀야 해?"

지그재그의 미간이 찌푸려졌다. 강 샘이 털보에게 말했다.

"김 선생님, 이제 들어가서 주무세요. 많이 취하셨네."

털보는 고개를 끄덕였지만 들어갈 생각이 없어 보였다. 지그재그가 리조트에 투숙 중인 신혼부부에게서 빌렸다는 기타를 연주하기 시작했다. 모두 기타 선율에 맞춰 노래를 부를 때 털보가 윤지의 귓가에 대고 말했다. 혀가 꼬여 발음이 분명하지 않았지만 그는 이렇게 말하고 있었다.

"윤지야, 인생 선배로서 해주고 싶은 말이 있어. 인습과 윤리에 억눌리지 말고 자유롭게 살아. 한 번뿐인 인생, 인생이라는 무대 위에서 자유롭게, 히피처럼. 그게 진정한 여행가지."

윤지는 뜨랏 선착장에서 마주쳤던 히피 복장의 백인 커플을 떠올리며 히피처럼 사는 삶이란 어떤 걸까 생각했다. 여행가로서의 삶은 그런 걸까.

화이트샌드비치의 술집에서도 입에 술을 대지 않던 수연이 웬일로 맥주를 두 잔이나 마셨다. 무슨 심각한 대화를 하는지 박 기자는 수연의 말을 경청하며 고개를 끄덕였다. 윤지가 수연에게 말했다.

"언니, 한국 가면 저 다시 만나줘야 해요. 저는 꼭 언니하고 박 기자님처럼 여행가가 될 거거든요."

수연이 웃으며 답했다.

"그래 연락해. 서울에서 보면 기분이 또 새롭겠다. 여행 기자 생각 있으면 우리 회사 구경시켜줄게."

윤지는 주거니 받거니 술을 마시고 있는 강 샘과 정희 아줌마에게 다가갔다.

"그런데 두 분 무슨 사이에요?"

윤지가 묻자 강 샘이 말했다.

"우리는 오래전에 스킨스쿠버 동호회에서 만났어. 알고 지낸 지 벌써 26년이네."

"스킨스쿠버요?"

아줌마가 말했다.

"26년이나 됐나? 그러고 보니 윤지 씨만 할 때 만났네."

"정말요? 그때부터 여행에 미치신 거예요?"

강 샘이 말했다.

"스킨스쿠버에 미쳤다고 해야겠지. 스킨스쿠버를 하다 보니 스노클링도 하게 됐고. 처음엔 국내 여행지를 찾아다니다가 태국에도 가게 됐지. 태국 바다에 반해버렸어. 이 친구는 태국 바다 쫓아다니다가 태국 남자하고 결혼했고. 지금은 20년 된 온라인 태국 여행 카페 매니저야."

"오빠는 가이드가 됐고. 우리는 1년에 한 번 태국 바닷속에서 만나는 친구 사이야."

"97년에 코끼리 쇼를 처음 봤지."

윤지는 그들의 대화를 들으며 여행은 만남이구나, 하고 중얼거렸다. 어쩌면 여행은 일탈이나 불연속성이 아니라 만남과 인연, 연속성에 가까운 것인지도 모르겠다는 생각이 들었다.

윤지는 수연과 지그재그, 박 기자에게 다가가 차례로 술잔을 채워줬다. 윤지는 술김에 지그재그에게 물었다.

"너 혹시 금수저야?"

지그재그가 어이없다는 듯 웃으며 말했다.

"그럴 리가. 부모님이 내게 물려준 건 방랑 기질밖에 없어."

윤지는 잇몸을 드러내며 웃었다. 방랑 기질이라면 자신에게도 있는 것 같았다.

술자리는 금세 파했다. 수연은 일을 해야 한다며 가장 먼저 일어났다. 윤지는 강 샘의 스킨스쿠버 강의를 안주 삼아 맥주를 몇 잔 더 마시다가 자리에서 일어났다. 괜찮다고 하는데도 털보는 휘청거리는 몸으로 윤지를 숙소까지 데려다주겠다고 설레발을 쳤고 박 기자가 그를 막아서며 말했다.

"제 숙소하고 가까우니까 제가 데려다줄게요."

박 기자는 풀 빌라까지 가는 길에 말했다.

"저 사람들 3년 전에 베트남 팸투어에도 따라왔다던데……."

박 기자는 무슨 말을 더 하려다가 말았다. 그는 윤지의 숙소 앞에서 문단속 잘하라는 말을 남기고 떠났다.

갑자기 비가 내리기 시작했다. 힘없는 빗줄기 때문에 누군가 우는 것처럼 청승맞게 느껴졌다. 윤지는 침대에 누웠다가 몸을 일으키고 앉아 창밖을 내다봤다. 그때 문 긁는 소리가 들렸다. 문을 살짝 열자 코난의 코가 보였다. 코난은 종을 알 수 없는 순하고 큰 개로 리조트에 살았다. 본명이 코난인지는 알 수 없지만 옆 빌라에 투숙 중인 부부가 코난이라고 부르는 것을 들었다. 코난은 관광객에게 지켜야 할 예의를 아는지 빌라 안으로 들어오려 하지 않았다. 윤지는 문밖으로 나가 테이블 앞에 놓인 의자에 앉아 코난의 등을 쓰다듬었다. 코난은 잠시 윤지의 발밑에 엎드려 있다가 다른 숙소 쪽으로 건너갔다.

윤지는 가방 깊숙이 넣어둔 수영복을 꺼냈다. 피부색과 비슷해서 동네 수영장에서는 입지 못한 옷이었지만 낯선 나라의, 자신만의 풀 빌라에서는 괜찮을 거라고 생각했다. 쓸데없는 고독을 느끼는 대신 낯선 나라에서 비를 맞으며 수영하는 추억을 만들기로 했다. 윤지는 수영복을 착용하고 수영장에 들어가 물에 몸을 반쯤 담근 채로 셀카를 찍어 올린 뒤 해시태그를 달았다. #비오는날의수영

작은 수영장이지만 평영으로 10분 동안 수영을 하고 나자 심장이 기분 좋게 뛰었다. 그때 수풀 속에서 무언가가 움직였다. 코난일까? 윤지는 물 밖으로 나와 커다란 수건을 몸에 두른 뒤 수풀 쪽으로 다가갔다. 무테안경이었다. 윤지의 온몸에 소름이 돋았다. 그는 개처럼 몸을 낮춘 채 그곳에 숨어 있었다. 윤지가 숨을 몰아쉬며 말했다.

"여기서 뭐, 뭐 하시는 거예요?"

놀란 윤지는 몸이 굳었고 목소리가 목구멍에 막힌 듯 잘 나오지 않았다. 그는 오른손에 와인병을, 왼손에는 두리안을 들고 있었다. 그가 윤지의 몸을 눈으로 훑으며 말했다.

"그, 그냥 좋은 술인데 혼자 먹기 아까워서요."

그는 많이 취한 것 같았다. 윤지는 지금 눈앞에 있는 사람

이 털보가 아니라 늘 옆에서 일정 거리를 유지했던 무테안경이라는 사실에 더욱 소름이 끼쳤다. 그가 윤지를 따라 빌라 안으로 들어오며 말했다.

"외롭지 않아요? 이런 여행은 다 좋은데 너무 외로워. 풀빌라에서 혼자 지내라니."

그 순간 윤지가 깨달은 건 이 여행 이후로 자신을 끈질기게 따라다녔던 외로움을 이 순간만큼은 공포심 때문에 느낄 수 없다는 사실이었다. 그가 풀린 눈으로 말했다.

"잠도 안 오는데 좀 더 대화하고 싶어서요."

윤지가 울부짖듯이 말했다.

"제발 나가주세요. 지금 당장!"

윤지는 자신도 모르게 핸드폰을 집어 들고 112를 누르려 했지만 이곳은 한국이 아니었다.

"지금 안 나가면 프런트에 전화할 거예요. 당장 나가요."

그는 그제야 정신이 들었는지 경직된 얼굴로 말했다.

"미, 미안해요. 나갈게요."

그는 뒷걸음질을 치며 사라졌다. 탁자 위에는 그가 두고 간 두리안이 놓여 있었다. 윤지는 그것이 무슨 더러운 물건이라도 되는 양 탁자 밑에 내려놨다. 윤지는 흥분을 가라앉힌 뒤 불쾌감을 휘발시키기 위해 수영을 좀 더 할까 생각했지만 그가 다시 올까봐 밖으로 나갈 용기가 나지 않았다.

깊은 밤, 출출해진 윤지는 탁자 밑에 굴러다니는 두리안의 껍질을 벗겼다. 가시투성이 껍질을 힘겹게 칼로 잘라 부드러운 과육을 입에 넣었다. 투박한 생김새와 다르게 두리안의 맛은 언제나 환상적이었다. 꼬창에서의 마지막 날은 엉뚱하게도 잠과의 사투였다. 윤지는 밤새도록 굳게 잠근 문을 노려보며 자다 깨다를 반복했다. 윤지는 흘러내리는 눈꺼풀을 들어올리며 다시는 공짜를 탐내지 않겠다고 중얼거렸다.

이튿날, 무테안경은 아무것도 기억하지 못하는 것처럼 행동했다. 윤지는 불쾌했지만 방콕의 디너크루즈 일정까지 미소 띤 얼굴로 참석했다. 찜기가 된 것처럼 몸 안의 뜨거운 기운을 조금씩 밖으로 내보내며 분노를 다스렸다. 바닷바람을 맞으며 선상에서 식사를 하는 도중 노을이 지기 시작했다. 윤지의 몸을 가득 메운 불쾌감과 상관없이 주변을 가득 메운 노을의 아름다움은 압도적이었다. 지금이 우기가 아닌 것이 조금 아쉬울 뿐이었다. 우기일 때 태국의 노을은 장관이라고 들었다. 그래도 눈앞의 노을은 태어나서 본 그 어떤 노을보다 아름다웠다. 윤지는 이 순간을 놓치지 않겠다고 다짐했다. 어쩌면 자기 인생의 가장 사치스러운 아름다움일지도 모르니까.

모두가 곯아떨어진 귀국 비행기 안에서 윤지는 잠이 오지 않았다. 간밤에도 잠을 설쳤는데 왜 이리 정신이 또렷한지 알 수 없었다. 그러고 보니 이번 여행에서는 단 하루도 편히 잠들지 못했다. 윤지는 마침 지나가는 스튜어디스에게 신라면을 가져다 달라고 말했다. 윤지는 라면을 기다리면서 스파이더맨의 인스타그램에 접속했다. 한 시간 전에 올라온 동영상 속에서 그는 박스를 옮기는 중이었다. 손에 붕대를 감은 채로 짐을 나르는 그의 모습을 동료가 찍은 것 같았는데 현장의 분주한 분위기가 이곳까지 전해졌다. 윤지는 잠시 망설이다가 댓글을 달았다.

— 공짜 여행 별로였어요.

여행 기간 동안 SNS에 올린 첫 진심이었다. ■

호캉스

지난봄, 나는 혜수에게 전화를 걸어 호캉스를 가자고 했다.

"호캉스?"

혜수는 한참 동안 말이 없었다. 설마 호캉스가 뭔지 모르는 건 아니겠지? 나는 혜수의 신경을 거스르지 않으려 애쓰며 호캉스에 대해 짧게 설명했다.

"요즘 누가 운전해서 바다 보러 가. 차 밀리면 기분만 잡치고. 근처 호텔에서 하룻밤 묵으면서 책 보고 수영하고 마사지 받고 조식 먹고…… 호캉스가 최고지. 조금 더 기다렸다가 9월에 가자."

호텔 예약 앱이 생긴 이후로 호텔 숙박비가 싸졌다. 호텔은 더 이상 부자들의 전유물이 아니었다. 그런데도 혜수에게 호캉스를 가자는 말을 꺼내기가 힘들었다. 혜수는 대충 얼버무리며 대답을 피했지만 나는 며칠 동안 혜수의 퇴근 시간에 맞춰 집요하게 전화를 걸었다. 혼자 호캉스를 즐겨도 되지만 오랜만에 혜수와 함께 시간을 보내고 싶었다.

우리는 서른이 되던 해 약속했다. 마흔이 되면 유럽으로 우정여행을 떠나자고. 우리도 부자들이 드나드는 유럽의 고급 호텔에서 하룻밤을 보내자고 말이다. 하지만 코로나 때문에 해외여행은 부담스러웠다.

“기왕 갈 거면 8월에 가. 그래야 여름휴가지.”

“좋아. 가는 김에 최고급 호텔로 가자. 말했지? 나 꽁돈 생겼어. 연박 숙박비 내가 낼게. 마사지하고 조식 포함된 패키지니까 넌 점심, 저녁 식사 비용이나 대.”

“1박에 백만 원이 넘는다면서? 정말 괜찮겠어? 어떻게 생긴 돈인지 호텔에서 알려줘야 해.”

내가 원하는 여름휴가는 특별한 것이 아니었다. 호텔 수영장에서 수영을 한 뒤 호텔 방에서 좋아하는 책을 쌓아놓고 읽는 것. 저녁에는 고급 치즈를 안주 삼아 와인을 마시며 서울을 내려다보는 것. 2박 3일로 계획된 호캉스는 설렘을 주기에 충분했다. 전화를 끊으려는데 혜수가 말했다.

“야, 근데 너 우리가 마흔이 아니란 건 알지? 우리 마흔한 살이야.”

나는 작게 웃었다. 우정여행은 핑계였다. 나는 그냥 그 돈을 빨리 써버리고 싶었다. 기왕이면 혜수와 함께.

"우정여행이 싫으면 신혼여행이라고 생각하고 다녀오자."

"우정여행으로 해. 우리가 결혼 못한 거니? 안 한 거지."

전화기 너머에서 혜수의 웃음소리가 들려왔다.

대망의 호캉스 날, 나는 반차를 내고 나온다는 혜수를 백화점 앞에서 기다렸다.

"얼굴이 왜 그래?"

혜수가 한숨을 내쉬며 말했다.

"나오려는데 어떤 손님이 입어본 팬티를 교환해달라고. 그것도 자기 남친 시켜서."

혜수는 구역질이 난다는 듯 거기까지만 말했다. 혜수는 심호흡을 한 뒤 아랫입술을 지그시 깨물며 작게 덧붙였다.

"수치심도 없는 것들."

수치심이 없는 게 아닐 것이다. 우리를 치부를 드러내 보여도 되는 사람들이라고 생각하는 것이다. 그들에게 우리는 인간이 아닐지도 모른다. 호텔 방의 협탁이라든가 갑티슈 같은 존재일까. 나라면 상대가 누구든 간에 한 번 입은 팬티를 바꿔달라고 말할 순 없을 것 같았다.

"그래도 자기 여친하고 치수가 비슷해 보인다면서 속옷

사이즈 몇이냐고 묻는 손님보다는 나아. 이젠 나도 모르겠어. 이게 성희롱인지 그냥 내 일의 연장선인 건지."

그런 직업—수치심을 느끼지 못하는 것을 창피해하지 않는 고객을 만나지 않아도 되는 일, 그러니까 고객이 직원을 감정 없는 인형처럼 대하지 않는 일—을 찾아보기도 했다. 하지만 학력, 경력 뭐 하나 내세울 게 없는 우리가 할 수 있는 일은 대부분 판매직이나 서비스직이었다. 혜수가 종이가방을 건네며 말했다.

"너하고 호캉스 간다니까 와인 매장 사장님이 갖다주라더라. 결혼선물 한 셈 친대. 네 자리는 비어 있다고 언제든 돌아오래."

나는 종이가방에서 와인을 꺼내 들어올리며 말했다.

"짠돌이 언니가 선심 썼네. 이거 20만 원 넘는 건데."

편의점에서 사 온 와인까지 하면 세 병이니 이틀 동안 기분 좋게 취할 수 있을 것이다.

나는 콧노래를 부르며 서점 안으로 들어갔다. 우리는 첫눈에 마음에 든 책을 사서 나오기로 했다. 평소 같으면 인터넷 서점에서 할인을 받아 구입했겠지만 여름휴가를 가는 마당에 그런 수고를 하고 싶진 않았다. 우리가 구입한 책은 다섯 권이었다. 이틀 동안 다섯 권을 다 읽을 순 없겠지만 새 책을 만지는 것만으로도 기분이 좋았다. 혜수가 구입한 책을 펼쳐 종이에 코를 대고 말했다.

"우리 대체 얼마 만이냐. 새 책 냄새 맡는 거."

우리가 처음 만난 장소는 서점이었다. 우리는 21년 전 대학 구내서점에서 아르바이트생으로 만났다. 혜수는 9시부터 3시까지, 나는 1시부터 7시까지 일했다. 그 시절 늘 갈 데가 없었던 나는 오전 9시에 학교에 도착해 휴게실이나 빈 강의실에서 공부를 하다가 혜수와 학생식당에서 만나 함께 점심을 먹은 뒤 서점으로 갔다. 나는 당시 재수생이었다. 말이 재수생이지 재수학원에 다닐 형편이 안 되었던 나는 오후 시간에 아르바이트를 하고 주말에는 단과학원에 다녔다. 대학에 붙는다고 해도 학비를 댈 수 있을지는 미지수였지만 그때는 그것 말고는 딱히 할 수 있는 일이 없었다. 나는 수능 성적이 오히려 떨어졌으니 재수에 실패한 셈이었지만 혜수라는 친구를 얻었으니 그 시절이 마냥 억울하진 않았다.

첫눈에 평생 친구가 될 거라고 확신할 수 있는 친구는 흔치 않다. 나는 첫눈에 혜수가 마음에 들었다. 작은 일에도 깜짝 놀라며 큰 눈을 더 크게 뜨는 것도 귀여웠고 무례한 손님이 왔다 가면 가슴을 쓸어내리며 서점 한구석에서 국민체조를 하는 모습도 사랑스러웠다. 심호흡 정도면 충분하지 않느냐는 내게 혜수는 이렇게 말했다.

"심호흡은 너무 짧아. 가출한 넋이 돌아오는 데는 좀 더 시간이 필요해. 국민체조를 하는 시간이면 충분할 거야."

혜수에게 국민체조는 퇴마에 가까웠다. 구내서점에 드나드는 학생들은 대체로 예의가 발랐지만 그날은 진상이 걸렸다. 거스름돈을 모자라게 건넨 혜수에게 그가 이렇게 말했다.

"대학도 안 나온 게."

혜수는 야간대학을 다니고 있었지만 그 말에 굳이 대꾸를 하진 않았다. 사람들은 서점에는 진상고객이 없는 줄 안다. 서점에는 오히려 한 번도 경험해보지 못한 진상들이 출몰했다. 직원 앞에서 책을 갈기갈기 찢는다든가 자신이 찾는 책을 모른다는 이유로 무식하다고 직원을 비난한다든가. 나는 그들을 책 속에서 살다가 미쳐버린 사람들이라고 생각했다.

지루하기만 한 국민체조를 혜수는 낭만적으로 기억하고 있었다. 혜수의 첫사랑은 중학교 체육 선생님이었다. 갓 부임한 체육 선생은 영화배우 못지않은 미남이었는데 그는 제자들에게 국민체조를 '제대로' 가르쳐주었다.

"이것만 제대로 익히면 평생 건강하게 살다가 아프지 않게 죽을 수 있다. 너희들 병에 걸려서 자리보전하는 게 얼마나 민폐인지 알아? 무엇보다 나를 사랑하는 사람들에게 상처를 주는 거라고. 별것 아닌 것 같지만 하루 한 번씩 평생 동안 국민체조를 하는 것은 아무것도 아닌 것이 아니다."

팔 동작부터 다리 동작, 시선을 어디에 두느냐까지 그는 상세히 알려줬다. 기왕 할 거라면 최대한으로 효과를 살려서 하라면서 한 동작 한 동작 정성껏 시범을 보였다. 그는 운동에 흥미가 없는 사람이라면 더더욱 국민체조를 제대로 배워 둘 필요가 있다고 했다. 습관적으로 한 동작은 몸이 기억하기 마련이고 운동이 반드시 필요하지만 무기력한 노년에 더없이 소중하다면서. 덕분에 나도 국민체조를 제대로 습득할 수 있었다. 혜수에게 혼나면서 배운 국민체조는 내 몸에 제대로 새겨져 하루라도 거르면 허전했다. 나는 와인 매장에서 일할 때도, 방문판매를 다닐 때도 진상고객이 다녀간 뒤 혹은 점심식사를 마친 뒤 습관적으로 국민체조를 하곤 했다.

나는 종종 혜수와 함께 옥상에서 국민체조를 했다. 민준을 처음 만난 곳도 옥상이었다. 바람이 심하게 불던 날, 옥상에서 머리칼을 흩날리며 진지한 표정으로 국민체조를 하던 혜수를 넋을 놓고 바라보던 남자가 바로 민준이었다. 낯선 남자가 내 친구에게 반하는 순간을 포착한 순간이었다.

나는 서점 앞에 대기하고 있던 카카오택시 블랙에 올라타며 혜수에게 물었다.

"너 기억나? 그 더벅머리."

"누구?"

"너 쫓아다니던 공대생. 텔레비전에 나오더라."

"정말? 그 찐따?"

"성공했나봐. 텔레비전에도 나오는 걸 보면."

혜수가 주식 앱을 들여다보며 말했다.

"나만 쫓아다녔겠냐. 그 학교 여학생 중에 자기가 개 첫사랑이라고 착각했던 여자가 열 명은 될걸."

혜수는 그를 기억하지 못하는 것 같았다. 찐따라니. 그는 내가 아는 가장 괜찮은 남자였다. 괜찮은 정도인가. 그는 참 좋은 사람이었다. 그렇다면 오늘 예약한 K호텔의 총지배인이 바로 그 찐따라는 사실을 말할 필요는 없을 것 같았다. 그는 혜수를 기억하고 있을까. 21년 전 일이지만 기억할 것이다. 상처를 준 사람은 잊어도 받은 사람은 기억하는 법이니까.

K호텔 역대 최연소 총지배인. 유튜브에 올라온 그의 인터뷰 영상은 조회 수가 백만을 넘겼다. 그는 크게 변하지 않았다. 여전히 머리숱이 많았다. 눈가에 주름살이 늘고 살이 조금 붙은 정도였다. 나는 그 영상을 여러 번 돌려봤다. 인상적인 것은 이 부분이었다. 호텔에서 일하면서 가장 기억에 남는 일은 무엇인가요? 그는 진지한 표정으로 답했다. 10년 전에 호텔에서 VIP 고객이 자살한 사건이 있었습니다. 저명한 건축가셨지요. 제가 처음 발견해서 신고를 하고 유족에게 연락했습니다. 그분의 죽음을 알려야 했는데 오열하고 말았어요. 편하게 보내드리고 싶었는데 마지막 가시는 길에도 감정을 주체하기 힘들었습니다. 며칠간 병가를 내고 쉬어야 했을

정도로 힘들었지요. 평소 그분의 인품을 흠모했기에 받아들이기 힘들었습니다. 그분과 마지막 대화를 한 사람은 저였어요. 저는 마지막까지 그분이 너무나 편안하고 행복하다고 생각했습니다. 세상에서 가장 헤아리기 힘든 건 사람의 마음이겠지요.

처음 타본 카카오택시 블랙은 만족스러웠다. 일반택시보다 넓었으며 승차감도 좋았다. 택시기사는 쓸데없는 말을 하지 않아서 호텔까지 가는 동안 쾌적한 드라이브를 즐길 수 있었다. 목적지에 도착하자 그는 밖으로 나가 직접 차 문을 열어줬다.

호텔의 첫인상도 기대 이상이었다. 지어진 지 오래된 호텔은 운치가 있었다. 지나치게 화려하지 않아서 오히려 고급스러워 보였다.

혜수는 프런트 직원에게 일본어로 말을 건넸다. 나는 혜수에게 눈을 흘기며 말했다.

"전 한국인이에요."

카드키를 받아들고 일본인 관광객들과 함께 엘리베이터에 올랐다. 정작 일본인들 앞에서 혜수는 입을 다물었다. 나는 30층에서 내리며 말했다.

"왜 그런 장난을 해? 그 직원 앞에선 일본인인 척해야 되잖아."

혜수가 웃으며 말했다.

"재밌잖아. 휴가는 적당히 스릴이 있어야지."

그러고 보니 우리가 이런 식의 장난을 친 것은 처음이 아니었다. 오래전 명동의 화장품 가게에서 아르바이트를 할 때 우리는 일이 끝나면 건너편에 있던 백화점의 화장품 매장으로 들어가 일부러 말없이 직원들이 우리를 외국인으로 오해하도록 유도했다. 매장 직원들이 외국인에게 좀 더 친절한 것 같았기 때문이다. 나는 진열된 색색의 립스틱을 둘러보며 자유롭게 해외여행을 다닐 수 있는 또래 여자애들에 대해 생각했다. 라멘을 먹기 위해 점심시간에 도쿄에 갔다 오는 여자들에 대해서. 우리가 일하던 화장품 가게에도 그런 여자가 방문한 적이 있다. 당시 한류 스타로 유명했던 여자 탤런트가 광고한 화장품이 품절됐다고 하자 그녀는 서툰 한국어로 이렇게 말했다. 그거 사려고 비행기 타고 왔는데 어쩌지? 사장이 그 제품은 사흘 뒤에 들어올 거라고 하자 그녀는 그럼 일본에 갔다가 사흘 뒤에 다시 오겠다고 했다. 자기 강아지는 주인이 이틀 이상 집을 비우면 불안해해서 어쩔 수 없다면서.

우리 방은 가장 안쪽에 위치한 객실이었다. 바로 옆방 문이 열려 있었는데 안에서 젊은 여자의 목소리가 들려왔다.

"못 봤다고 하면 다야? 그게 얼마짜린 줄 알아? 아줌마 집보다 더 비싼 반지라고!"

화가 난 고객과 정장을 입은 여자 앞에는 나이가 지긋해 보이는 룸메이드가 고개를 숙인 채로 서 있었다. 여자가 난감한 표정으로 룸메이드에게 말했다.

"여사님, 한 번만 더 찾아보세요."

나는 혜수의 손을 잡아끌어 우리 방으로 가면서 말했다.

"짜증 나. 여기서도 진상을 볼 줄이야."

"저 아줌마 반지 못 찾으면 어떻게 되는 거야?"

"설마 아줌마한테 물어내라고 하겠어? 상습 진상 같던데. 집보다 비싼 반지 끼는 여자가 프리미어룸에 묵을 리가 없잖아."

방 안에 들어서자마자 쾌적한 냄새가 났다. 통창과 대리석 바닥, 넓은 침대…… 모든 것이 완벽했다. 미리 홈페이지에서 봤는데도 호텔 방 안에 자리 잡은 자쿠지와 습식사우나를 보자 절로 입이 벌어졌다. 고급호텔이어서 그런지 청소 상태도 훌륭했다. 자쿠지 앞에 놓인 소파테이블에는 총지배인이 쓴 손편지가 놓여 있었다.

박윤주 고객님께

머무시는 동안 편안한 시간 되시길 바랍니다. 감사합니다.

— 이민준 총지배인

나는 낯익은 필체를 뚫어질 듯 쳐다보다가 편지를 가방 안에 넣었다. 창가로 다가가 커튼을 걷자 멋진 시티뷰가 펼쳐졌다. 나는 심호흡을 하며 혜수에게 말했다.

"혜수야, 이리 와봐. 뷰가 너무 멋지다."

혜수는 창가로 다가와 아래를 내려다보다가 다시 커튼을 치며 말했다.

"어지러워. 낮에 보는 시티뷰는 싫어. 도시가 나를 집어삼킬 것 같아."

혜수가 침대에 걸터앉으며 말했다.

"아까 그 아줌마가 이 방 청소도 한 걸까?"

"누구?"

"반지 훔쳤다고 의심받은 아줌마."

"같은 층이니까 아마도 담당자가 같겠지?"

그러고 보니 안됐다. 이렇게 일을 열심히 하고도 고작 그런 대접을 받다니. 그것도 자기 딸뻘 되는 여자한테. 나는 침대 위로 풀썩 쓰러지며 혜수의 손을 잡고 말했다.

"우리 뭐부터 할까? 수영부터 하고 마사지 받자."

오후 3시의 호텔 수영장은 한산했다. 혜수는 30분간 쉬지 않고 레인을 돌았고 나는 선베드에 누워 반짝이는 물을 내려다봤다. 물에서 나온 혜수가 내 옆에 놓인 선베드에 누우며 말했다.

"굳어 있던 몸이 풀리는 거 같아. 역시 운동 부족인가봐."

혜수는 사십대에 접어들면서 아프지 않은 곳이 없다고 하더니 언제 또 수영장에 오겠느냐면서 다시 물속으로 들어갔다. 나도 혜수를 따라 몇 바퀴 레인을 돌았다. 물속에서 정확한 동작으로 헤엄치는 혜수를 보자 또다시 국민체조를 하던 혜수의 팔다리가 떠올랐다. 발차기를 하는 혜수의 매끈한 종아리를 보자 잊고 있었던 장면들이 물장구치듯 눈앞을 스쳐 지나갔다.

우리는 1층 로비에 있는 카페에서 과일주스를 주문해 손에 들고 엘리베이터를 탔다. 운동 후 마시는 주스가 이렇게 맛있을 줄이야. 땀이 빠져나간 자리를 과일 알갱이들이 메웠는지 온몸이 신선한 과일즙으로 가득 찬 것 같았다. 혜수와 함께 30층에서 내린 뒤 로비를 걷다가 자몽 주스를 바닥에 조금 흘렸다. 혜수가 미간을 살짝 찌푸렸다.

나는 다시 호텔 방으로 들어가 30분 뒤로 마사지를 예약했다. 혜수는 시간을 확인하더니 전화기 밑에 있던 티슈를 서너 장 뽑아 밖으로 나갔다. 돌아온 혜수에게 어디에 갔다 왔느냐고 묻자 혜수는 내가 흘린 주스를 닦고 왔다고 했다. 왜 그런 짓을 하느냐고 물으려다가 입을 다물었다. 말해 뭣하겠는가. 그게 바로 혜수란 사람이었다. 혜수는 때때로 답답하다 못해 미련해 보였지만 그것이 혜수의 매력이라면 매력이었다. 나는 어쩌면 그래서 더욱 혜수를 좋아하는지도 몰랐다. 5살만 젊었어도 혜수에게 잔소리를 했을 것이다. 하지만 이제 소용없다는 걸 안다. 우리는 마흔한 살이었다.

지하로 내려가는 엘리베이터 안에서 혜수가 말했다.

"나 호텔에서 마사지 받는 거 처음이야."

"나도. 호텔에 올 일 자체가 없으니까."

5년 전 파혼했을 때 동네 마사지숍에서 엄마와 함께 마사지를 받았다. 우리는 늘 돈에 쪼들리는 신세였지만 그렇게 해야만 할 것 같았다. 전 남친과 그의 가족에게 받은 모욕을 우리는 소문난 마사지사로부터 위로받았다. 눈이 보이지 않는 마사지사가 막힌 몸의 기혈을 뚫어줬는지 한 달 동안 허리와 목이 아프지 않았다. 뚫린 기혈을 통해 부정적인 감정도 빠져나간 것이 분명했다. 엄마와 나는 더 이상 그 일로 속상해하지 않았다.

지하 1층에 있는 마사지실에 들어가자 두 명의 젊은 여자가 환하게 웃으며 우리를 맞았다. 그들은 무릎을 꿇은 채로 우리의 발을 주물렀다. 발마사지가 끝난 뒤에는 침대가 있는 방으로 옮겨 전신마사지를 받았다. 엎드려서 마사지를 받는 동안 우리는 옆으로 고개를 틀어 마주 보고 눈싸움을 하다가 웃음을 터트렸다.

마사지실에서 나와 엘리베이터를 기다리던 혜수가 말했다.

"저 사람들 힘들겠지? 나는 매장에서 사람들 응대하는 것만으로도 힘든데 어떻게 남의 몸을 손으로 만지고 그러는지 상상이 안 가."

나는 혜수의 팔짱을 끼며 말했다.

"넌 생각이 너무 많아. 즐길 수 있을 때 즐겨."

솔직히 혜수가 이럴 때마다 짜증이 났다. 평생 감정노동을 한 우리가 단 한 번의 휴가에서 왜 그런 것을 신경써야 하는지 알 수 없었다. 자본주의 사회에서 힐링이란 누군가의 감정을 사는 것 아닌가. 누군가의 감정을 소모시켜 서비스를 받는 것 아니냔 말이다. 내 기분이 좋아지면 누군가의 기분은 나빠질 수도 있었다.

밤 10시, 나는 룸서비스로 주문한 스테이크를 썰며 혜수에게 화장품 방문판매 할 때의 애로사항에 대해 이야기했다. 성희롱하는 고객은 없지만 고객의 피부와 미모에 대해 빈말을 하는 것이 얼마나 힘든지에 대해서. 혜수는 깔깔대며 웃다가 담배를 들어 보이며 옥상에서 한 개비만 피우고 오자고 했다.

환상적인 야경이 눈앞에 펼쳐졌다. 밤에 내려다본 도시는 장난감처럼 귀여웠다. 우리가 내려다본 서울이 우리를 마주 보는 것 같았다. 혜수가 한곳을 손가락으로 가리키며 말했다.

"우리 저기서도 일했었잖아. 명동 화장품 가게. 기억나?

매일 맨얼굴로 와서 테스터로 화장하고 가던 애."

"그 모닝 진상? 그래도 걘 좀 불쌍했어. 그래서 대충 눈감아줬지."

나도 손가락을 들어 한곳을 가리키며 말했다.

"저기 청담동 카페 진짜 힘들었지."

"거긴 손님보다 사장이 진상이었어. 매일 알바들한테 화풀이하고."

혜수가 머리 위로 손깍지를 끼더니 스트레칭을 하며 말했다.

"그러고 보니 서울이 생각보다 좁네. 그땐 너무 넓다고 생각했는데 그래봤자 우리 발아래에 있네."

나는 피우지도 못하는 담배를 한 모금 빨았다. 혜수 혼자 담배를 피우는 모습이 쓸쓸해 보여서였다. 혜수가 담배를 피우기 시작한 건 서른 살이 넘어서였다. 혜수가 누구에게 담배를 배웠더라? 혜수가 처음 담배를 피운 날 속옷 매장에 진상 고객이 다녀갔다는 것만 기억났다. 나이 어린 고객은 다른 사이즈의 속옷을 담아줬다는 이유로 혜수의 얼굴에 침을 뱉었다. 혜수가 눈을 빛내며 말했다.

"맨 위층에 프레지덴셜 스위트룸이 있다더라. 1박에 천만 원이 넘는대. 우리 구경하러 갈까?"

"문이 열려 있겠어?"

"혹시 모르잖아. 청소하느라 열어뒀을지."

우리는 담배꽁초를 발로 비벼 끈 다음 계단을 통해 아래층으로 내려갔다. 어디선가 음악 소리가 크게 들렸다. 우리는 홀린 듯이 음악 소리가 나는 쪽으로 걸어갔다. 우리는 잠시 그 앞에 서 있었다. 혜수가 그냥 방으로 돌아가자는 듯 내 손을 잡아끌었다. 그 순간 방 문이 열리며 한 남학생이 밖으로 나왔다.

"아줌마, 이것 좀 방 밖에 놔줘요."

우리를 룸메이드로 착각한 걸까. 나는 얼결에 그것을 손에 받아 들었다. 검은 봉지 안에는 쓰레기가 들어 있었다. 나는 방 안을 슬쩍 들여다봤다. 그곳에는 일고여덟 명의 앳되어 보이는 학생들이 있었는데 몇몇은 서로 부둥켜안고 있었다. 파티를 하는 것 같았다. 다들 취해 있어서 우리를 신경쓰는 것 같지도 않았다.

나는 엘리베이터를 기다리는 혜수를 비상구 쪽으로 끌어당겼다. 얼른 이곳에서 벗어나고 싶었다. 나는 빠른 속도로 계단을 내려가다가 움찔했다. 누군가 계단에 걸터앉아 졸고 있었다. 낮에 만난 룸메이드 아줌마였다. 혜수가 그녀에게 물었다.

"여기서 뭐 하세요? 이 시간까지 일하시는 거예요?"

아줌마가 입가의 침을 닦으며 말했다.

"그게…… 퇴근 시간 지났는데 오늘 같이 일하는 언니가 못 나와서 마저 하고 가려고요. 근데 왜 이리로 다녀요? 엘리베이터 놔두고."

혜수가 또 물었다.

"저…… 반지는 찾으셨어요?"

아줌마가 그걸 어떻게 아느냐는 듯 고개를 갸우뚱하다가 하품을 하며 말했다.

"무릎 꿇고 네 발로 온 방을 뒤지고 다녔는데 반지는커녕 반지 할아버지도 없더라고요. 수영복에 물안경 끼고 욕조 안에 들어가서 바닥을 죄다 훑었는데 안 보이는 거예요. 그건 온도를 낮추면 안 되거든요. 덕분에 땀만 뺐어요. 그래서 이렇게 피곤한 모양이에요."

나는 아줌마에게 쓰레기봉지를 건넨 다음 혜수의 손을 잡아끌어 호텔 방으로 돌아왔다.

침대에 누운 채로 책을 배 위에 올려놓은 혜수의 표정이 어두웠다. 10분쯤 말없이 책을 읽던 혜수가 책을 내려놓으며 말했다.

"걔네들 평생 저렇게 살았겠지?"

"누구?"

"아까 걔네들. 걔네 약 한 거 같았어. 그렇지 않고서야 눈빛이 왜 그래?"

드라마나 뉴스에서 자주 듣던 이야기였다. 매일 약에 취해 파티나 하는 부잣집 자제들.

"영어로 대화하더라고. 유학한 애들이면 그런 거 쉽게 생각하지 않을까? 확 신고해버릴까."

나는 그러고 싶지 않았다. 우리가 신고한다고 해도 걔네들 인생에 아무런 영향을 못 미칠 것이기 때문이다. 여유가 있다면 청춘은 낭비해도 되는 것 아닐까. 반면 우리에겐 시간이 없었다. 나는 21년 만에 얻은 휴가를 단 1분이라도 허투루 낭비하고 싶지 않았다.

그러고 보니 우리는 그 나이에 그렇게 살지 못했다. 우리는 술을 마시고 흥청거릴 시간이 없었다. 혜수는 한 치도 흐트러지지 않으려 했다. 맥주 한잔하자고 하면 그럴 돈도, 시간도 없다고 했다. 그런 혜수가 술에 빠져 지낸 적이 있다. 민준과 헤어진 직후였다. 혜수는 민준에게 헤어지자는 편지를 남기고 지방에 사는 이모 집에 내려갔다. 혜수는 그곳에서 반년 동안 아르바이트를 하면서 매일 저녁 술을 마셨다. 호프집에서 일하는 중에 몰래 마시다가 혼이 나기도 했다. 쉬는 날은 대낮부터 마셨다. 그러다가 어느 순간 단호히 술을 끊었다. 병원에서 약을 처방받아 먹어가며 독하게. 혜수는 알코올중독으로 가족을 힘들게 한 아버지처럼 살고 싶지 않다고 했다. 1년에 한두 번, 특별한 날에 스스로에게 술을 허락하기 시작한 건 최근의 일이었다.

혜수는 한 시간도 안 되어 다시 책을 배 위에 올린 채로 곯아떨어졌다. 피곤한지 코도 골았다. 시간은 자정을 지나고 있었다. 나는 샤워를 한 뒤 편의점에서 구입한 와인을 땄다. 와인잔에 화이트와인을 채워 손에 들고 자쿠지에 들어갔다. 자쿠지에서 솟아나는 기포를 보자 또다시 그 시절이 떠올랐다.

옥상에서 만난 이후로 민준을 다시 만난 건 한 달이 지난 화창한 봄날이었다. 오전 시간에 나는 가끔 도강을 했다. 첫 도강은 의도치 않게 시작되었다. 빈 강의실에서 공부하던 중 졸다가 깨어났는데 이미 수업이 시작된 상태였다. 뜻밖에도 잠이 달아날 정도로 흥미로운 수업이었다. 교양과목 같았는데 교수는 사랑에 빠지는 순간에 대해 로맨틱하게 설명했다. 수업이 끝나고 가방을 싸고 있는 내게 민준이 다가와 무슨 과냐고 물었다. 나는 국문과라고 대충 얼버무렸다. 사실 나는 문헌정보학과를 가기 위해 재수를 하고 있었다. 그런데 그 학교에는 문헌정보학과가 없을지도 모르니 국문과라고 둘러댄 것이다. 명문대에 국문과가 없을 리 없었다. 민준이 수줍어하며 물었다.

"친구분도 같은 과죠?"

그날 저녁 나는 혜수와 민준이 만날 수 있도록 중간에서 도왔다. 혜수는 학교 수업도 빼먹은 채로 나를 따라왔다. 나는 혜수가 휴학생이라고 둘러댔고 혜수도 그 말에 토를 달지 않았다. 민준을 만나는 동안 혜수와 나는 그 학교 국문과 학생이었다.

관계가 깊어질수록 혜수는 힘들어했다. 어떻게 1년이나 들키지 않을 수 있었을까. 내가 중간에서 들통나지 않도록 적극적으로 도왔고 민준이 원체 의심할 줄 모르는 성격이었기 때문일 것이다.

이튿날 아침, 나는 헤어드라이어 소리에 깨어났다. 샤워를 마친 혜수가 머리카락을 말리고 있었다. 머리가 빠개질 듯이 아팠다. 어젯밤 내가 비운 와인 병은 쓰레기통에 들어가 있었다. 혜수가 밝게 웃으며 조식을 먹으러 가자고 했다. 나는 진통제를 한 알 삼킨 뒤 혜수를 따라나섰다.

레스토랑 안으로 들어간 우리는 음식 진열대로 다가가 인스타그램에서나 보던 뷔페 음식을 내려다봤다. 그릇을 손에 든 혜수가 갑자기 내 뒤에 숨었다.

"왜 그래?"

"그 남자 같아."

"누구?"

"우리 매장에서 4년째 진상부리는 인간. 한 달간 코빼기도 안 보였는데 여기서 만나다니. 설마 날 쫓아온 건 아니겠지?"

"널 괴롭히려고? 닮은 사람이겠지."

"얼굴은 정확히 못 봤는데 그 사람과 같은 시계를 찼더라고. 엄청나게 비싼 시계. 1억이 넘는다던데. 그 시계를 찬 사람이 세상에 몇이나 되겠어. 아, 심장 뛰어."

매장에 자주 들러 혜수를 미치게 만든다는 남자인 모양이었다. 혜수가 권한 브래지어를 여자친구가 마음에 안 들어했다는 이유로 한 시간 동안 훈계를 늘어놓았다는 남자, 기분이 좋을 때는 매상을 엄청나게 올려주기 때문에 싫은 티를 낼 수도 없다는 남자, 원형탈모로 혜수를 병원에 들락이게 한 남자. 혜수는 자신이 파는 물건이 하필이면 속옷이기 때문에 늘 그 남자에게 성희롱을 당하는 기분이 든다고 했다. 여자친구가 이 제품은 가슴골이 예쁘게 안 나온다네. 이런 걸 권하면 어떡해. 이 제품은 다 좋은데 유두가 아프대. 이런 말이 그가 예사로 혜수에게 늘어놓는 불만이었다. 시선은 혜수의 가슴에 고정한 채로 말이다.

"숨긴 왜 숨어? 여기가 백화점이냐? 우리 여기 돈 내고 들어왔어."

혜수가 안쓰러웠다. 안쓰럽다 못해 불쌍했다. 혜수는 백화점을 그만두더라도 고객은 될 수 없을 것 같았다. 그 순간 그 남자가 우리 옆을 지나갔다. 혜수는 멋쩍게 웃더니 자신이 잘못 본 것 같다고 했다.

나는 식사를 하면서 혜수에게 다른 일을 해보는 게 어떻겠냐고 물었다. 혜수가 고개를 저으며 답했다.

"이제 와서 어떻게 바꿔. 바꾸려면 그때 바꿨어야지."

"그때?"

"백화점에서 속옷 매장, 와인 매장으로 오라는 제안 받았을 때. 기억나?"

혜수가 서점을 그만둔 뒤, 나는 반년 정도 더 서점에 나가다가 그만뒀다. 도서관 사서가 되기 위해 문헌정보학과를 목표로 대학입시를 준비했지만 이런저런 사정으로 결국 대학 진학을 포기했다. 혜수도 야간대학 2학년을 마치지 못하고 중퇴했다. 혜수의 일본 유학 계획은 아버지의 낙상사고로 무산되었다.

나는 다시 서울로 올라온 혜수와 함께 2년 동안 다양한 아르바이트를 했다. 화장품 가게, 보드게임 카페, 옷 가게…… 지루할 틈이 없이 자주 장소를 바꿔가며 일했다. 그때는 일을 골라가며 할 수 있었다. 번화가에 가면 이십대 초중반의 아르바이트생을 구하는 전단지가 매장 유리문마다 붙어 있었다.

계속 단기 아르바이트만 하면서 지낼 순 없었다. 혜수는 우리가 일하던 대학 근처의 속옷 가게에서, 나는 속옷 가게 뒷골목에 있던 와인바에서 장기 아르바이트 자리를 얻었다.

와인바 사장은 외국에서 유학한 와인소믈리에였다. 이번엔 오래 버텼다. 나와 혜수는 각기 와인바와 속옷 가게에서 2년 동안 일하다가 그만두었는데, 백화점에 단기 아르바이트생으로 들어갔다가 직원으로 일해보지 않겠느냐는 제안을 받았다. 와인 매장 매니저와 속옷 매장 매니저가 구두 매장에서 일하고 있던 우리를 찾아왔다. 너희들 2년 동안 와인바, 속옷 가게에서 일했다면서? 와인 매장, 속옷 매장에서 일해볼래? 그들은 우리의 이력서를 손에 들고 있었다. 싫어? 다른 매장으로 갈래? 우리는 그냥 하겠다고 했다. 좀 지겹긴 했지만 익숙해서 좀 더 쉽게 할 수 있는 일이었다. 진상고객의 양상도 매번 비슷했고 클레임도 비슷했으므로 좀 더 노련하게 대응할 수 있었다. 하고 싶은 일은 아니었지만 하다 보니 경력이 되어버렸다. 시간이 흘러 우리는 매니저가 되었고 월급도 올랐지만 나는 마흔이 되던 해, 와인 매장 매니저를 술집 여자 취급하는 진상고객에게 넌더리가 나서 낯선 일에 도전해보기로 했다. 화장품 방문 판매는 오랜 시간 백화점에 갇혀 일했던 내게 괜찮은 선택이었다. 하지만 나이 마흔에 발로 뛰며 영업을 하는 것은 쉽지 않았다. 역시 경력이 중요한 건지 다시 와인을 팔아야 하는 건 아닌가 하는 생각이 들었다.

식사를 마치고 호텔 방으로 돌아와 소파에 앉기도 전에

누군가 문을 두드렸다. 룸메이드 아줌마였다. 그녀는 청소를 해야 한다고 했다. 혜수가 연박이니 안 해도 된다고 했지만 아줌마는 대충이라도 해야지 안 할 순 없다고 했다. 나는 혜수에게 헬스장에 가보자고 했다.

엘리베이터까지 걸어가는 중에 혜수가 말했다.

"저 아줌마 우리 엄마 닮지 않았어?"

"글쎄."

"닮았어. 주눅 든 표정이라든가 요령 없어 보이는 거. 어디서건 만만이로 찍혀서 안 해도 되는 일까지 떠맡을 거 같아."

나는 대꾸하지 않았다. 혜수 어머니가 요령이 없긴 했다. 그녀는 3년 전 모텔에서 숙식을 해결하며 일하다가 집에 돌아온 주말, 자신의 방에서 드라마를 보다가 심장마비로 숨졌다.

우리는 헬스장에서 근력운동을 하면서 사람 구경을 했다. 호텔 헬스장에서 운동하는 사람들은 모두 교양 있고 부티 나 보였다. 혜수가 내 귓가에 대고 말했다.

"우리 떡볶이 먹고 산책 가자."

"여기까지 와서 고작 떡볶이?"

사실 나도 맵고 달달한 떡볶이가 당겼다. 그러고 보니 남산 산책로가 지척이었다. 우리는 호텔 뒷골목에 있는 분식점에서 떡볶이를 먹은 뒤 산책로까지 걸어갔다. 우리는 손을 잡고 한참을 걷다가 벤치에 나란히 앉았다.

우리는 백화점에 들어가기 전에 이 근처에 있던 호프집에서 아르바이트를 한 적이 있다. 일이 끝나면 종종 남산산책로에 갔다. 진상 고객에게 시달린 날도 산책로를 걷다 보면 기분이 좋아지곤 했다. 혜수는 기억하지 못하겠지만 민준과 함께 이곳에 온 적도 있다. 혜수의 생일날, 나는 술에 취한 혜수를 들쳐업은 민준과 함께 길고 긴 산책로를 걸었다. 걷다가 혜수의 신발이 떨어졌고, 나는 혜수의 신발을 손에 든 채로 민준과 나란히 걸었다. 그날 민준은 전에 없이 내게 고민을 털어놨다. 민준은 호텔리어가 되려고 편입을 생각 중인데 아버지가 반대하셔서 고민이라고 했다. 그의 아버지는 민준이 다시 수능을 봐서 의대에 가길 바란다고 했다.

"소화가 덜 된 거 같아."

혜수는 이렇게 말한 뒤 벤치에서 일어나더니 국민체조를 하기 시작했다. 혜수는 무표정한 얼굴로 천연덕스럽게 체조를 했다. 나는 혜수를 보며 웃다가 숨이 멎을 뻔했다. 저쪽에서 민준이 우리를 지켜보고 있었다. 마스크를 썼지만 나는 금세 알아볼 수 있었다. 나는 자리에서 벌떡 일어나 혜수의 손을 잡아끌어 다시 왔던 길로 돌아왔다. 왜 그러느냐는 혜수에겐 춥다고 둘러댔다. 나는 고개를 저으며 웃었다. 설마 아니겠지. 민준이 맞을 수도 있었다. 점심 식사를 마치고 산책을 나왔을 수도 있지 않은가. 민준은 산책을 좋아했다. 민준은 아무 말도 하지 않고 쉼 없이 걷고 또 걷는 것을 좋아했다.

호텔 방에 들어간 혜수는 말끔해진 방을 둘러본 뒤 침대 모서리에 걸터앉았다. 혜수가 고개를 숙여 침대 밑을 보며 말했다.

"그 아줌마 여기 흘린 과자 가루까지 깨끗이 닦았어."

우리는 다시 자리를 잡고 책을 읽었다. 잔잔한 음악을 틀어놓고 서로 방해하지 말자고 다짐하며 독서에 집중했다. 네 시간이 지나자 혜수는 책을 덮으며 많이 걸어서 그런지 벌써 출출하다고 했다. 룸서비스를 시키라고 하자 호텔 옆에 유명한 피자집이 있다면서 피자를 사러 가자고 했다. 그 피자를 맛보려고 이 호텔에 묵는 연인들이 있을 정도라고 했다.

피자집 앞에는 사람들이 길게 줄을 서 있었다. 피자를 사러 간 김에 노점에서 붕어빵도 샀다. 호캉스를 하는 동안은 좋은 음식만 먹기로 했는데 평소 즐겨 먹던 음식만 떠올랐다. 다시 호텔로 돌아온 나는 1층 회전문 안으로 들어갔다가 밖으로 나가지 못한 채 세 바퀴나 빙빙 돌았다. 호텔 안에 있는 사람이 아무래도 민준인 것 같았다. 혜수가 회전문 안에 갇힌 나를 눈을 크게 뜨고 쳐다봤다.

우리는 밖에서 사 온 음식을 먹으며 늦은 밤까지 독서를 했다. 혜수가 긴 침묵을 깨며 말했다.

"우리 진짜 이래도 되는 거야? 이틀 만에 큰돈을 써버리고."

"그런 소리 안 하기로 했잖아. 돈 얘기하는 사람 벌금 10만 원."

단 하루, 부자처럼, 백화점에 방문하는 VIP 고객들처럼 지내보기로 한 건데 우리는 매순간 돈 걱정이었다. 나는 핸드폰으로 시간을 확인한 뒤 말했다.

"이제 욕조에 들어가자. 시간이 얼마 안 남았어."

샤워를 마친 나는 혜수가 샤워를 하는 동안 냉장고에 넣어둔 치즈를 꺼냈다. 그러곤 와인매장 사장이 준 레드와인을 꺼내 코르크 마개에 와인오프너 스크루를 꽂았다. 오랜만에 하려니 잘 되지 않았다. 욕조에서 와인바 사장이 튀어나와 아직도 코르크 마개를 따지 못하면 어떡하냐면서 혀를 찰 것 같았다. 나는 코르크 마개를 제거하고 두 개의 잔에 와인을 따른 뒤 와인 잔을 손에 들고 자쿠지 안으로 들어갔다. 샤워를 마친 혜수도 와인 잔을 손에 들고 욕조로 다가왔다.

욕조 가장자리에 걸터앉은 혜수가 발을 물에 집어넣으며 말했다.

"돈이 좋긴 좋네. 너하고 이런 데도 와보고. 이렇게 작정하고 안 왔으면 환갑이 되도록 둘이서 이런 시간 갖기 힘들었을 거야. 벌써 마흔한 살이라니. 정말 꿈을 꾼 것 같아."

"그러게. 시간이 너무 빨라. 그런데 너 어제 잠꼬대하더라.

악몽이라도 꿨어?"

혜수가 몸에 두른 수건을 끄른 뒤 엉덩이를 아래로 내려 목까지 물에 담그며 말했다.

"요즘 엄마가 자꾸 꿈에 나와."

"나는 전 남친이 자꾸 전화를 해."

나는 이렇게 말하고는 뒤로 누우며 얼굴을 물속에 담갔다.

"왜? 이제 와서."

혜수의 목소리가 흐릿하게 들렸다.

5년 전에 파투 난 결혼이었다. 그의 부모는 내가 이혼가정의 자녀라는 것과 우리 집이 보잘것없다는 것을 이유로 결혼을 반대했다. 나는 몸을 일으켜 다시 양반다리를 하며 말했다.

"갑자기 무슨 바람이 들었는지 위자료라면서 돈을 천만 원이나 보내고는 한번 보자고 하더라."

혜수가 단번에 잔을 비우며 말했다.

"마마보이 새끼, 온갖 모욕 주고 파혼할 땐 언제고. 주려면 그때 줬어야지. 와이프한테 벌써 싫증 났나? 역시 걔는 수치심이 없어. 나라면 창피해서 전화 못할 텐데."

혜수가 천천히 고개를 끄덕이며 말했다.

"아…… 이게 바로 그 꽁돈이구나?"

"돌려주려다가 정신적 피해 받은 거 생각하니 못 받을 것도 없는 거 같아서 일단 받아뒀어."

"너 혹시 흔들리는 거야?"

답하지 않자 혜수가 말했다.

"가끔 만나든가. 감정을 섞지 말고 만나. 몸만 섞고 돈도 좀 더 받고. 대신 미리 3천만 원 받고 시작해. 상간녀위자료 청구소송 당할 경우를 대비해서."

나는 크게 웃으며 말했다.

"마흔 넘었다고 우리 혜수가 그런 말을 다 할 줄 아네."

혜수는 이제 웬만한 일에는 놀라지도 않았다. 눈을 크게 뜨기는커녕 가늘게 뜨고 여유롭게 웃으며 말했다.

"14년 동안 와인매장에서 일한 네가 전 남친 하나 못 구워삶겠어? 너 와인 완판녀잖아."

"왕년에 맘만 먹으면 수북이 쌓여 있는 추석 와인 선물세트, 남들은 이틀 걸리는 거 나는 반나절 만에 완판시켰지. 생각해보니 와인바 소믈리에 사장 덕에 먹고 살았어. 거기서 일할 때는 사장이 잔소리하는 거 듣기 싫었는데 그때 와인에 대한 공부는 다 했어."

혜수가 한숨을 쉬며 말했다.

"네가 부러워. 최소한 너는 즐겁게 살잖아. 난 미래가 없어. 일도 재미없고 만나고 싶은 남자도 없어. 다른 일을 시작하기엔 나이도 들어버렸고. 엊그제 우리 아빠가 뭐라고 했는지 알아? 속옷 장사하느니 결혼해서 남편 비위나 맞추래.

20년간 열심히 일한 딸한테 고작 한다는 소리가.”

“나보단 낫네. 전 남친이 전화해서 껄떡거리진 않잖아.”

나는 그가 준 돈을 최대한 빨리 써버릴 작정이었다. 최대한의 감정적 사치를 누리면서.

혜수가 양 무릎을 세워 가슴 쪽으로 당기며 말했다.

“엄마 죽기 한 달 전이었나. 큰맘 먹고 엄마를 고급 식당에 데려갔어. 그곳에서 엄마는 마치 직원처럼 행동했어. 직원이 해야 할 일을 자기가 하는 거야. 식탁에 놓인 행주를 들어 식탁을 훔치고 바닥에 떨어진 음식을 주워 쓰레기통에 넣고. 한번 노비가 되면 대대로 노비가 돼야 했던 조선시대도 아니고.”

혜수의 눈에서 눈물이 떨어졌다.

“엄마가 창피했어. 그렇게 가실 줄 알았으면 좀 더 잘해드렸을 텐데.”

혜수는 두 손에 물을 담아 자신의 얼굴에 끼얹은 뒤 말했다.

“잘된 걸지도 몰라. 어차피 엄마는 80세까지 소처럼 일만 하다 죽었을 거야. 남들이 쓰다 버린 콘돔이나 치우면서.”

혜수 어머니는 건축 현장에서 일하다가 추락해 장애를 입은 남편을 대신해 돈을 벌었다. 혜수 아버지는 매일 술을 마셨고 날이 갈수록 성격이 공격적으로 변했다. 분노조절장애가 생긴 것처럼 화를 조절하지 못했다. 술병을 던져 어머니를 다치게 한 적도 있었다. 의사는 술이 감정과 충동을 조절하는 뇌의 전두엽을 마비시키기 때문이라고 했다. 혜수 어머니는 잘 참았다. 남편의 감정적인 학대를 잘 견뎠다. 그녀는 고도로 훈련된 감정노동자였다. 그녀는 죽고 나서야 일터에서의, 그리고 가정에서의 폭력으로부터 벗어날 수 있었다.

나는 와인 잔을 비우며 말했다.

"오길 잘했지? 힐링했잖아."

혜수가 스스로 자신의 잔에 와인을 따르며 말했다.

"그런데 그 힐링이란 거 말이야. 꼭 누군가의 감정을 소모시키면서 해야 하는 걸까? 힐링이란 거 꼭 그렇게 해야 하는 거냐고."

그 순간 욕조 위에 올려둔 혜수의 술잔이 욕조 밖으로 떨어졌고, 조각난 유리 조각 사이로 레드와인이 어지럽게 흩어졌다.

"너 취했나봐. 그만 마셔."

혜수는 욕조 밖으로 나가더니 벌거벗은 채로 수건을 손에 들고 바닥에 쏟아진 와인을 닦기 시작했다.

"뭐 하는 거야? 그만해. 다쳐."

"아줌마 좀 도와드리려는 것뿐이야."

나는 욕조에서 나와 혜수에게 가운을 건넨 다음, 나도 가운을 걸쳤다. 나는 소파에 드러누우며 중얼거렸다.

"고혜수, 오늘은 좀 걱정 없이 취해보자. 우리 맘껏 취해본 적도 없잖아. 난 사실 그런 애들이 부러웠어. 술에, 감정에 취해도 되는 애들 말이야. 백날 천날 연애 때문에 징징대는 애들, 매장에서 점원에게 행패를 부려도 되는 애들, 십대부터 술에 취해, 심지어 마약에 취해 살아도 되는 애들, 그렇게 살아도 나락으로 떨어지지 않는 인생들……."

나는 이삼십대에 와인 매장에서 일하면서도 한 번도 마음 놓고 취해보지 못했다. 다음날 일찍 일을 시작해야 했고 기댈 데가 없는 내가 취해버리기까지 한다면 어딘가로 끌려가 몹쓸 짓을 당할 거라고 생각했다. 혜수도 마찬가지였다. 우리는 마음껏 취하지도, 사랑하지도 못했다. 그래서 우리는 마흔한 살인 지금 혼자인 걸까.

혜수는 비틀거리며 깨진 유리잔을 치우고, 침대 시트를 정리하고, 수건으로 바닥을 훔치고 칫솔로 변기를 문질렀다. 슬슬 짜증이 나기 시작했다. 마땅히 즐거워야 할 호캉스가 우울해지고 있었다.

"너 정말 여기까지 와서 이럴 거야? 이럴 거면 왜 왔어? 내 생각은 안 해? 이 공간은 이제 겨우 열한 시간만 우리 거라고. 그런데 이렇게 청소나 하고 있어야겠어?"

혜수가 칫솔로 변기를 닦으며 말했다.

"넌 하지 마. 책 읽어. 내가 할게."

혜수가 왜 저러는지 누구보다 내가 잘 알았다. 그럼에도 비싼 숙박료를 내고 청소를 하는 혜수가 안쓰럽다 못해 혐오스러웠다. 나는 자리에서 일어나 자쿠지 앞에 다소곳이 섰다. 그리고 국민체조를 하기 시작했다. 콧노래를 흥얼거리며 한 동작 한 동작을 제대로 수행했다. 나는 노 젓는 동작을 하며 말했다.

"야, 고혜수 너 그거 알아? 이 호텔에 지금 민준이가 있어. 분명히 있을걸. 걔는 호텔을 너무 좋아해서 퇴근도 안 하고 자기가 일하는 호텔에서 먹고 잘 테니까."

비닐봉지에 쓰레기를 담던 혜수가 고개를 들어 나를 쳐다봤다.

"그게 무슨 소리야?"

"이민준. 기억나지? 걔가 이 호텔 총지배인이라고. 걔가 지금 우리 머리 위에서 서울을 내려다보고 있을지도 모른다고."

혜수는 잠시 멍한 표정을 지었지만 다시 수건으로 바닥을 훔쳤다. 술에 취한 혜수는 비틀대면서도 청소를 멈추지 않았다. 바닥에 떨어진 물에 미끄러져 넘어졌는데도 웃으며 다시 일어나 청소를 했다. 갑자기 혜수가 비명을 지르며 넘어졌다. 유리 조각을 밟았는지 발에서 피가 배어 나왔다. 나는 가방 안에서 밴드를 꺼내 상처 난 곳에 붙인 뒤 와인 잔을 씻어

원래 자리에 놓았다. 이왕 이렇게 된 거 혜수를 도와 청소를 하기로 했다.

새벽 2시, 먼지를 잔뜩 뒤집어쓴 우리는 침대에 나란히 누웠다. 혜수는 금세 코를 골며 잠들었다. 나는 모로 누워 혜수의 머리를 쓰다듬으며 작게 웅얼거렸다. 혜수야, 너는 남의 감정은 그렇게나 생각하면서 왜 자신의 감정에는 솔직하지 못했니? 왜 네가 사랑했던 사람의 감정에는 그토록 무관심했어? 아무도 너의 감정 따위 생각 안 한다고 했지? 너의 말 한마디, 미세한 표정 변화에 천당과 지옥을 오가는 사람이 있었어. 갑자기 잠적한 너 때문에 휴학까지 하고 너를 찾아다니다가 입대한 남자가 있었다고.

혜수는 평생 모를 것이다. 그런 민준이를 지켜보던 내가 얼마나 고통스러웠는지.

나는 누군가 문 두드리는 소리에 잠에서 깨어났다. 문 앞에는 청소도구를 손에 든 룸메이드 아줌마가 서 있었다.

"아이고 뭘 하길래 문을 안 연대요? 10분이나 벨을 눌렀는데. 퇴실 시간 30분이나 지났어요."

우리는 1층으로 내려가 체크아웃을 했다. 프런트 직원은 혜수에게 일본어로 편안한 휴가를 보내셨냐고 물었다. 혜수도 일본어로 너무나 만족스러운 휴가였다고 답했다. 나는 한숨도 자지 않고 밤새도록 와인을 판 것처럼 깊은 피로감을 느꼈다.

회전문을 통과하려는데 낯익은 얼굴이 보였다. 민준이었다. 그는 금발의 외국인과 대화를 나누고 있었다. 나는 길게 숨을 들이마셨다가 내쉰 뒤 혜수의 손을 잡고 회전문을 통과해 호텔 밖으로 빠져나왔다. ■

유라TV

환자복을 입은 효나는 가까이 다가가 들여다봐야 했을 정도로 낯설었다. 광대뼈가 불거져 보일 만큼 살이 빠졌고 눈이 쑥 들어갔다. 안색은 창백했고 입술은 각질이 올라와 갑각류 등처럼 거칠어 보였다. 손목에는 붕대가 감겨 있었다. 두 번째였다. 효나가 스스로 손목을 그은 것이. 수현은 아무 말 없이 연신 효나의 얼굴을 쓰다듬었다.

잠에서 깨어난 효나는 우리에게 나가라고 소리를 질렀다. 우리가 나가지 않자 협탁 위에 놓인 물건들을 던지기 시작했다. 나는 수현을 끌고 밖으로 나왔다. 나는 수현의 등을 어루만지며 말했다.

"좀 진정되면 들어가자."

수현은 병실 앞 벤치에 앉아 소리 내 울었다. 나라도 이성을 잃지 않으려 했는데 눈물이 흘러나왔다. 효나는 나에게도 딸 같은 아이였다. 효나가 네 살 때부터 수현과 함께 아이들을 키웠고 명절도 함께 보냈다. 우리는 가족이나 다름없었다. 진짜 가족에게는 할 수 없는 이야기를 터놓고 의논했다. 이번 일도 수현은 자신의 오빠에겐 말하지 못한 모양이었다. 수현에겐 일곱 살 터울의 오빠가 있었다. 수현의 유일한 혈육이었다. 이혼했다는 이유로 5년간 동생의 전화를 받지 않은 보수적인 남자에게 조카가 만나던 남자가 동영상을 인터넷에 퍼뜨려서 조카가 자살 시도를 두 번이나 했다는 것을 어떻게 말하겠는가. 동영상을 삭제해야 했고, 그것에는 큰 비용이 들기 때문에 나는 넋이 빠진 수현을 도와 이런저런 일들을 했다.

경찰서에 가서 고소장을 접수하고 여성단체에 도움을 청하고 효나와 대화를 하는 것. 어느 것 하나 쉽지 않았다. 효나가 잘못한 것이 아닌데도 나는 경찰과 마주하는 것이, 여성단체 활동가를 만나는 것이 겁나고 껄끄러웠다. 게다가 그것은 수치심을 동반했다. 그들이 왠지 나를 책망하는 것 같았다. 여성단체 활동가는 자신이 우리 편이라는 것을 몇 번이나 강조했지만 나는 그녀를 만나는 자리에서마저 움츠러들었다. 효나가 그런 남자를 만나는 것과 두 번이나 자살시도를 하는 것을 막지 못했다는 죄책감 때문이었다. 성범죄를 당한 것인데도 마치 아이를 소아성애자에게 넘겨준 엄마가 된 것 같아 무기력하고 창피했다. 그 이유는 내게 효나가 여전히 어린아이처럼 느껴지기 때문이기도 하겠지만 그 남자가 효나와 나이 차가 많이 나기 때문이기도 할 것이다.

효나가 방에 틀어박혀 우리와 말을 섞으려 하지 않아서 그 영상이 빠른 속도로 번지는 것을 막지 못했다. 아니, 언제 알았느냐는 중요하지 않을지도 모른다. 인터넷에 한번 올라가면 빛보다 빠른 속도로 퍼진다고 하지 않는가.

그럼에도 나는 정신 줄을 부여잡고 효나를 추궁해서 그 동영상의 이름을 알아냈다. 뭐라고? 두 번이나 물었다. 그런 기이한 제목을 달고 효나의 동영상이 퍼지고 있다니. 수현은 그 영상을 보지 않았다고 했다. 경찰도 수현에게 그 영상을 보지 말라고 했다고 한다. 수현이 말했다. 무서워서 못 보겠어. 무서워. 나는 수현에게 말했다. 내가 볼게. 넌 보지 마.

그 영상을 찾는 건 어렵지 않았다. 잘 알려진 P2P사이트에 들어가 검색어를 입력하자 그 제목을 단 영상이 여러 개 떠올랐다. 분명히 영상을 지우고 있다고 했는데. 아무리 지워도 누군가 다시 올리기 때문에 시간이 걸린다고 한 말의 뜻을 알 것 같았다. 캡처된 사진만으로는 효나인지 아닌지 알 수 없었다. 효나와 닮았지만 다른 사람 같았다. 그 영상은

100원에 거래되고 있었다. 한참을 망설이다가 파일을 다운받았다. 어쨌든 그 영상의 내용을 확인해야 했다.

영상을 본 나는 한참 동안 몸을 떨었다. 손발, 팔다리 할 것 없이 신체의 모든 부위가 흔들렸다. 이빨이 위아래로 딱딱 부딪쳤다. 누군가 내 몸 안에 손을 집어넣어 내장기관을 움켜쥐고 흔드는 것처럼 느껴졌다. 눈물이 흘러나왔다. 나는 기어이 화장실로 달려가 구토를 하고 말았다.

유지는 전화를 받지 않았다. 다섯 번째에서야 취한 목소리로 전화를 받았다. 혀가 꼬인 걸 보니 엄청나게 취한 모양이었다. 전화가 끊기는가 싶더니 유지의 남자친구인 보성이 전화를 넘겨받았다.

"어머니, 지금 유라 아니, 유지 완전히 취했어요. 전화 끊어야겠어요. 죄송합니다."

이내 전화가 끊어졌다. 유지는 새벽 3시가 넘어 보성의 등에 업혀 들어왔다. 형편없이 취해 잠든 아이의 얼굴을 내려다보며 내일 아침 단단히 훈계를 해야겠다고 벼르면서도 자신이 없었다. 놀러 다니는 것도 아니고 일을 하는 것이 아닌가.

유지가 먹방 유튜버로 유명해졌다는 사실을 알게 된 것은 수현을 통해서였다.

"효나가 그러는데 유지가 요즘 꽤 유명하다던데?"

유지가 1학년 때부터 유튜브에 브이로그를 올린다는 건 알고 있었다. 집에서도 시도 때도 없이 나에게 카메라를 들이대곤 했다. 그때 올린 영상들은 지금 봐도 미소가 지어질 정도로 자연스러웠다. 그 영상 속에서 우리 네 사람은 행복해 보였다. 그때도 유지는 음식을 먹는 모습을 찍어 올렸지만 기껏해야 두 그릇이었지 지금처럼 많은 양의 음식을 먹지는 않았다.

유지는 학과 공부가 적성에 안 맞는다고 투덜댔는데 먹방을 하는 것은 재미있었던 모양이다. 수업도 빼먹으며 먹방을 찍으러 다녔다. 다른 유튜버들처럼 가명으로 활동하는 것 같았다. 용돈벌이 정도는 되는지 용돈을 주면 엄마 옷이나 사 입으라고 사양했다. 저러다 그만두겠지 했지만 3학년 1학기를 마치고 나와 상의도 없이 휴학을 한 뒤 먹방에 집중했다. 언젠가부터 유지와 함께 걸어가면 사람들이 수군대는 소리가 들렸다. 유지에게 사인을 해달라고 부탁하는 학생들도 많았다. '유라TV' 구독자 수는 26명에서 시작해 천 명, 만 명, 3만 명, 10만 명…… 무섭게 늘어나더니 지금 유지는 구독자 70만 명을 보유한 유명 스타가 되었다. 보성은 본격적으로 영상을 올린 건 넉 달밖에 되지 않았으니 유지의 먹방 구독자 수 증가율은 업계 최고라고 했다. 지금 박차를 가해서 다른 유튜버들과의 차이를 크게 벌려놔야 한다고 했다. 그는 피디 지망생답게 자신만만했다. 마치 유지가 고등학교 때 다녔던 입시학원 강사처럼 나를 믿고 맡겨주면 따님을 원하는 학교에 입학시켜주겠다는 투였다.

취업은 안 할 거냐고 물었더니 유지는 코웃음을 치며 자신의 유튜브 한 달 수입이 일반 회사원 연봉보다 많다고 했다. 유지가 정확히 얼마를 버는지는 알 수 없었지만 내 통장에 매달 생활비를 입금해주고 5년마다 차를 바꿔주겠다고 하는 걸 보면 많긴 많은 모양이었다. 이런 고민을 털어놓자 수현은 배가 불렀다면서 이제 아르바이트 같은 건 그만두고 딸이 주는 돈으로 여행이나 다니라고 했다. 수현이 그렇게 말하는 것이 싫지 않았지만 불길한 낌새를 떨칠 수 없었다. 구독자 수가 늘어날수록 그 낌새는 더욱 짙어졌다. 나는 웬만해선 유튜브에 접속하지 않았고 인터넷에서 '유라'를 검색하지 않으려 애썼다.

오전 10시, 보성이 다시 집에 왔다.

"어머니, 유지 아직 안 깼어요?"

그는 허락도 없이 집으로 들어오더니 유지의 방문을 벌컥 연 다음 유지를 흔들어 깨웠다. 화난 얼굴과 다르게 목소리는 부드러웠다.

"우리 유지, 아직도 자는 거야? 한 시간밖에 안 남았어. 어서 일어나."

그는 이불을 머리 위로 덮어쓰며 시간을 좀 늦추면 안 되느냐는 유지를 어린아이 어르듯 살살 달래 욕실에 집어넣었다. 보성은 유지의 화장대에서 화장품 가방을 챙기더니 샤워를 마친 유지를 데리고 나갔다. 나는 유지의 등에 대고 물었다.

"오늘은 뭘 먹는 거니?"

"떡볶이요. 한 달 내내 떡볶이 특집이에요."

대답한 건 보성이었다. 아이들은 인사도 없이 현관문을 닫아버렸다. 좀 과장해서 말하자면 눈앞에서 유괴범이 아이를 데려가는데 속수무책 아무것도 할 수 없는 기분이었다. 어제 그렇게 술을 마시고 아침부터 떡볶이를 먹는다는 건가. 그것도 10인분이나 되는 대용량의 떡볶이를.

지난달 보성이 집에 왔을 때 유지에게 도대체 왜 그렇게 많은 양을 먹어야 하느냐고, 한 그릇만 맛있게 먹는 게 더 보기 좋지 않냐고 물었다. 유지는 한 그릇만 먹으면 누가 보겠느냐고 쏘아붙였다. 엄마와는 말이 안 통한다는 투였다. 그때도 보성이 나섰다.

"어머니, 그래서 이건 재능이에요. 많은 음식을 짧은 시간에 맛있게 먹을 수 있는 건 아무나 가진 재능이 아니라고요. 김연아가 서른 살에 피겨 탔으면 성공했겠어요? 모든 일은 때가 있어요. 유지에게는 지금이 그 '때'이고요."

그 말에도 나는 의아할 뿐이었다. 나는 내 아이가 특별히 잘 먹는 재능이 있다고 생각해본 적이 없었기 때문이다. 아이의 재능은 엄마가 먼저 알아보는 것 아닌가. 체구에 비해 많이 먹고, 먹는 것에 비해 살이 찌지 않는 건 사실이었지만 먹방 유튜버라니. 사실 잘 먹는 것을 재능이라고 생각해본 적도 없었다.

나는 보성이란 아이가 미덥지 않았다. 처음부터 그랬던 건 아니다. "어머니, 어머니" 하며 싹싹하게 구는 것도 싫지 않았고 묻지도 않았는데 묻지 않으면 절대로 먼저 말해주는 법이 없는 유지의 일에 대해 이야기해주는 것도 좋았다. 하지만 언젠가부터 경계하게 되었다. 이유를 정확하게 말하긴 힘들다. 하지만 엄마는 본능적으로 아는 법이다. 내 아이에게 해로운 존재를.

유지는 자신이 유명해진 건 보성 덕분이라고 했다. 보성이 촬영과 편집을 도와주고 조언을 해준 이후로 구독자 수가 크게 늘었다면서. 연예인은 아니지만 연예인과 비슷한 일의 특성상 집적대는 남자가 많았는데 보성과 함께 다닌 이후로는 귀찮게 하는 남자도 없다고 했다. 유지는 보성에게 수익의 일부를 나누어 준다고 했다. 보성과 결혼할 거냐고 묻자 유지는 코웃음을 치며 답했다.

"엄마, 우리 그런 사이 아니야. 이건 비즈니스라고."

유지는 잠시 생각하다가 덧붙여 말했다.

"물론 단순한 비즈니스 파트너라고 말하기도 좀 그렇지만……."

유지의 얼굴이 조금 붉어졌다.

"그리고 내 나이가 몇인데 벌써 결혼이야? 하고 싶은 게 얼마나 많은데. 돈 바짝 벌어서 세계 여행하고 공부도 좀 더 하고…… 결혼은 마흔 넘어서 할 거야."

내 참견이 싫었는지 유지는 일주일 후 오피스텔을 구해 집을 나갔다. 당분간 방송에서 배달음식을 먹을 것이기 때문에 촬영할 곳이 필요하다는 것이 표면적인 이유였다. 그때도 멍하니 아이가 떠나는 것을 구경만 했다. 유지는 보성을 시켜 짐을 옮겼고 저녁때가 돼서야 오피스텔 계약 기간이 끝나면 다시 집으로 들어가겠다고 통보했다.

처음엔 화가 나서 당장 가서 잡아올까 생각했지만 심호흡을 하며 감정을 가다듬었다. 유지는 스무 살이 넘었고 경제적으로도 독립했다. 설사 보성에게 휘둘리고 있는 거라고 해도 그건 스스로 감당해야 할 몫이었다.

덕분에 나는 딸의 얼굴을 유튜브 방송을 통해서나 보게 되었다. 방송은 예전보다 빠른 속도로 올라왔고 아이는 늘 대용량의 음식을 빠른 속도로 맛있게 먹어치웠다. 이웃집 여자도 혼자 밥 먹기 싫을 때는 유라TV를 보면서 밥을 먹는다고 했다. 유지가 너무 맛있게 먹어서 입맛이 없을 때 보면 입맛이 돈다는 것이다. 남들이 보기엔 아무 문제가 없는 방송이 왜 유독 내게만 불편한 걸까. 나는 너무 부정적으로 생각하지 말자고 스스로에게 되뇌며 그날 올라온 유지의 방송을 클릭했다.

"달팽이님, 감사합니다."

유지는 익살스럽게 인사한 뒤 떡볶이를 한가득 입안에 쑤셔 넣었다. 누군가 슈퍼챗을 준 모양이었다. 나는 유지의 표정만 보고도 알 수 있었다. 금방이라도 게워내고 싶어 한다는 것을. 그럼에도 애써 미소 짓고 있다는 것을. 유지가 자신의 오른쪽에 놓인 음료를 마신 뒤 말했다.

"여러분, 저는 세상에서 매운 떡볶이가 제일 좋아요."

나는 컴퓨터를 끈 다음 거실로 나와 소파에 드러누웠다.

오래전 일이 기억났다. 유지가 돌이나 지났을 때였던가. 내가 화장실에 간 사이에 유지가 상 위의 김치를 집어 먹었다. 얼른 입안을 물로 헹궜지만 아이의 얼굴과 온몸에 발갛게 발진이 일어났다. 즉시 병원으로 달려갔고 의사는 괜찮을 거라고 했지만 얼마나 무서웠던지, 얼마나 미안했던지. 그 일 때문은 아니겠지만 유지는 어려서부터 매운 음식을 싫어했다. 조금만 매워도 미간을 찌푸리며 먹지 않겠다고 도리질을 했다.

유지가 먹방 유튜버로 막 이름을 얻기 시작했을 때, 집에 찾아온 수현과 함께 유지의 방송을 시청했다. 그날 유지가 먹은 음식은 흔하디흔한 라면이었다. 무려 아홉 개나 되는 라면을 유지는 맛있게 먹었다. 자연스럽게 라면이 먹고 싶어진 우리는 라면을 하나 끓여서 컴퓨터 앞에 앉았다. 화면 속 유지는 커다란 솥에 끓인 대용량의 라면을 반쯤 먹은 상태였다. 수현이 라면 가락을 입에 넣으며 말했다.

"유지는 식탐이 강한 아이였어."

나는 화들짝 놀랐다. 대체 무슨 소리를 하는 거냐고 했더니 수현은 대수롭지 않다는 듯이 말했다.

"왜 그렇게 놀라? 뭐 못할 소리라도 했어? 유지 다섯 살부터 일곱 살까지, 그때 너 옷가게 나갈 때였던가? 낮 시간에 매일 우리 집에 있었잖아. 네가 8시면 오는데 가끔 늦어질 때가 있었어. 10시가 돼도 안 오면 애들한테 간식을 만들어 줬거든. 떡볶이라든가 부침개 같은 거. 네가 집에 와서 유지를 데려가면 효나가 그러는 거야. 유지는 늘 자기 거까지 다 먹어치운다고. 잽싸게 한입에 넣고 우적우적 씹어 먹어서 말릴 새도 없다고."

"그랬어?"

"그때는 그냥 애가 식탐이 강한가보다 했는데 지금 생각하니 어쩌면 나 때문이었나봐."

"너 때문이라니?"

"유지가 하도 시계를 쳐다보기에 이거 다 먹으면 엄마 올 거라고 했거든. 네가 보고 싶어서 유지는 늘 그렇게 빨리 먹어치운 모양이야."

유지는 좋아하는 음식은 잘 먹었지만 편식이 심해서 내가 밥그릇을 들고 다니며 밥을 먹였기 때문에 식탐이 강하다는 말은 황당하다 못해 억울했다. 어쨌거나 유지가 남들보다 비대한 위장을 갖게 된 건 나에게도 책임이 있는 셈이었다.

남편이 죽은 뒤 막막했다. 슬퍼할 겨를도 없었다. 당장 먹고살 돈이 필요했다. 나는 닥치는 대로 일했다. 집에 돌아오면 그대로 쓰러져 잠들었다. 수현을 다시 만난 것도 그즈음이었다.

먼저 연락을 해온 건 수현이었다. 우리는 고등학교 2학년 때 같은 반이었지만 사실 친한 사이라고 할 수는 없었다. 같은 무리에 속해 있어서 같이 밥을 먹고 같이 다녔지만 기억에 남을 만한 사적인 대화는 나눈 적이 없었다. 어쩌면 그래서 호감이 남아 있었는지도 모른다. 거리를 두고 사귄 친구에 대한 막연한 호감. 당시 늘 붙어 다녔던 민희와는 어떤 일로 크게 다투고 영영 화해하지 못했다. 민희와 나는 서로 너무 좋아해서 작은 일에도 크게 실망하는 편이었다. 싸우고 화해하기를 반복했고 나중에는 그런 패턴에 지쳐버렸다.

수현과 나는 비슷한 시기에 결혼했다. 이십대 초반으로 친구들에 비해 이른 편이었다. 그리고 비슷한 시기에 홀로 되었다. 서른이 되기도 전이었다. 나는 교통사고로 남편을 잃었고 수현은 남편의 외도로 이혼했다. 그 슬픈 우연의 일치가 우리를 다시 만나게 한 건 사실이었지만 유지와 효나가 없었다면 우리의 만남은 길게 이어지지 않았을 것이다. 홀로 된 우리에겐 네 살배기 딸이 있었다. 그때는 사랑했던 사람과 이별해 홀로 되었다는 불운의 일치로 우리가 만나게 되었다고 생각했지만 지금은 비슷한 시기에 사랑에 빠져 비슷한 시기에 딸을 얻었다는 행운의 일치가 우리를 만나게 했다고 생각한다.

그러고 보니 효나가 수현의 뱃속에 있을 때 우리는 우연히 길에서 마주친 적이 있다. 겨울이었다. 거리는 크리스마스 분위기로 가득했다. 교회 성도들의 찬송가 부르는 소리 사이로 구세군의 종소리가 울려퍼졌다. 크게 부른 만삭의 임신부의 배에 먼저 시선이 머물렀다. 그때 내 뱃속에도 5주 된 아이가 자라고 있었기 때문이다. 배에서 얼굴로 시선을 돌렸을 때 놀랄 새도 없이 수현이 내게로 다가왔다.

"너 주영이 맞지?"

우리는 선 채로 손을 맞잡고 짧은 대화를 나누었다.

"너 결혼했다는 얘기는 들었는데. 결혼식 때 못 가서 미안해."

"아니야. 순산해라. 나중에 또 보자."

나는 나도 아이를 가졌다고 말하지 않았다. 애초에 가깝지 않았기 때문에 그 만남조차 쉽게 잊었다.

그날을 떠올리면 입가에 미소가 절로 떠오를 정도로 수현의 미소는 눈부셨다. 들뜬 크리스마스 분위기 덕분인지 그날 수현은 유난히 행복해 보였다.

수년 뒤, 남편의 갑작스러운 죽음에서 헤어났을 즈음 동창으로부터 수현이 이혼했다는 소식을 들었다. 그때 가장 먼저 생각난 건 수현의 뱃속에 있던 아이였다. 수현도 나처럼 아이와 함께 남겨졌겠구나 생각하니 불쌍했다. 그날 나는 수현을 떠올리며 울었다. 정작 나 자신을 불쌍하다고 생각해본 적은 없었는데 이상한 일이었다.

연락을 할까 말까 망설이고 있을 때 수현에게서 핸드폰 문자가 왔다. 가타부타 없이 "우리 만나자" 한 줄이었다. 조용한 카페에서 얼굴을 마주한 날 우리는 우리를 떠나간 남자들에 대해서는 한마디도 하지 않았다. 하고 있는 일과 주말을 보내는 방식, 육아의 어려움, 고등학교 시절을 함께한 친구들에 대해 이야기했다. 할 얘기가 생각보다 많았다. 누군가와 그렇게 오랜 시간 이야기한 것도 오랜만이었다.

"그런데 내 전화번호 어떻게 알았어?"

"민희한테 물어봤어. 민희 나랑 같은 대학 다녔잖아. 너네 집 전화번호를 알려주더라. 집 번호는 안 바뀌었을 거라고. 너네 어머니가 핸드폰 번호 알려주셨어. 민희랑은 요즘 연락해?"

"아니. 민희 잘 지낸대?"

"길게는 통화 못했어."

수현과 민희는 대학에서는 제법 친하게 지낸 모양이었다. 민희를 떠올리면 몸속 깊은 곳에서부터 저릿한 통증이 느껴졌다. 한때 많은 것을, 어쩌면 모든 것을 나누었던 친구였는데 이제 죽는 날까지 만날 수 없을지도 모른다니. 평생 함께할 줄 알았던 남편의 급작스러운 죽음을 겪은 마당에 새삼스러운 생각인지도 몰랐다. 민희에게 연락해볼까 생각하지 않은 건 아니었다. 민희도 내 연락을 기다릴 것이 분명했다. 하지만 세상에는 그런 인연도 있다고 생각했다. 미완성인 채로 덮어두는 것이 더 나은 인연.

그날 효나와 유지는 오래전부터 알던 사이처럼 사이좋게 놀았다. 카페 주인이 아이들을 보며 말했다.

"누가 언니니?"

그러고 보니 두 아이는 눈매가 닮았다. 둘 다 머리숱이 풍성해서 하나로 묶고 다녔다. 언뜻 보기에 자매 같았다.

이후로 우리는 아이들 때문에 만나게 되었다. 유지는 툭하면 효나를 보고 싶어 했고 한번 만나면 밤늦게까지 서로 떨어지려 하지 않았다. 두 아이는 한 침대에 나란히 누워 잠드는 날이 많았다. 도중에 아이를 깨워서 집으로 데려오는 것이 힘들어 나도 수현과 함께 자고 가는 날이 늘어갔다.

결국 나는 수현의 집 근처로 이사했다. 아이들은 하루는 우리 집에서, 하루는 수현의 집에서 잤다. 유지의 어린 시절 사진에는 늘 효나가 함께 있었다. 오랜 시간 같이 지내다 보니 두 아이는 행동과 표정, 버릇마저 닮아갔다. 우리는 가족이었다.

수현은 잔잔한 바다처럼 무던한 친구였다. 감정이 들쑥날쑥한 나도 수현 앞에서는 잔잔해졌다. 수현과 우정을 나누면서 나는 단순히 누군가와 같은 공간에서 시간을 견디는 것만으로도 치유받는 것이 가능하다는 것을 알게 되었다.

아이들이 열 살이 되던 해의 어버이날, 아이들이 만든 종이 카네이션을 가슴에 달고 우리는 처음으로 '남편'에 대해 이야기했다. 교통사고로 즉사한 남편과는 마지막 인사를 나누지 못했다. 슬리퍼를 신은 채로 병원으로 달려가 시신을 확인한 다음, 그대로 병원에서 빠져나와 사고현장으로 달려가 근처에서 떠돌고 있을 남편의 영혼과 작별 인사를 나누었다. 수현은 아무 말 없이 고개를 끄덕이며 내 이야기를 들었다. 수현은 자신의 이야기를 할 때도 무덤덤했다. 마치 남의 이야기를 하는 것 같았다.

"그 여자와 만난 지 3년이나 되었더라고. 거래처 회사에

다니는 여자라고 했던가. 두 살 연상이라고 했어."

우리는 둘 다 재혼하지 않았다. 나와 수현 모두 소소한 로맨스는 있었지만 재혼하고 싶을 정도로 마음을 빼앗긴 남자는 없었다. 수현은 나에게 눈이 높아서라고 했고 나는 수현이 지나치게 현실적인 성격이기 때문이라고 생각했다. 수현은 로맨스 같은 거 환상이라고 생각했으므로 남편의 외도에도 비교적 무덤덤했고 혼자 사는 것에 대한 거부감이 없었다. 그런 수현이 딸의 불행 앞에서 무너져내렸다. 수현은 하루에도 몇 번씩 울다가 웃었다. 자기 손으로 자기 뺨을 때리기도 했다. 나라도 정신 줄을 잡고 있어야겠다고 생각했다. 우리 아이들과 가정을 지키려면.

나는 세 사람과 오래도록 함께하고 싶었다. 어쩌면 우리가 이룬 흔치 않은 모양의 가정이 재혼할 필요성을 느끼지 않게 했던 것인지도 모른다. 나는 수현과 두 아이와 같이 있을 때 더없이 행복했다. 다 같이 모여 주방에서 음식을 만들어 테라스에서 재즈와 와인을 곁들여 보낸 크리스마스, 아이들이 직접 만든 못생긴 송편과 만두로 배를 채운 추석 명절, 수박을 보기 좋게 잘라 먹은 여름방학…… 행복한 장면은 대부분 먹는 모습이었다.

유지는 수현을 이모라고 불렀지만 효나는 나와 수현 모두를 엄마라고 불렀다. 효나는 다소 무뚝뚝한 수현과 대조적으로 밝고 다정다감한 성격이었다. 효나는 감정 표현도 적극적이었다. 슬프면 울고 기쁘면 웃고 잘 먹고 잘 자는 효나를 키우는 것은 예민하고 섬세한 유지를 키우는 것과는 또 다른 즐거움이었다. 하루 일을 마치고 귀가하는 나를 두 팔 벌려 반겨주는 것은 유지가 아닌 효나였다. 어쩌다 거실에 요를 깔고 넷이 잠드는 날에 강아지처럼 품으로 파고드는 것도 효나였다. 숨을 들이마셔 달콤한 효나의 냄새를 맡고 세 사람의 숨소리를 들으면 숙면을 취할 수 있었다.

효나는 두 달에 한 번 아빠와 만나고 오는 날이면 엄마의 눈치를 보았다. 눈치 빠른 효나는 엄마 앞에서는 절대로 좋은 티를 내지 않았다. 하지만 아빠가 준 선물에 대한 이야기라든가 아빠와 나눈 이야기를 내 귀에 대고 소곤소곤 들려주었다. 수현에게는 묻지 못한 효나 아빠의 모습을 나는 효나가 몰래 조금씩 들려준 이야기를 통해 상상하곤 했다.

효나가 대학에 들어가던 해 그는 재혼한 아내와 미국으로 이민을 갔다. 그는 효나가 대학에 갈 때까지 양육비를 꼬박꼬박 지급했고 4년 치 대학 학비도 대주었다. 그는 그것으로 아버지로서의 의무를 다했다고 생각하는 걸까. 최근 들어 연락이 더욱 뜸해진 모양이었다.

유지가 어릴 때 일하러 다녔던 보세 옷가게 사장과 나는 잠시 사귀었다. 직원들 눈을 피해 일이 끝난 후에도 가게 문을 닫고 안에서 밀회를 나누곤 했다. 사별한 이후 누군가가 좋아진 건 처음이었다. 그의 아내는 수년간 암투병 중이었다. 죽어가는 그의 아내에 대한 죄책감도 한몫했겠지만 방학 동안 옷가게에 나와 일을 돕던 그의 장녀가 눈치챈 것 같아 우리는 더 이상 만날 수 없었다. 그 아이의 눈을 기억한다. 경멸감과 애원을 담아 쳐다보던 눈. 그 아이는 병원에 누워 있는 엄마가 옷가게에 걸어 들어와 그것들을 볼까봐 두려워하기라도 하듯이 밤새 우리가 격정에 빠져 흩트려놓은 옷들을 말없이 정리하곤 했다.

자정이 다 되어 죄책감과 격정이 뒤범벅된 상태로 녹초가 되어 귀가하면 유지는 간식을 만들어달라고 졸랐다. 유지는 편식이 심했지만 내가 늦게 들어온 날 밤에는 무얼 해주든 잘 먹었다. 수현이 애들 밥을 제대로 챙겨주지 않는 건가 생각했을 정도로 허겁지겁 폭식을 했다. 다른 애들에 비해 많이 먹는다고 생각했지만 체중은 오히려 평균보다 적게 나가는 편이었으므로 큰 문제라고 생각하지 않았다. 기이한 식습관은 그때 형성된 걸까.

나는 카카오톡으로 수현에게 물었다.

— 유지 말이야. 그때 떡볶이도 잘 먹었어?

—그때라니?

— 나 옷가게 다닐 때.

한참 지나서 답문이 왔다.

— 그럼. 설탕, 간장 넣고 궁중떡볶이 해주면 얼마나 잘 먹었는데. 효나는 매운 떡볶이를 좋아했는데 유지가 싫어해서 유지가 온 날에는 궁중떡볶이로 했어. 빨간 떡볶이 해주면 한두 입 먹다가 내려놓더라고. 어릴 때만 그런 게 아니라 고등학교 때도 그랬어. 주말에 효나랑 같이 우리 집에서 공부할 때 떡볶이 만들어줬거든. 효나는 매운 떡볶이는 언제나 사절이었어. 걔네들 자매처럼 닮았지만 음식 취향만은 달랐어. 유지는 순한맛 효나는 매운맛, 유지는 고기 효나는 생선, 유지는 감자 효나는 고구마 하는 식으로.^^

—그랬구나. 난 몰랐어. 늦었는데 어서 자.

—잠이 안 와.

— 수면등 켜놓고 자.

요즘은 할 말이 없어도 수현에게 종종 말을 걸었다. 내 눈에는 효나만큼이나 수현도 위험해 보였다.

집에서 일하던 수현에게 아이를 자주 맡겨둔 탓에 유지의 식습관에 대해서는 나보다 수현이 잘 알았다. 그래서인지 유지는 나에겐 제멋대로였지만 수현에겐 고분고분했다. 지금도 유지에게는 나보다는 수현의 말이 먹혔다. 무엇 때문인지는 모르겠지만 유지는 언젠가부터 나를 미워하는 것 같았다.

화가 났다. 딸자식 대학 교육 시키겠다고 보험 일부터 옷가게, 식당 일…… 무슨 일이든 마다하지 않았는데.

자리에 누운 새벽 2시, 수현이 전화를 걸어왔다.

"자고 있었어?"

"아니. 요즘은 3시에 겨우 잠들어."

수현이 혼잣말처럼 중얼거렸다.

"나 때문인 거 같아."

"뭐가?"

수현은 취한 것 같았다. 취하지 않았다면 이 시간에 전화를 할 리가 없었다. 가까운 사이인데도 지난 십수 년간 수현은 단 한 번도 자정이 넘은 시간에 내게 전화를 건 적이 없었다.

"그 남자 효나보다 열다섯 살이나 많더라. 효나는 그 남자를 아빠처럼 믿고 따른 거 같아. 효나가 만나는 남자들 죄다 그렇게 나이가 많더라고. 효나 아빠는 한 번만 용서해달라고 했어. 그냥 눈감아줬더라면 효나가 저렇게 되지 않았을 거야."

수현은 우는 것 같았다. 말도 안 된다고, 네 탓이 아니라고 말하려 했는데 전화가 끊어졌다.

다음날 아침, 며칠간 연락이 되지 않는 유지의 오피스텔로 달려갔다. 벨을 여러 번 눌렀는데도 응답이 없었다. 돌아가려고 엘리베이터 버튼을 눌렀을 때 문이 열렸다. 유지의 눈은 빨갛게 충혈되어 있었다. 어디 아프냐고 묻자 왜 연락도 없이 왔느냐면서 피곤하니 어서 돌아가라고 했다. 나는 온 김에 청소라도 해줄까 싶어 안으로 들어갔다. 걸레를 빨기 위해 화장실 문을 열었는데 시큼한 냄새가 났다. 유지의 어깨를 붙들고 물었다.

"너 혹시 먹고 토하는 거니?"

아니라고 하지 않는 걸 보니 제대로 때려 맞춘 것 같았다.

"이번 주에 촬영을 다섯 번이나 해서 어쩔 수 없었어. 속이 너무 거북해서."

"그게 얼마나 건강에 안 좋은 줄 알아? 이제 그만해. 돈 벌면 뭐 하니 건강 잃으면 말짱 도루묵이야."

10인분을 한꺼번에 먹으니 게워내지 않는 게 이상할지도 모른다. 하지만 상습적으로 구토를 하면 거식증에 걸릴 수도 있다.

막상 유지가 의도적으로 구토를 한다는 것을 알게 되자 평정심을 유지하기 힘들었다. 오래전 배탈 난 유지를 들쳐 업고 응급실로 달려갔던 그날처럼. 밖에서 불량식품을 먹고 배탈이 난 것인데도 미리 막지 못했다는 죄책감으로 온몸이 떨렸다. 유지 아빠의 장례식을 마치고 괴로움을 달래기 위해 술에 의존했고 아이 끼니를 제대로 챙겨주지 못해서 벌어진 일이었다. 나는 때때로 엄마로서 자격 미달이었다.

이제 스물두 살인 유지는 자기 일은 자기가 알아서 하겠다는 식이었지만 나는 여전히 유지의 몸과 내 몸을 분리하기 힘들었다. 아이가 아프면 나도 아팠고 아이가 구토를 하면 나도 구역질이 났다.

유지가 오피스텔을 구하기 전만 해도 먹방 촬영은 일주일에 세 번 정도 이뤄졌지만 집을 나간 그 주부터는 다섯 개씩 올라왔다. 미리 찍어둔 걸까. 어떻게 그렇게 자주 영상을 올리는 걸까. 게다가 그 쩝쩝거리는 소리. 효과음을 삽입한 것처럼 크게 들리는 소리가 유난히 신경에 거슬렸다. 내가 과민한 걸까. 그 소리는 마치 포르노에서 흘러나오는 소리 같았다.

유지가 신경질적으로 말했다.

"더 이상 할 말 없으면 가."

나는 핸드백을 둘러매며 말했다.

"나도 바빠. 엄마 지금 병원 가야 해."

"병원엔 왜?"

"효나 보러."

"효나? 걔 어디 아파?"

"너 효나가 요즘 어떻게 지내는지는 아니?"

효나와 유지는 요 몇 달간 소원해졌다. 수현이 유지에게 떠본 바로는 크게 한번 싸운 모양이었다. 머리끄덩이를 잡고 싸웠다는 말에 놀라면서도 웃음이 났다. 평생 일관되게 사이 좋은 자매도 이상하긴 했다.

그 일에 대해 말해주려고 입을 뗐는데 말이 나오지 않았다. 그 영상이 떠오르면서 구역질이 났다. 무엇보다 무슨 말부터 꺼내야 할지 알 수 없었다. 직접 수현을 대신해 이런저런 일들을 처리했으면서도 그동안의 일을 내 입으로 전달한다는 것이 께름칙했다. 뉴스 앵커처럼 생판 모르는 사람의 일을 전달하는 것이 아니었다. 나는 그 일을 전달하는 것만으로도, 아니 상기하는 것만으로도 고통스러웠으므로 의식적으로 그 일을 잊으려고 애썼다.

이튿날 저녁, 유지가 집으로 쳐들어왔다. 벨을 누르지 않고 문을 쾅쾅 두드리는 폼이 딱 그랬다. 유지는 집으로 들어오자마자 큰소리로 따졌다.

"왜 나한테 말 안 했어?"

유지는 동창에게 들었다면서 이미 알 만한 사람들은 다 아는 것 같다고 했다. 유지는 소파에 앉아 어린애처럼 울었다. 울면서 남자를 향해 욕설을 퍼부었다. 유지가 울먹이며 말했다.

"이모 많이 힘드시겠네. 이모한테 한번 가봐야겠어."

유지는 자리에서 일어나며 말했다.

"이거 효나한테 전해줘. 변호사 선임비는 내가 댈 테니까

콩밥 먹이고 위자료 최대한으로 받아내."

자고 가라고 했지만 유지는 내일 아침 촬영이 있다면서 오피스텔로 갔다. 나는 유지가 탁자에 놓고 간, 나도 한 번쯤 들어본 대형 로펌에 소속된 변호사의 명함을 잠시 들여다봤다.

한참 동안 멍하니 텔레비전을 보다가 장바구니를 들고 밖으로 나갔다. 엘리베이터 안에는 유지 또래의 아이들이 타고 있었다. 한쪽 모퉁이에 등을 대고 서자 아이들의 대화가 시작되었다.

"유라 여기 산대."

"정말? 한 달에 수천만 원 번다면서?"

"짱 부러워."

"그럼 뭐 해. 이빨 다 상했을걸. 상아질이 다 녹아내렸을 거야."

"수명 몇 년 당겨 쓰는 거야. 몸 상해서 돈 버는 거 천박해."

"적당히 벌고 빠지면 되잖아."

"고속열차에 올라탔는데 어떻게 내리냐."

"부모는 뭐 하는 걸까. 말리지도 않고."

나는 그 애들이 1층에서 내릴 때까지 숨도 못 쉬고 가만히 서 있었다. 그러다가 저절로 위로 올라가는 엘리베이터 안에서 심호흡을 하며 우리 집 층수를 누르고 다시 집으로 돌아왔다. 장을 보러 가야 하는데 다시 엘리베이터에 올라탈 자신이 없었다. 집 안에 갇힌 기분이었다.

신경안정제를 먹고 한숨 잔 다음 자리에서 일어나 유튜브에 접속했다. 유라TV 영상 중 가장 최근에 올라온 영상을 클릭했다. 유지는 엄청난 양의 떡볶이 앞에서 웃고 있었다. 노점에서 떡볶이를 만들 때 쓰는 커다란 철판에는 미리 조리되어 있는, 족히 10인분은 되어 보이는 떡볶이가 담겨 있었다. 저 정도 양이면 내가 학교 다닐 때 학교 앞에서 팔던 컵 떡볶이로 동네 꼬마들 30명은 충분히 먹일 수 있는 양이었다. 그 떡볶이를 먹고 싶어 얼마나 하교 시간을 기다렸던지. 그렇게 부족한 듯이 먹었기에 더 맛있게 느껴졌다.

"여러분 여기에 청양고추 넣을 거예요."

유지는 열 개가 넘는 청양고추를 도마에 올린 다음 딱딱 소리를 내며 경쾌하게 썰어 거대한 철판에 넣었다. 유지가 커다란 나무주걱으로 떡볶이를 뒤섞자 누군가 슈퍼챗을 던졌다.

청양고추를 넣은 떡볶이를 3분의 2쯤 먹었을 때 유지의 눈썹이 바르르 떨렸다. 눈도 자주 깜빡였다. 유지는 옆에 놓인 쿨피스를 들어올려 벌컥벌컥 마셨다. 아무도 눈치채지 못했겠지만 엄마인 나는 알 수 있었다. 저 애가 얼마나 혼신을 다해 연기하고 있는지를. 효나가 옆에 있다면 까르르 웃으며 이렇게 말했을 것이다. 완전 여우주연상 감이네. 칸으로 보내야겠어. 유지가 떡볶이를 씹으며 말했다.

"와아, 좀 맵지만 정말 맛있어요. 1인분만 더 먹고 싶어요."

표정이 너무 밝아서 저 말을 하는 순간만큼은 연기인지 진심인지 알 수 없었다. 하지만 아무리 웃음으로 가리려 해도 처음 먹방을 시작했을 때와는 다르게 음식물이 목으로 넘어갈 때 괴로워한다는 것을 엄마인 나는 알 수 있었다.

비슷한 영상이 계속해서 이어졌다. 모차렐라 치즈가 듬뿍 올려진 치즈떡볶이, 계란을 열 개나 넣은 짜장떡볶이, 느끼해 보이는 까르보나라 떡볶이, 고기가 잔뜩 들어간 차돌박이 떡볶이까지. 유지는 어떤 떡볶이든 간에 대용량의 떡볶이를 맛있게 먹어치웠다.

속이 메슥거리면서 눈물이 났다. 먹방을 보는 내내 자꾸만 효나의 영상이 떠올랐다. 엽기떡볶이. 유포된 영상의 파일명은 '엽기떡볶이'였다. 평소 화장을 하지 않는 효나는 영상 속에서 새빨간 립스틱을 바르고 있었다. 벽지가 조잡한 모텔 방 한구석에는 먹다 만 떡볶이가 있었다. 화면 속에서 효나는 술에 취했는지 정신이 없어 보였고, 자신이 불법촬영 당하고 있다는 사실을 모르는 것 같았다. 남자는 행위를 하다가 잠시 중단하고 떡볶이를 먹었다. 눈이 풀린 효나의 입에 떡볶이를 넣어주기도 했다.

경찰은 남자가 떡볶이에 졸피뎀을 섞은 것 같다고 했다. 효나는 모텔에 들어가기 전에 술은 물론이고 남자가 권한 어떤 음식도 먹지 않았다고 했다. 모텔 안에서 먹은 것이라고는 떡볶이 말고는 없다고 했다. 그러고 보니 남자가 효나에게 먹인 떡볶이와 남자가 먹은 떡볶이는 서로 다른 플라스틱 그릇에 담겨 있었다.

어느새 그 많던 음식이 사라졌다. 유지는 바닥을 보이는 철판을 주걱으로 휘저어 조금 남은 떡볶이를 모두 담아 입안에 털어넣었다. 유지의 입으로 들어가는 떡볶이와 효나의 입속으로 들어가는 떡볶이는 같은 것으로 보였다. 빨갛고 달콤한, 겉보기엔 해로울 것이 없는 먹음직스러운 음식. 그래서 자꾸만 구역질이 났다. 눈과 코에서 물이 쏟아졌다. 눈물을 멈출 수 없었다. 먹지 말라고, 먹으면 안 된다고 화면 밖에서 아무리 외쳐도 아이들은 알아듣지 못할 거라는 생각에. ■

주인집 딸

겨울 초입에 찾아온 이례적인 한파였다. 수도관 동파로 세탁도, 샤워도 하지 못하고 생수를 구입해 세수를 했다. 양치를 하고 차를 내리는 중에 전화가 걸려왔다. 집주인이었다. 이사 온 이후로 주인아줌마가 전화를 걸어온 것은 처음이었으므로 잠시 망설였다. 며칠 전에 수도세를 이체했는데 무슨 일일까 생각하며 전화를 받았다.

"네, 아줌마."

"주인아줌마 아니고 주인집 딸이에요."

주인집 딸? 주인집 딸이라면 2년 전 전세 계약할 때 만난 적이 있었다.

"혹시 집을 비워주실 수 있나요?"

나는 자리에서 벌떡 일어나며 말했다.

"아니, 왜요?"

"우리 엄마가 많이 아파요. 암에 걸려서……."

주인집 딸은 우리가 이 집에 처음 들어왔을 때 이미 아줌마가 암에 걸린 상태였다고 했다. 항암치료를 받고 있었는데 최근 암이 폐로 전이되었고 자신이 엄마를 간병하러 매주 원주에서 서울까지 KTX를 타고 온다고 했다. 점점 병환이 심해질 거고 코로나 걱정까지 더해져 남은 시간, 반지하인 우리 집에 들어와 엄마를 돌봐드리고 싶다는 이야기였다. 나는 간병을 하는데 왜 꼭 반지하로 들어와야 하느냐고 물었다. 그녀는 아빠가 새아빠이기 때문에 방이 두 개뿐인 부모님 집에서 자신이 함께 생활하기가 힘들어서 그렇다고 했다. 화를 내지 않으려 했지만 날 선 목소리가 튀어나왔다.

"그런데 이 동네에 집이 이 집뿐인가요?"

"동네를 전부 뒤져봤는데 지금 제가 들어갈 만한 집이 없어서 그래요. 그리고 그 집은 오빠 집이었으니 동생인 제가 되찾고 싶기도 하고요."

그녀는 마치 내가 이 집을 빼앗기라도 한 것처럼 말했다.

2년 전 계약하던 날이 떠올랐다. 그날은 우리 부부의 인생이 조금 나아지는 결정적인 순간이었다. 서울에서 10년 동안 반지하 월셋집을 전전하던 우리에게 목돈이 생겨서 전셋

집을 구하러 다니고 있었다. 5000만 원이라는 돈은 우리 부부에겐 큰돈이었지만 5000만 원으로 괜찮은 집을 구하는 것은 힘들었다. 부동산중개인이 우리에게 보여준 집들은 그동안 우리가 살았던 500에 40만 원짜리 월셋집에서 조금도 나아지지 않았다. 대부분 반지하였고 1층이라고 해도 여름이면 습기 때문에 곰팡이가 올라올 것이 뻔한 집들이었다. 그러던 중 엄마에게서 전화가 왔다.

"여기 엄마 친구가 하는 부동산에 싸고 괜찮은 집이 나왔거든. 5000도 아니고 3500에 나왔어. 내일 당장 와서 봐."

엄마는 경기도 성남시, 그 시에서도 작고 가난한 동네에 살고 있었다. 나는 3500만 원짜리 전셋집이 좋아봐야 얼마나 좋겠냐고 생각하면서도 엄마를 볼 겸 가겠다고 했다.

집을 보여주기로 한 부동산 아줌마는 갑자기 일이 생겨 조금 늦겠다고 했으므로 나는 엄마와 그사이 다른 부동산으로 가서 집을 몇 개 더 보기로 했다. 경기도라고 해서 크게 다르지 않았다. 중개인이 우리에게 보여준 집은 모두 반지하였다. 반지하집은 대부분 눅눅했고 현관문이 가볍고 부실해 불안했으며 주인이 지척에 살았다. 돈을 조금이라도 대출받아 1층으로 옮겨야 할까 생각하는 내게 엄마가 말했다.

"아직 실망하긴 이르지."

엄마는 엄마 친구가 한다는 부동산으로 나를 데려갔다.

문이 잠긴 작은 부동산 앞에서 엄마와 나는 주머니에 손을 넣고 발을 굴렀다. 10분이 지나자 집시처럼 자유로워 보이는 아줌마가 멀리서 손을 흔들며 다가왔다. 굵게 웨이브진 백발을 허리까지 늘어뜨리고, 장식을 주렁주렁 단 목걸이를 원색의 원피스 위로 늘어뜨린 그녀는 기다리게 해서 미안하다면서 우리를 안으로 들여 차를 내어준 다음, 다 마실 때쯤 자리에서 일어나며 말했다.

"그럼 가볼까?"

엄마는 일부러 나에게 다른 집들을 보여준 모양이었다. 엄마가 찾은 집의 우월성을 입증하기 위해서.

도어록을 풀고 집에 들어선 순간 입이 벌어졌다. 넓은 현관이 보였고 오른쪽으로 미닫이문이 있었다. 미닫이문을 열고 들어가면 작은 방과 큰 방이 나란히 위치해 있었는데 큰 방 들어서기 전 작은 공간에 깔끔한 싱크대, 찬장 등이 잘 갖춰진 작은 부엌이 있었다. 여유 있는 사람들에겐 보잘것없는 집일지 모르나 나에겐 눈이 번쩍 뜨이는 집이었다. 가장 마음에 든 것은 바닥재였다. 지난 10년 동안 누런 장판 위에서 살았던 나는 목재바닥을 발로 문질러봤다. 엄마와 둘러보고 온 음침하고 초라한 집들 때문에 집이 더욱 멋져 보였다. 부동산 아줌마가 말했다.

"이 집 아들이 여기서 살다가 장가갔어. 아들 때문에 리모

델링을 한 거지 그냥 세놓으면 이렇게 안 해. 이 가격에 이 동네에 이런 집 없어. 이런 집은 7000에 내놔도 되는데."

이틀 뒤, 집을 계약하는 자리에는 네 명의 여자, 두 모녀가 모였다. 율무차와 믹스커피를 나눠 마시며 따듯한 말을 주고받았다. 부동산 아줌마와 엄마는 엄마가 이 동네에 이사 온 10년 전, 우연히 주민센터에서 만나 친구가 되었다고 했다. 딸내미가 집을 찾고 있으니 좋은 집 있으면 연락달라는 십년지기의 부탁에 더욱 신경을 써준 것이다. 부동산 아줌마는 세를 놓은 주인아줌마와도 오랜 친구라고 했다. 주인아줌마가 엄마 친구의 친구라니. 엄마 친구들이 아니었다면 내가 가진 돈으로 이런 집을 구할 순 없었을 것이다. 부동산 아줌마가 보증금의 10퍼센트만 계약금으로 걸고, 입주하는 날 잔금을 치르라고 했다. 나는 현금인출기에서 돈을 뽑아 오겠다고 말한 뒤 자리에서 일어나 부동산 건너편에 있는 은행으로 들어갔다. 나는 한참을 쩔쩔맸다. 주로 카드 결제를 하다 보니 오랫동안 현금인출기로 돈을 인출한 적이 없어서 1회 출금한도가 낮아진 바람에 350만 원을 뽑으려면 시간이 걸렸다. 엄마가 왜 아직 안 오냐고 전화를 걸어왔다. 내가 사정을 말하자 주인아줌마가 전화기를 넘겨받아 10퍼센트가 안 되어도 좋으니 100만 원만 가져오라고 했다. 나는 140만 원을 뽑아 은행에서 나왔다. 그렇게 작은 소동을 벌이며 이룬

계약이었다. 계약서에 사인을 하면서 주인아줌마가 친구 딸에게 하듯이 말했다.

"전세보증금 안 올릴 거니까 8년이고 10년이고 살아."

10년 동안의 월세살이를 끝내고 전셋집으로 들어간다고 생각하니 한쪽 발에 걸린 쇠사슬이 조금 느슨해진 기분이었다. 나는 이사를 한 뒤 며칠 동안 밥을 먹지 않아도 배가 불렀고 하루하루가 즐거웠다. 주인집은 2층이었는데 반지하집은 출구가 따로 나 있어서 서로 마주칠 일도 없었다. 어쩌다 길에서 마주치면 따듯한 눈인사를 나눴다.

기억 속에 간직해둔 이런 멋진 그림은 전화 한 통으로 물감이 번져버렸다. 이럴 거면 왜 10년을 살라는 둥 희망적인 말을 했단 말인가. 세상에서 가장 나쁜 사람은 헛된 희망을 던져주는 사람이었다. 나는 전화기에 대고 볼멘소리를 했다.

"아니, 그래도 그렇지 이 한파에, 게다가 전염병이 돌고 있는데 어디로 가라는 거예요?"

임신 10주라는 말은 굳이 하지 않았다. 배가 부를 때쯤 이사 갈 집을 알아봐야 하는 건 아닌가 싶어서 겁이 났다.

"죄송해요. 아빠는 일 나가야 하고 낮에 엄마를 돌봐줄 사람이 필요해요. 오빠는 엄마가 이렇게 아픈데 한번 와보지도 않아요. 간병할 사람이 저밖에 없어요."

"아니, 무슨 오빠가 그래요? 우리 남동생도 결혼한 이후로 부모님께 더 소홀해요. 경제적 지원은 더 받아놓고 말이죠."

최근에 엄마가 쇄골이 골절되어 입원했을 때 간병은 나와 여동생의 몫이었다. 아니, 내 몫이었다. 여동생은 내가 엄마와 더 친하다는 이유로 내게 모조리 떠넘기려 했다. 그 순간 생각난 것은 갈치였다. 어릴 때 나는 유난히 갈치구이를 좋아했다. 하지만 늘 가장 큰 조각을 남동생에게 양보해야 했다.

"게다가 난소암이거든요. 저 때문에 암에 걸린 거예요. 저 때문에……."

마지막 말은 이해가 되지 않았지만 나는 집을 빼는 것에 대해 생각해보겠다고 말한 뒤 서둘러 전화를 끊었다.

저녁에 남편이 집에 왔을 때 나는 녹음해둔 주인집 딸과의 통화를 들려줬다. 남편은 다 듣지도 않고 짜증을 내며 말했다.

"다시 전화 오면 그냥 논리적으로 말해."

"논리적이라니?"

"지금 묵시의 갱신으로 계약 기간이 2년간 연장된 상태야. 법적으로 이러저러하니 이러지 말라고 해. 더 이상 전화하지 말라고 분명히 말하라고. 뭐 저렇게 다 들어주고 앉았냐. 당신이 다 들어주니까 저러는 거 아니야. 만만하게 보고."

남편은 연애할 때도 내게 이런 식의 말을 자주 했다. 내가 마음이 따듯하고 인정이 많은 것은 좋은 것이지만 사람들은 그런 사람의 마음을 나쁘게 이용한다고 했다. 어쨌거나 법적으로 2년 동안 더 살 수 있다니 괜한 걱정을 한 셈이었다.

"나가게 하려면 한 달 전에 말했어야 해. 누굴 바보로 아나. 혹시 암에 걸렸다는 것도 거짓말은 아니겠지?"

그건 아닐 것이다. 아줌마는 계약하던 날에도 머리를 전부 가리는 털모자를 쓰고 있었다. 탈모가 심했던 것이 항암치료 때문이었던 모양이다.

"그리고 최근에 전세계약갱신청구권이라는 게 새로 생겼는데 세입자가 계약갱신을 요구할 경우 정당한 사유 없이 거절하지 못하게 되어 있어. 자기가 직계가족이라고 그러는 모양인데 그래도 묵시의 갱신 때문에 안 돼."

나는 생각에 잠겼다. 전세계약갱신청구권이라는 것이 있는데 왜 주인집 딸은 좀 더 일찍 나가라고 하지 않았을까. 내가 전세계약갱신청구권으로 맞서면 거부할 수 있었을 텐데 말이다. 인터넷을 검색해보니 직계가족이 들어와 살 경우 임대인은 전세계약갱신청구권을 거부할 수 있었다. 아줌마의 병이 갑자기 악화되었기 때문일 것이다. 따라서 집주인 딸이 세입자를 쫓아내기 위해 연기하는 것도, 거짓말을 하는 것도 아니었다.

이튿날 남편은 출근하기 전에 아줌마에게 직접 전화를 걸었다. 전투태세로 핸드폰을 집어든 남편의 험악한 표정은 통화를 하는 동안 조금씩 누그러졌다. 전화를 끊은 뒤 남편이 말했다.

"딸이 상의 없이 전화한 거라고 신경쓰지 말래. 두 달 전까지만 해도 괜찮았는데 갑자기 폐로 전이된 모양이야."

하지만 며칠 뒤 주인집 딸은 또다시 전화를 걸어왔다. 이번에는 자신의 핸드폰으로 전화를 걸었다. 그녀는 내가 전화를 받자마자 다짜고짜 이렇게 말했다.

"저 주인집 딸인데요, 이거 제 번호거든요, 저장해두세요."

그녀는 화난 목소리였다.

"집 알아보셨어요?"

당연하다는 투였다. 나는 달래듯이 말했다.

"아줌마하고 통화했어요. 저희는 따님이 아니라 어머니하고 계약한 거잖아요. 정말 어린애처럼 왜 이러세요? 명령한다고 해서 들어드릴 수 있는 게 아니잖아요."

그녀는 울먹이며 말했다.

"명령하는 게 아니라 부탁하는 거예요. 엄마 간병도 제대로 못하고 떠나보내면 한 맺힐 거 같아서 그래요. 집을 비워주실 수 없을까요?"

나는 생각해보겠다고 말하고 전화를 끊은 뒤 인터넷에서 '묵시의 갱신'을 검색했다. 부동산 관련 블로그에서 다음과 같은 정보를 쉽게 찾을 수 있었다.

「주택임대차보호법」에 따른 묵시의 갱신

제6조(계약의 갱신) 1항: 임대인이 임대차기간이 끝나기 6개월 전부터 1개월 전까지의 기간에 임차인에게 갱신거절의 통지를 하지 아니하거나 계약조건을 변경하지 아니하면 갱신하지 아니한다는 뜻의 통지를 하지 아니한 경우에는 그 기간이 끝난 때에 전 임대차와 동일한 조건으로 다시 임대차한 것으로 본다. 임차인이 임대차기간이 끝나기 1개월 전까지 통지하지 아니한 경우에도 또한 같다.

최근에 법이 개정되어 2020년 12월 10일 이후에 한 계약은 1개월이 '2개월'로 바뀌었지만 우리의 계약은 2018년 12월 말에 체결되었으니 우리가 나가길 바랐다면 한 달 전인 2020년 11월 말에는 고지를 했어야 했다. 나는 지금 당장 제6조 1항을 캡처해서 보내줄까 하다가 마음을 가다듬었다. 죽어가는 엄마를 둔 사람에게 보내기엔 냉정한 글이었다.

이튿날 주인집 딸이 또다시 전화를 걸었을 때 나는 만만해 보이지 않도록 배에 힘을 주고 다소 사무적인 어조로 말했다.

"주택임대차보호법에 의해 저에게는 이곳에서 2년 동안 더 살 수 있는 권리가 있어요. 더 이상 전화하지 않으셨으면 좋겠습니다."

하지만 긴장한 탓에 목소리가 떨려서 우스꽝스럽게 들렸고 내 목소리는 조금씩 기어 들어갔다. 그녀가 답답하다는 듯 목소리를 높여 말했다.

"저도 알아요. 법적으로 그렇다는 거 안다고요. 하지만 엄마가 죽어간다고요. 한번 생각해보세요. 본인의 엄마가 죽어간다고!"

나는 말려들지 말아야 한다고 마음을 다잡으며 이번에도 저번과 같은 말을 하고 끊었다.

"생…… 생각해볼게요."

수치심이 들었다. 내가 대체 무슨 소리를 한 거지? 어쨌든 그들은 우리에게 시세보다 싸게 집을 제공해주지 않았던가. 남편은 그건 이미 지나간 계약이라고 했지만 나는 그들의 따듯한 마음이 반영된 베풂이었다고 생각했다. 남편은 이런 내가 감상적이라고, 자본주의 시대에 그런 게 어디 있냐고 했다. 남편은 주인이 돈이 급히 필요해서 집을 싸게 내놨을 거라고 했다. 엄마도 비슷한 말을 했다. 우리가 들어오기 전에 월세로 살았던 조선족 부부가 보증금을 전부 까먹고 서너 달 월세를 안 낸 상태로 야반도주를 했으므로 주인집은 젊은 한국인 부부와 월세가 아닌 전세계약을 하길 원했고 돈이 급해서 싸게 내놓은 것이라고 말이다. 하지만 내 식대로 생각하는 것이 나는 좋았다. 세상이 원칙대로만 흘러간다면 삭막하게 느껴질 것 같았다. 나는 내가 누군가에게 베풂을 받았을 때 보답할 수 없는 사람이라는 것이 부끄러웠다.

그녀는 두 번이나 더 전화했다. 어린애처럼 조르기까지 했다.

"한 번만 더 생각해주시면 안 될까요? 네?"

집요한 그녀의 태도에 순간적으로 미안한 마음이 사라졌다.

"자꾸 이러시면 갑질하신다고밖에 생각할 수가 없어요. 어떻게 반지하 사는 세입자에게 이러세요. 저희만 세입잔가요? 1층도 세 들어 사는 거잖아요."

"갑질이라뇨. 제가 돈이 없어서 그래요. 1층은 5000만 원이거든요. 지층 3500만 원은 제가 어떻게든 끌어모아 돈을 해드릴 수 있는데 5000만 원은 구할 수가 없어서 그래요."

기가 막혔다. 우리가 더 가난해서 선택되었단 말인가. 아무리 돈이 없다 해도, 낡은 건물이긴 해도 2층짜리 건물 한 채를 가진 주인집 딸이 나보다 돈이 없을까. 우리에겐 3500만 원짜리 전셋집이 전부였다. 그녀의 사정을 봐주려면 대출을 받아 이사를 해야 했다. 우리 부부는 신용이 좋지 않아 대출을 받기도 쉽지 않은 상황이었다. 타인을 위해 베푸는 선의에는 한계가 있었다. 나는 다시는 전화하지 말라고, 앞으로는 전화해도 받지 않겠다고 말한 뒤 전화를 끊었다. 하지만 역시나 그렇게 매몰차게 대한 것이 후회되었다. 죽어가는 엄마를 지켜보는 사람에게 갑질 운운한 것도 부끄러웠다. 생각은 더욱 부끄러운 쪽으로 옮아갔다. 만약 주인아줌마가 돌아가신다면? 그럼 이사를 안 가고 이 집에서 10년간 살아도 되는 건가? 우리가 무리를 해서 집을 뺐는데 아줌마가 죽으면 괜한 수고를 하는 것 아닌가. 나는 흠칫 놀랐다. 나는 한순간이나마 아줌마가 죽길 바란 것이다. 나는 이런 생각을 하도록 몰아간 주인집 딸이 원망스러웠다.

나는 이제 그만 생각하자 마음먹고 찻잔을 가지고 와 컴퓨터 앞에 앉았다. 그런데 모골이 송연했다. 지금 주인아줌마의 딸이 죽어가는 엄마를 돌보고 있다. 내 머리 위에서. 이런 생각 때문에 도무지 일에 집중할 수가 없었다.

저녁 즈음, 주인집 딸로부터 문자가 왔다.

— 기분 상하셨다면 죄송합니다. 더 이상 전화 안 하겠습니다.

나도 답문을 보냈다.

— 저도 돈이 있으면 옮기고 싶네요. 돈이 없어서 죄송합니다.

시간이 조금 흐른 뒤 답문이 왔다.

— 저야말로 돈이 없어서 죄송해요.

이런 말을 주고받다니. 역시 기분이 좋지 않았다.

"안됐지만 할 수 없지."

남편은 말은 그렇게 하면서도 마음이 불편했던지 쉬는 날 함께 동네 부동산을 둘러보자고 했다. 어차피 2년 뒤에는 나가야 할 테니 적당한 집이 있다면 조금 일찍 나갈 수도 있지 않겠느냐고 했다. 하지만 2년 동안 상황은 더욱 나빠져 있었다. 여섯 군데나 둘러봤지만 마땅한 집이 없었다. 전세보증금을 돌려받아 우리가 얻을 수 있는 집은 곰팡내가 풍기는 반지하나 비좁은 옥탑방밖에 없었다. 주인아줌마를 위해, 혹은 그녀의 딸을 위해서 그런 선택을 할 순 없었다.

허름한 반지하 집을 보고 집으로 돌아오는 길에 남편에게 말했다.

"그 여자 자기 때문에 엄마가 암에 걸렸다고 생각하더라."

"그게 무슨 말이야?"

"주인아줌마가 난소암이래."

"그거하고 무슨 상관인데?"

"아무래도 출산하고 상관이 있다고 생각하는 게 아닐까?"

다음날 퇴근해 들어오던 남편이 말했다.

"길에서 아저씨 만났는데 주인아줌마 암 걸린 거 유전이래. 아줌마 어머니도 난소암으로 돌아가셨다네. 검색해보니 난소암은 오히려 출산한 여성에게서 적게 발병하는 암이래."

남편은 한숨을 내쉰 뒤 이렇게 덧붙였다.

"하여튼 여자들이란. 이해가 안 가."

"뭐가?"

"너무 감정적이잖아. 근거가 없는데 죄책감을 느껴. 주인아줌마가 딸을 낳아서 난소암에 걸렸다는 건 아무런 근거가 없어. 그냥 아줌마 딸이 그렇게 생각하는 거야."

"그런데 여기서 남자, 여자가 왜 나와? 주인아줌마 딸이 여자라서 그렇다는 거야?"

"아줌마 아들은 안 그러잖아. 어머니가 암에 걸린 건 자신과는 아무 상관없다고 생각할걸. 당신도 이상해. 주인아줌마 딸이 한이 맺힌다 해도 그건 당신하고 아무 관계가 없어. 굳이 잘못이 있다면 어머니한테 평소 효도하지 못한 그 여자에게 있지. 그 여자와 그 여자 오빠가 했어야 하는 일에 대해 당신이 미안해하고 안절부절못할 거 없다고."

여자들이 감정적이라든가 감상적이라는 말은 근거가 없는 소리였다. 나는 살면서 감정적인 남자를 많이 봤다. 분노조절을 못해서 행패를 부리거나 여자를 때리는 남자들. 그런 남자들이 이성적이란 말인가. 설사 여자들이 감정적이라고 해도 그게 왜 나쁜 것인지 알 수 없었다. 세상 모든 사람이 이성적이기만 하면 세상이 더 살기 좋아질까. 아줌마 딸이 이성적이기만 해서 아줌마 아들처럼 어머니의 병에 대해 아무런 책임감을 못 느끼면 아줌마가 너무 불쌍하지 않은가. 주인집 딸이 감상적이고 감정적이라고 생각할 수도 있겠지만 공감능력이 뛰어나고 상상력이 풍부하다고 할 수도 있지 않을까.

머리를 식히러 집 밖으로 나갔다가 담배 냄새가 나는 곳을 올려다봤다. 주인아저씨가 2층 방에서 몸을 내밀어 담배를 피우고 있었다. 암이 폐로 전이된 아내가 있는 집에서 담배를 피우다니. 나도 모르게 남자는 원래 공감 능력이 떨어지는 게 아닐까 생각했다.

*

날씨가 풀리자 주인집 딸과의 일도 조금씩 흐릿해졌다. 새벽 1시, 편의점에 가려고 나섰다가 집 앞에서 주인집 딸과 마주쳤다. 2년 만에 봤고 마스크를 쓰고 있었지만 눈매가 아줌마를 쏙 빼닮은 그녀를 쉽게 알아볼 수 있었다. 우리는 어색하게 인사를 나눴다. 전화로는 그렇게 저돌적이던 그녀는 막상 나와 마주하자 눈도 잘 맞추지 못했다. 하지만 그 순간 주인아줌마가 2층에서 죽어가고 있다는 사실이 환기되면서 죄책감이 몰려왔다.

"간병하다가 가시는 거예요? 아줌마는 좀 어떠세요?"

그녀가 한숨을 내쉰 뒤 말했다.

"오늘은 많이 안 좋았어요. 원래 7시면 집에 가는데 오늘따라 더 힘들어하셔서…… 게다가 엄마와 새아빠가 다투는 바람에 분위기가 험악해서 새벽이지만 나왔어요. 택시 타면 돈이 많이 나올 테니 근처 모텔에서 자고 가야겠어요."

"차라리 저희 집에서 자고 가시는 게 어때요? 남편이 사흘간 지방 출장을 갔거든요. 아침 일찍 KTX 타고 가면 되잖아요."

나는 억지로 그녀를 집으로 데리고 들어왔다. 그렇게라도 해서 마음의 짐을 덜고 싶었던 것 같다. 그녀는 현관에서 머뭇거리며 신발을 벗었다.

"그럼 한밤중에 실례하겠어요. 집을 아기자기하게 꾸며놓으셨네요."

그녀는 안으로 들어와 집을 둘러봤다. 작은 방 문을 열고 여기서 자라고 하자 그녀가 방에 놓인 소파를 빤히 쳐다봤다.

"집에 있던 거 그냥 쓰고 있어요. 멀쩡해서 버리기가 그렇더라고요."

그녀가 소파에 앉아 손으로 가죽을 만지며 말했다.

"내가 오빠한테 사준 소파예요. 저…… 사실 이 집에서 살아보고 싶었어요."

이 다세대주택은 어릴 때 돌아가신 아빠가 남겨준 것이라고 했다. 오빠는 엄마에게 이 건물을 팔아 빚을 갚자고 했지만 엄마는 아빠가 남겨준 집에서 평생 살고 싶어 했다. 엄마는 십수 년간 식당일을 해서 빚을 모두 갚았다. 오빠는 엄마가 재혼하는 것을 반대했는데 아빠가 남겨준 재산이 새아빠에게 조금이라도 넘어가는 것을 걱정한 것 같다고 했다. 그래서 새아빠와 엄마는 오래도록 사실혼 관계를 유지하다가 5년 전에서야 혼인신고를 했다.

"법적으로 그렇다네요. 한쪽이 죽었을 때 그 사람 재산은 상당 부분 배우자에게 간대요. 저는 엄마가 새아빠하고 사귈 때는 싫었는데 엄마가 새아빠하고 정식으로 결혼하니까 오히려 좋았어요. 엄마는 남자들이 자신을 떠나는 걸 두려워했거든요."

오빠는 엄마가 자신의 아빠가 남겨준 집에 다른 남자를 들여 함께 사는 것에 대해 치욕스러워했다. 검정고시에 합격했을 때 오빠는 대학에 들어갔고 그녀는 작은 회사에서 경리일을 시작했다. 그때만 해도 집안에 빚이 있어서 누군가는 일을 해야 오빠가 대학에 다닐 수 있었다. 대학을 졸업한 오빠가 독립을 하려 하자 엄마는 세입자를 내보내고 오빠에게 반지하 집을 내줬다. 딸이 반지하 집에 살고 싶다고 노래를 부를 때는 들은 척도 안 하더니 말이다. 엄마는 그녀에게 어서 좋은 사람 만나서 시집가라고 했다. 어쨌든 새아빠는 성실하게 일하며 가장으로서의 역할을 했는데 오빠는 자신의 여자를 빼앗기기라도 한 듯이 새아빠를 인정하지 않았다.

"그래서 오빠하고 많이 다퉜어요. 가방끈이 짧아서 내 생각을 제대로 말하진 못했지만…… 아빠가 엄마 두고 빨리 떠났는데 그 빈자리를 새아빠가 채워줬다면 아빠가 남겨준 돈에 대한 지분이 새아빠한테도 있는 거잖아요. 새아빠가 엄마에게 해줄 수 있는 걸 오빠가 해줄 순 없는 거잖아요."

나는 "맞아요, 맞아요" 하고 맞장구를 쳤다. 오빠는 결혼과 동시에 처가 근처에 신혼집을 얻으면서 어머니와 더욱 소원해졌다.

그녀는 현재 일식집에서 일하고 있다. 일본 관광객이 많이 찾아오는 유명한 식당이라고 했다. 원래는 월요일부터 토요일까지 주 6일 일했지만 엄마의 병환 때문에 주 2일 파트타임으로 일하기로 하고 새아빠가 일하러 나가는 매주 월요일, 목요일에 간병하러 올라오고 있다면서, 엄마가 돌아가시는 날까지 그렇게라도 하고 싶다고 했다. 새아빠는 간병에 서툴러서 쉬는 날에도 엄마를 제대로 돌보지 못하는 것 같다는 이유에서였다. 나는 그녀의 이야기를 더 듣고 싶었지만 중간에 이야기를 끊고 방에서 나왔다. 그녀의 이야기를 들으면 들을수록 이사 가지 못하는 것이, 돈이 없는 것이 미안해서 괴로웠다.

목요일 저녁, 나는 다세대 주택 입구 앞에서 주인집 딸을 기다렸다. 15일이 지났는데 주인아줌마로부터 아무런 연락이 없었다. 매달 15일에 아줌마는 수도세 금액을 핸드폰 문자로 보내곤 했다. 혹시 아줌마가 돌아가신 건가 싶어서 가슴이 철렁했다. 2층에서 내려오는 그녀를 보자 안도감이 들었다. 아직 아줌마는 살아 있는 것이다. 그녀에게 다가가 물었다.

"아직 집 못 구했죠? 시간 괜찮으면 같이 집 보러 갈래요? 싸게 나온 집이 있대요."

집시 아줌마에게 괜찮은 집이 있으면 알려달라고 미리 말해뒀던 터였다. 나는 남편 모르게 계속 집을 알아보고 다녔다. 나를 위해서였다. 내가 집을 옮길 순 없어도 주인집 딸이 들어갈 수 있는 집을 찾고 싶었다. 주인집 딸이 한이 맺힌다면 평생 신경쓰일 것 같았다.

부동산 아줌마는 핸드폰 문자로 주소를 찍어줬다. 그녀는 집이 비어 있고 문이 열려 있으니 저녁시간에 문 앞에 막아놓은 벽돌을 치우고 들어가서 집을 둘러보라고 했다.

옥탑방은 우리 집과 가격이 비슷했지만 가파른 언덕에 위치해 있었다. 곰팡내가 심하게 났고 여자 혼자 들어와 살기엔 위험해 보였다.

집에서 나와 언덕에서 내려오는 길에 그녀가 잠시 쉬었다가 가자고 했다. 우리는 구멍가게에서 캔맥주와 주스를 사서, 가게 앞에 놓인 둥근 플라스틱 의자를 끌어와 마스크를 벗은 뒤 회색 벽에 등을 기대고 앉아 음료를 마셨다. 나는 망설이다가 말을 꺼냈다.

"그런데 왜 엄마가 자신 때문에 난소암에 걸렸다고 생각하는 거예요?"

그녀는 단호하게 말했다.

"나 때문이에요. 내가 실수로 생겨서…… 나를 낳느라 몸에 무리가 갔을 거예요. 교통사고로 아빠 돌아가시고 장례 치르는 중에 임신한 걸 아셨대요."

나는 남편이 해준 말, 난소암은 아기를 낳은 여성에게서 적게 발병하는 암이라는 이야기를 하려고 했지만 그녀가 말했다.

"고등학교 1학년 때 임신을 했어요. 학교도 제대로 안 가고 나쁜 친구들하고 어울렸어요. 엄마가 새아빠를 만나는 게 싫었거든요. 엄마가 오빠를 편애하는 것도 싫었고요. 같은 학교 다니던 오빠하고 만났는데 8주가 되도록 임신인 줄도 몰랐어요. 남자친구네 집에서 몰려와서 낙태를 하라고 했는데 내가 애를 낳겠다고 했어요. 막상 수술을 하려니 무서웠거든요. 그쪽 아버지가 우리 엄마한테 막말을 퍼부었어요. 딸 간수 잘하라고요."

나는 배에 손을 올린 채로 말했다.

"세상에 적반하장도 유분수지……."

"엄마가 아들 간수나 잘하라고, 낙태를 하건 말건 우리가 알아서 하겠다고 우리 딸은 잘못한 거 없다고 했어요. 그날 밤 엄마가 우는 소리를 들었어요. 내가 들을까봐 방문을 걸어잠그고 통곡을 하셨어요. 그때부터 엄마의 가슴 한구석에 암세포가 생겨났을 거예요."

그녀는 맥주 캔을 손으로 만지작거리며 말했다.

"내가 취했나. 별소리를 다 하네요."

갑자기 내 눈에 눈물이 고였고, 흘러내렸다. 호르몬의 영향일까. 임신한 이후로 눈물이 늘었다. 나는 눈물을 손으로 닦으며 말했다.

"저도 엄마가 죽음을 앞두고 있다면 제정신이 아닐 거예요. 엄마하고 사이가 별로 좋지 않았는데 엄마를 걱정하는 것은 항상 저였어요. 어쨌든 엄마에겐 첫 아이였으니 각별했을 거예요. 하지만 과할 때가 있었어요. 친할머니나 아빠에 대한 불평을 쏟아놓고 제가 공감해주길 바라셨어요. 때로는 저에게 분풀이도 했고요."

남편이 옆에 있었더라면 가슴에 생겨난 암세포가 난소로 전이되는 게 말이 되냐, 주인집 딸이 또 말도 안 되는 소리를 한다고 했겠지만 내 머릿속에는 아줌마의 가슴에 생겨난 암세포가 천천히 난소로 흘러가는 장면이 선명히 떠올랐다. 생명이 시작되는 장소로 암세포가 다가가는 모습이 떠오르자 눈에서 후드득 눈물이 떨어졌다.

"제가 괜한 소리를 했어요."

그녀는 엉덩이를 털며 일어나더니 어서 내려가자고 했다.

"이사 이야기는 못 들은 걸로 해주세요. 제가 엄마 병을 핑계로 반지하에 살아보고 싶었나봐요. 마음속에서 그 집을 늘 내 것이라고 생각해왔거든요. 살아생전에 아빠가 그랬대요. 나중에 딸 낳으면 반지하는 우리 딸한테 대학 합격 선물로 줄 거야. 그때는 내가 생기기도 전이었는데. 아빠는 딸을 원했던 거예요. 그런데 대학은커녕 고등학교도 검정고시로 겨우 마쳤네요."

우리는 길고 긴 가파른 언덕을 천천히 걸어내려왔다. 나는 뱃속 아기 때문에 걸음걸이가 조심스러웠고 그녀는 어머니 간병에 지쳐서인지 발걸음이 무거웠다. 내려오는 동안 아무 말도 하지 않았지만 머릿속에는 많은 그림이 떠올랐다.

길이 나뉘는 골목에서 그녀는 마치 일식집에 찾아온 손님에게 하듯이 내게 허리를 굽혀 인사했다.

"그동안 실례했습니다!"

마스크에 가려진 그녀의 표정을 볼 순 없었지만 하이 톤으로 말했으므로 마치 "이랏샤이마세!"라고 말하는 것처럼 들렸다. 그녀가 작게 덧붙였다.

"고맙습니다. 잊지 않을게요."

내리막길을 내려가는 그녀의 걸음걸이가 불안정했지만 나는 뒤돌아보지 않겠다고 다짐했다. 하지만 결국엔 뒤돌아봤고 그녀의 몸이 골목을 완전히 빠져나갈 때까지 그 자리에서 있었다. ■

나비

을지로3가역에 내리자 기분이 멍했다. 2호선 지하철로 갈아타기 위해서는 길고 긴 환승 통로를 지나야 했다. 바닥을 보며 걷는 나와 달리 혜서와 연미는 쉴 새 없이 수다를 떨었다. 그러나 어느 순간 말이 뚝 끊겼다. 나는 두 시간 전에 극장에서 본 영화에 대해 생각해보려 했지만 딱히 생각나는 장면이 없었다. 우리는 2호선 승강장에 닿기 전에 있는 화장실 입구에 걸린 커다란 전신 거울 앞에 약속이라도 한 듯 붙어 섰다. 연미는 길게 붙인 속눈썹을 만지작거렸고 혜서는 립스틱을 덧발랐다. 나는 그냥 거울 속에 비친 친구들의 얼굴을 바라봤다. 거울 속 친구들은 모르는 사람처럼 낯실었다. 혜서가 말했다.

"너도 비비 좀 발라. 너무 고딩 티 나."

"그렇게까지 해야 해? 지금 소개팅 나가?"

위아래 입술을 맞물려 립스틱을 바르던 거울 속 혜서의 얼굴이 일그러지며 버럭 화를 냈다.

"그럼 왜 따라왔어? 암튼 유별나다니깐."

혜서는 곧 거울 속에서 사라졌고 우리는 다시 나란히 걸었다. 연미가 나와 혜서 사이에 팔짱을 끼며 파고들어 말했다.

"이왕 하기로 한 거 우리 잘하자, 응? 처음이자 마지막인데 뭐. 뭔가 재밌는 게임 하러 간다고 생각하면 되잖아, 안 그래?"

연미와 혜서는 금세 엊그제 마약 혐의로 구속되었다는 가수 이야기로 넘어갔다.

"그게 대체 어때서?"

"남한테 피해 주는 거 아니잖아."

나는 "재밌는 게임"이라고 중얼거리며 사람들의 뒷모습을 바라봤다. 앞서 가는 미니스커트 차림의 젊은 여자는 오십대로 보이는 남자의 팔짱을 끼고 재잘댔는데 어딘가 불결해 보였다.

신촌역까지는 여섯 정거장 거리였지만 한 정거장을 가는 것처럼 짧게 느껴졌다. 신촌역에서 내리기 전에 혜서가 작게 말했다.

"화장을 짙게 하면 마음이 좀 편해져. 다른 사람이 된 것 같달까. 너도 바를래?"

혜서가 내민 립스틱 케이스에 비친 내 얼굴이 기이해 보였다. 지하철에서 내려 혜서를 앞질러 걸어가자 뒤에서 혜서가 중얼거렸다.

"하여튼 결벽증이야, 결벽증."

껌을 씹으며 계단을 오르는데 연미와 혜서의 목소리가 껌 씹는 소리에 묻혀 잘 들리지 않았다. 연미가 말했다.

"변태 아닐까? 교복 입고 오라니 완전 싸이코가봐."

아무리 생각해도 우스웠다. 고딩처럼 보이지 않기 위해 짙은 화장을 하면서 긴 코트 속엔 교복을 입고 있다니. 나는 혹시라도 코트 밖으로 교복이 보일까 봐 자꾸만 단춧구멍을 매만졌다.

"들어가서 분위기 이상하다 싶으면 도망 나오면 되지. 자, 이게 신호다. 내가 핸드폰을 꺼내서 '어, 오빠 우리 지금 나가' 하면 다들 나오는 거야. 알았지? 밖에 남자들이 기다리는 것처럼 하면 괜찮을 거야."

연미는 자신 있는 말투였다. 하긴 연미는 이번이 처음은 아니니까 나처럼 떨리지는 않을 것이다. 연미는 누가 봐도 연예인처럼 예뻐서 대학생 남자친구도 있고 나이 든 아저씨들과도 가끔 만난다고 소문이 났다. 처음이자 마지막이라고 했지만 분명히 이번이 처음은 아닐 것이고, 집이 가난한데도 씀씀이가 큰 걸로 봐서 그 소문은 사실일 것이다.

연미가 혜서에게 물었다.

"돈 생기면 뭐 살 거야?"

"노스페이스 백팩. 벌써 다 나갔음 어쩌지?"

"난 핸드폰 바꾸려고. 아예 맥북 에어를 살까? 그동안 알바해서 돈 좀 모았거든."

혜서와 연미가 떠드는 동안 나는 사람들의 신발을 쳐다봤다. 발걸음 속도에 따라 신발이 보였다 안 보였다 하는 것에 이상하게 구토가 일었다. 연미가 입술을 삐죽이며 말했다.

"임선하, 너 용돈 얼마야? 난 한 달에 겨우 6만 원. 짜증 나. 우리 엄마 세상 돌아가는 걸 전혀 모른다니까. 초딩도 아니고 그걸로 어떻게 한 달을 버티란 말이야?"

"나도 그 정도밖에 안 돼."

사실 난 그보다 적게 받고 있었다. 아빠가 실직한 이후로 가족 모두 절약을 해야 했다. 연미는 못 들었는지 빠르게 자기 할 말만 했다.

"핸드폰 요금만 5만 원 나오는데 짜증 나. 엊그젠 맘먹고 엄마한테 말했더니 기분 나쁘게 머리를 때리는 거 있지? 정말 싫어. 말이 안 통해."

어느새 다시 연미, 혜서와 거리가 크게 벌어졌다. 애써 발을 놀리는데 왜 자꾸 벌어지는지 알 수 없었다. 나는 새끼손가락에 동여맨 반창고를 만지작거렸다. 며칠 전 바게트를 썰다가 깊숙이 베였는데 좀처럼 상처가 아물지 않았다. 언제나 내 몸에 난 상처는 아무는 데 긴 시간이 걸렸다. 언젠가 종합병원에서 건강검진을 받았을 때 의사가 내 피는 다른 사람보다 응고되는 속도가 조금 느리다고 말했다. 따라서 혹시나 교통사고 같은 것을 당해 출혈이 생기면 빨리 치료를 받아야 한다고 했다. 엄마는 걱정스러운 표정을 지었지만 나는 기분이 좋았다. 그 말은 똑같은 상처를 입었을 때 가장 먼저 죽는다는 뜻이었다. 가장 먼저 죽는다고? 내겐 그것이 무슨 대단한 특권인 것처럼 느껴졌다.

혜서와 연미의 뒷모습을 보며 지금이라도 빠져나갈까 생각했다. 하지만 그렇게 하면 둘밖에 없는 친구들마저 잃게 될 것이다. 노래방 도우미를 하자는 말을 먼저 꺼낸 것은 연미였다. 당연히 같이 가야지. 필요할 때만 같이 다니면 그게 친구냐? 연미가 무슨 말을 할 때마다 꺼내는 '그게 친구냐?'라는 말은 나를 꼼짝 못하게 만들었다. 친구라면 모든 것을 함께해야 한다. 설사 살인일지라도.

우리는 며칠 전, 학교 앞에 새로 들어선 버거킹 2층 창가자리에 모여 앉았다. 언젠가부터 우리는 마주 앉거나 둘러앉지 않고 밖을 내다볼 수 있는 일인용 의자에 나란히 앉았다.

우리는 참새처럼 거기 붙어 앉아 아래를 내려다보거나 통유리에 희미하게 비친 서로의 얼굴을 보며 대화를 나눴다. 쫙 빼입은 여자가 지나갔다. 그녀가 가볍게 둘러멘 핸드백은 500만 원을 호가하는 고가품이었다.

"저거 진짤까?"

"글쎄."

"우와, 엄청 부럽다. 집이 좀 사나보네."

"남자친구가 부자겠지. 아니면 업소녀일지도."

"그걸 어떻게 알아?"

"척 보면 몰라?"

의미 없는 대화가 한참 흘러갔고 어느덧 바깥이 어둑어둑해졌다. 창문 너머 거리를 지나가는 사람들도 뜸해질 무렵 연미가 말했다.

"그 말 들었어? 진아랑 수연이 그거 한다던데?"

"그거?"

"노래방 도우미."

"노래방 가서 아저씨들하고 노래 부르는 거?"

"응. 시간당 꽤 많이 준대."

"얼마나?"

"3만 원이 기본이고 매너 좋은 사람들 만나면 5만 원까지 가능. 하루에 두 탕 뛰면 10만 원까지 벌 수 있대."

"정말?"

혜서는 동그랗게 뜬 눈을 천천히 굴리며 콜라 컵에 꽂힌 빨대를 휘저었다. 나는 빨대로 길게 콜라를 빨아들였다. 콜라 맛이 밍밍했다.

"걔네 미쳤나보다. 소문나면 어쩌려구?"

혜서는 그렇게 말하면서도 이렇게 덧붙였다.

"그래도 전혀 이해가 안 가는 건 아니야. 요즘 우리 아빠 젊은 여자랑 바람나서 집에 잘 들어오지도 않거든. 엄마는 이번엔 진짜 이혼할 모양인데 난 아빠가 주는 돈은 죽어도 받기가 싫어. 그래서 요즘 용돈이 너무 달리고. 이럴 때 누가 '노래 한 곡 부르면 돈 준다' 하면 할지도 몰라."

혜서는 반에서도 잘사는 축에 속했다. 혜서가 노래방 도우미 따위를 할 이유는 없었다.

"솔직히 그런 거 못생기고 뚱뚱한 애들은 하고 싶어도 못하잖아. 사실……."

연미는 혜서가 그렇게 말한 것이 고맙기라도 한 듯 눈을 빛내며 몸을 앞으로 숙여 말했다.

"엊그제 진아가 그러더라구. 우리도 할 생각 있으면 자기한테 말하라고. 소개비 2만 원만 주면 우리한테도 소개해주겠다고."

나도 모르게 눈을 부릅뜨며 말했다.

"그래서 하겠다고 했어?"

"아니, 누가 그랬대? 그냥 생각해보겠다고 했어."

연미는 잠깐 주춤하다가 금세 얼굴을 찌푸리며 눈을 가늘게 떴다.

내가 대체 왜 여기까지 따라왔는지 알 수 없었다. 학교 다니는 것도 짜증 나고 딱히 재밌는 일이 없었다. 실업자인 주제에 이래라저래라 하는 아빠도 보기 싫었고 공부 못한다고 툭하면 무시하는 엄마도 싫었다. 그놈의 집구석엔 일찍 들어가기가 싫었다. 나는 자꾸만 땀이 배는 손을 코트 위로 문질렀다. 혜서가 말했다.

"노래 한번 불러주는 건데 뭐. 절대 그 이상은 안 할 거야."

하지만 노래방 도우미를 하러 간 친구들이 2차를 나가거나 손님과 원조 교제로 발전하기도 한다는 것쯤은 나도 알고 있었다.

노래방 간판이 보이자 혜서가 "저기다!" 하고 외쳤다. 연미와 혜서는 보물 지도라도 발견한 것처럼 기뻐했다. 들어가기 전에 연미는 나에게 그렇게 얼굴 찡그리지 말라고 여러 번 단속했다. 나는 "노래만 부르고 한 시간 안에 나오는 거다"라고 힘주어 말했다. 연미와 혜서가 속눈썹을 다시 한번 매만졌다.

우리가 들어가자 노래방 주인은 힐끗 보며 "왔어?"라고 한마디 했다. 그가 라면 가락을 입에 넣으며 6번 방이라고 말했다. 우리는 잔뜩 긴장한 채로 6번 방을 찾았다. 안에서 삼십대로 보이는 넥타이 맨 남자 셋이 음정도 맞지 않는 노래를 부르고 있었다. 나는 몸이 뻣뻣하게 굳은 채로 혜서에게 밀려 안으로 들어갔다. 남자들이 각기 자신의 옆자리를 내주었다. 혜서가 코트를 벗자 체크무늬 교복이 드러났다. 남자들이 깔깔대며 웃었다.

"어? 정말 교복 입고 왔네? 우린 그냥 농담한 건데."

연미와 혜서는 애매한 표정으로 따라 웃었다. 우리는 남자들의 요구대로 어색하게 자기소개를 했다. 혜서와 연미는 언제 생각해둔 건지 지어낸 이름을 말했고 나도 얼결에 "임선주예요" 하고 말했다. 연미는 능숙하게 안경 쓴 남자 옆에 앉더니 노래에 음정을 맞추기 시작했다. 이윽고 두 사람이 일어났고 연미는 그 남자에게 몸을 기댄 채로 노래를 불렀다. 혜서의 얼굴은 경직되어 당장에라도 깨질 것 같았다. 하지만 남자가 혜서의 교복 주머니에 만 원짜리를 넣어주자 표정이 서서히 풀렸다. 옆에 앉은 남자가 내게 캔맥주를 권했다. 어쩔 수 없이 한 모금 마셨는데 교복 치마 위로 뻗친 남자의 손에 소름이 돋았다. 뭐라고 말을 해야겠는데 목소리가 목구멍에 걸려 나오지 않았다. 밖으로 나가려 하자 손을 잡아 억지로 옆에 앉히며 부둥켜안는 통에 나도 모르게 맥주를 그의 얼굴에 들이부었다. 순식간에 분위기가 얼어붙었고 남자가 소리를 질렀다.

"이게 미쳤나!"

그와 동시에 우리는 겁을 집어먹고 가방을 잡아챈 다음 그곳에서 뛰쳐나왔다. 남자들은 "거기 서!" 하고 외쳤지만 순식간에 일어난 일에 그들 역시 당황한 모양이었다. 한 명이 조금 쫓아오다가 포기한 것 같았다. 우리는 한참을 달리다가 인적이 드문 놀이터에서 숨을 몰아쉬었다. 연미가 나를 노려보며 말했다.

"너 일부러 그랬지? 씨발년, 조금만 참았으면 돈 받았잖아!"

우리는 집 근처 지하철역 출구를 빠져나와 터벅터벅 걸었다. 제일 먼저 눈에 들어온 곳은 피시방이었다. 몸을 씻고 싶었지만 찜질방에 갈 돈은 없었다.

"추워. 피시방 가서 라면 먹자."

연미와 혜서는 힘없이 고개를 끄덕였다.

연미와 혜서가 게임을 하는 동안 나는 컵라면을 먹었다. 왜 이렇게 허기가 지는지 알 수 없었다. 그때 한 여자애가 눈에 들어왔다. 노란색 티셔츠에 긴 생머리. 우리 또래로 보이는 비쩍 마른 여자애가 입을 헤벌린 채 컴퓨터 화면에 뜬 나비 그림을 응시하고 있었다. 노란 날개의 나비. 금방이라도 화면 위로 물감이 흘러내릴 것처럼 선명한 노란색이었다. 그 애는 핸드폰에 연결된 이어폰을 귀에 꽂은 상태였는데 한눈에도 어딘가 이상해 보였다. 자신이 먹던 과자를 어떤 꼬마가 낚아채 가는 것도 모른 채 모니터 속 나비에만 눈을 고정하고 있었다. 연미가 말했다.

"재 좀 봐. 좀 이상하지 않아?"

혜서가 그 애를 보더니 말했다.

"나 재 알아. 중학교 때 같은 반이었는데 지적장애야. 여기 자주 오더라. 심심한가봐."

"멀쩡하게 생겼는데?"

사실 그 애는 얼핏 예뻐 보였다. 긴 생머리에 날씬하고 긴 다리가 부러울 정도였다.

"재네 엄마는 왜 특수학교에 안 보내고 일반학교에 보냈을까? 매일 애들한테 맞고 그러는데 좀 불쌍하더라. 나비 좋아하는 건 여전하네. 매일 노란색 옷, 나비 그려진 옷 입고 다니고 나비 사진을 들여다봐서 애들이 재를 나비라고 불렀거든. 이름이 뭐였더라?"

갑자기 혜서가 눈을 빛내며 말했다.

"야, 우리 재 돈 좀 뜯어먹을까?"

"뭐?"

"돈 모자란단 말이야."

말리기도 전에 혜서는 그 애에게 다가가고 있었다.

"안녕?"

나비 사진을 들여다보던 그 애는 겁먹은 눈으로 혜서를 올려다봤다.

"나 몰라? 우리 중학교 때 같은 반이었잖아."

그 애는 혜서를 못 알아보는 눈치였다.

"너 아직도 나비 좋아해? 이거 줄까?"

혜서가 주머니에서 나비 모양 핀을 꺼내 그 애 앞으로 내밀었다. 그 애는 금세 경계를 풀고 핀을 받았다. 그 애가 나비 핀의 날개에 달린 큐빅을 만지작거리자 혜서가 말했다.

"그럼 여기 돈 오늘 네가 좀 내줘. 우리가 돈이 다 떨어졌거든."

그 애는 잠시 머뭇거리다가 카운터로 가서 돈을 지불했다. 우리가 그곳에서 나와 건너편에 있는 편의점에 들어가자 나비도 따라 들어왔다. 혜서는 음료수 계산도 나비에게 떠넘겼다.

헤어지기 전에 혜서는 나비에게 말했다.

"우리 앞으로 자주 보자. 우리하고 놀고 싶으면 그 피시방으로 와. 우린 토요일엔 꼭 가거든."

나비가 고개를 끄덕이며 손을 흔들었다.

집에 돌아와 세면대 앞에 서서 물끄러미 손가락의 상처를 바라봤다. 이제 막 아물고 있는 상처 난 손가락을 흐르는 물속에 집어넣었다. 미세한 통증이 느껴졌다. 처음엔 아프지만 시간이 흐를수록 묘한 쾌감이 느껴졌다. 나는 손을 자꾸만 물속에 집어넣어 상처가 완전히 아무는 것을 막고 있었다.

세면대에 물이 가득 차자 어렸을 때 가족과 함께 여행을 가서 묵었던 숙소가 생각났다. 그곳에는 연못이 있었다. 연못의 폭은 좁았지만 깊어 보여서 나는 감히 다가갈 엄두를 내지 못했다. 한쪽에서는 사내아이 둘이 잠자리채로 나비를 잡고 있었다. 나는 선명한 노란 날개를 팔랑이는 나비를 넋을 잃고 바라봤다. 나비가 내 앞으로 날아와 꽃 위에 내려앉았을 때 사내아이의 잠자리채가 날아와 나비를 생포했다. 사내아이는 생포한 나비를 곤충채집 상자 안에 넣었다. 곤충채집 상자 안에는 노란 나비가 서너 마리 더 있었다. 나는 나비를 가까이서 볼 수 있다는 생각에 가슴이 뛰었다. 하지만 나비의 날개를 만져보고 가까이서 지켜본 대가로 끔찍한 놀이가 시작되었다. 다른 아이가 나비를 한 마리 꺼내 손바닥에 올려놓고 쥐었다. 아이의 손안에서 나비의 노란 날개가 비스킷처럼 부스럭거리는 소리를 내며 부서졌다. 아이는 손을 머리 위로 들어올렸다가 나비를 그대로 연못에 쑤셔 박았다.

날개가 찢어져 수면 위에 떠 있는 나비. 하지만 놀랄 틈도 없이 잉어가 나비를 집어삼켜 버렸다. 두 아이는 나비가 물 위에 떠서 죽음을 기다리는 순간에 키득거렸고 나비가 잉어의 입으로 들어갔을 때는 즐거운 비명을 내질렀다.

이후로도 우리는 나비와 몇 번 더 어울렸다. 나비는 말을 시키지 않으면 지적장애라는 것을 모를 정도였고 뒤에서 말없이 잘 따라다녔으므로 같이 다니는 데 크게 불편할 것이 없었다. 우리가 먼저 나비를 찾아가는 경우는 대체로 돈이 떨어졌을 때였다. 큰돈을 빼앗을 순 없었지만 눈물을 글썽이며 부탁하거나 눈을 부릅뜨고 무섭게 말하면 나비는 주머니의 돈을 탈탈 털어 줬다.

만나는 횟수가 늘어날수록 나비는 우리를 친근하게 느끼는 것 같았다. 피시방에서 만나면 우리 옆에 자리를 잡고 앉아 게임 매뉴얼 화면을 멍하니 들여다봤다. 나비는 연미가 시키는 대로 게임 매뉴얼에 나온 글자들을 반복해 읽다가 졸거나 나비 사진을 들여다보곤 했다. 아무리 가르쳐줘도 게임할 줄은 모르면서 우리를 쫓아다니는 것을 보니 우리가 싫진 않은 모양이었다. 덕분에 우리는 별다른 죄책감 없이 나비의 돈을 뺏을 수 있었다.

나비는 학교도 다니지 않았고 아빠는 몇 년 전에 돌아가셨다고 했다. 엄마가 집 근처 찜질방에서 일하는 동안 나비는 몸이 아픈 할머니와 함께 집에 있거나, 집에서 몰래 빠져나와 혼자 피시방에서 시간을 죽이는 모양이었다. 나비네 아빠가 살아 있었을 때는 집안 사정이 좋아서 정원 있는 집에서 살았다고 했다.

가끔은 정말로 나비가 나비 같기도 했다. 일요일에 다 같이 거리를 쏘다니다가 우연히 낮은 산에 올랐는데 나비는 펄펄 잘도 뛰어다녔다. 나비는 꽃도 좋아했다. 꽃만 보면 "와!" 하고 소리를 지르며 달려가 꽃 무더기 사이에 주저앉아 만져보고, 꺾어서 머리에 꽂기도 했다. 나비는 단순히 꽃을 들여다보는 게 아니었다. 좋아서 어쩔 줄 몰라 하며 꽃잎에 키스를 해대고 코를 파묻었다. 분홍빛 꽃에 박고 있던 코끝에 진분홍색 꽃가루가 묻어났다. 그 모습에 우리는 어쩌면 어떤 정신 나간 나비가 나비의 몸을 빌려 부활한 것인지도 모른다며 크게 웃었다. 꽃이 잔뜩 핀 곳에선 나비가 이리저리 달리는 통에 멀리서 보면 팔랑팔랑 날아다니는 것 같았다. 나비는 스스로 움직이는 것 같지 않고 바람이 부는 대로 이리저리 휩쓸리는 것 같아 어느 쪽으로 나아갈지 예측할 수 없었다.

나비는 노랑나비, 배추흰나비 등 이름을 알 수 없는 온갖 나비들과 동족인 듯 아주 잘 어울렸다. 우리가 다가가면 날아가버리는 나비들이 나비가 다가가면 어쩐지 촉각을 구부리며 다가오는 듯했다. 문득 배추흰나비 한 마리가 나비의 손등에 내려앉았다. 나비는 이야기를 나누듯 배추흰나비에게 무어라고 속삭였다. 그 모습이 너무나 자연스러워서 나비와 그곳에 있는 나비들이 잘 구분되지 않을 정도였다. 어쩌면 나비는 인간이 아닐지도 모른다는 생각까지 들었다.

산에서 내려와 집으로 돌아오는 길에 도로의 쓰레기통 뒤에 숨어 벌벌 떠는 나비를 보고 우리는 한바탕 웃었다.

“재 자기가 정말 나빈 줄 아나봐. 나비도 도로에는 안 나오잖아.”

나비는 차 소리를 무서워했다. 도로에 나갔을 때 차가 지나가면 아예 도로 한편으로 숨어버렸다. 차들이 쌩쌩 달리는 도로에서도 나비가 겁을 내지 않는 유일한 순간은 꽃을 발견했을 때였다. 돌을 뚫고 도로에 피어난 꽃을 발견한 나비는 그곳에 풀썩 주저앉아 꽃을 들여다보느라 우리가 억지로 일으켜야 했다.

그러던 어느 날, 혜서의 남자친구가 우리와 동행하게 되었다. 재수생인 그는 가끔 우리에게 맛있는 것을 사주었다. 처음에 그는 나비에게 적잖은 호감을 보였다.

“이름이 뭐야?”

그가 나비의 얼굴에 자기 얼굴을 바짝 붙이며 묻자 혜서의 얼굴이 사납게 변했다. 나비가 수줍어하며 말했다.

“지혜. 김지혜.”

혜서가 말했다.

“지혜? 정말 웃기다. 너 이름이 지혜였어?”

갑자기 혜서와 연미가 웃기 시작했다. 나도 조금 웃었다. 그러고 보니 나비의 이름을 지금에야 알았다. 그는 나비 앞으로 반찬을 놓아주고 입가에 묻은 음식물을 닦아주었다. 하지만 몇 번 말을 시켜보더니 장애가 있다는 것을 알고 눈살을 찌푸렸다. 그가 혜서에게 작게 물었다.

“어쩌다 이런 친구를 사귀게 된 거냐?”

혜서가 웃으며 말했다.

“어쩌다 그렇게 됐어.”

재미있는 것은 나비였다. 나비는 그의 곁에 찰싹 달라붙어 말하고 바보처럼 실실 웃기도 했다. 길을 걸을 때는 그의 팔짱을 낀 채 다른 쪽 팔마저 붙들려 하는 통에 연미와 혜서를 박장대소하게 했다.

“오빠는 좋겠다. 바보가 좋다고 들러붙어서.”

혜서는 키득대며 말하면서도 그의 팔에 들러붙은 나비를 거칠게 뜯어냈다. 그는 자신의 팔에 다시 매달리는 나비를 뭔가 더러운 것이라도 묻었다는 듯 떼어냈다. 그리고 우리에게 인사한 뒤 나비에게 눈길도 주지 않고 인파 속으로 사라졌다. 나비는 당장이라도 울 것 같은 표정이었다. 뚫어지게 나비를 보던 혜서가 갑자기 손뼉을 쳤다.

"좋은 방법이 있어. 우리가 소개하고 쟤 시키면 어떨까?"

연미의 눈이 커졌다. 연미도 나도 그 말이 무슨 뜻인지 눈치챘다.

"뭐 어때서? 쟤도 좋아하잖아. 아까 못 봤어? 오빠한테 들러붙는 거. 남자친구 한번 사귀어본 적도 없을 거구, 모자라도 성욕 같은 건 있을 거 아냐?"

혜서는 재미있어하는 눈치였다.

"우리가 안 해도 되고 쟤도 좋고 짱 좋은 아이디어다!"

연미는 눈가에 살짝 웃음까지 띠었다. 혜서가 말했다.

"게다가 쟤 우리보다 두 살 많거든. 미성년자도 아니야."

연미가 손뼉을 치며 말했다.

"정말? 그럼 결혼해도 되는 나이네?"

"하지만……."

나는 무슨 말을 하려고 했지만 혜서와 연미는 계속 둘이서만 이야기했다.

"그런데 누가 저런 애하고 하고 싶어 할까?"

연미가 의심스러운 눈빛으로 말하자 혜서가 웃으며 답했다.

"솔직히 쟤 예쁘잖아. 남자들은 좋아할걸."

연미가 발끝에 시선을 둔 채 말했다.

"근데 좀 겁나. 죄를 짓는 것 같기도 하고……."

"그럼 네가 할래?"

"싫어. 어깨만 만져도 소름 끼친단 말이야."

연미는 진저리를 쳤다.

"솔직히 쟤가 좋다고 하면 우리가 잘못한 건 없는 거야. 안 그래?"

혜서가 고개를 돌려 나비에게 물었다.

"너 아까 그 오빠 좋지?"

나비는 입을 헤벌린 채 고개를 끄덕였다.

다음날 나비는 역시 노란색 옷을 입고 약속 장소에 나타났다. 머리에는 혜서가 준 나비 핀을 꽂고 있었다. 우리는 비어 있는 혜서네 집으로 나비를 데려갔다.

혜서는 나비의 어깨를 잡고 말했다.

"처음 방에 들어가면 너는 옷을 벗어."

"왜?"

혜서는 잠깐 생각하더니 말했다.

"나비도 번데기에서 나비가 될 때 옷을 벗잖아. 그래야 예쁜 나비가 될 수 있거든."

옆에서 연미는 우스워 죽겠다는 표정이었다.

"그리고 그냥 가만히 누워 있으면 돼. 남자가 어떻게 하든 도망 나오거나 소리 지르면 안 돼. 알았어?"

나비가 고개를 끄덕이더니 옷을 벗기 시작했다. 하나도 남김없이 훌훌. 우화하는 번데기를 본 듯 눈이 부셨다. 하얗고 투명한 피부, 예쁘고 풍만한 가슴, 늘씬한 팔다리가 눈앞에 드러났다. 모두 할 말을 잃었는데 혜서가 말했다.

"조금 아플지도 몰라. 나비가 되려면 아프거든."

연미는 채팅 앱을 깔고 나비를 살 남자를 물색했다. 채팅창에 '168cm, 50kg, 긴 생머리 청순한 스타일, 17세 숫처녀'라고 띄우자 5초도 안 되어 수많은 아이디가 접속해왔다.

"스무 살이잖아?"

내 물음에 연미가 웃으며 답했다.

"어릴수록 돈을 많이 부를 수 있단 말이야."

'20만 원'이라고 혜서가 입력하자 연미가 비싼 거 아니냐고 물었다.

"처음이잖아."

혜서는 바닥에 앉아 과자를 먹고 있는 나비에게 물었다.

"너 아직 남자하고 자본 적 없지?"

무슨 말인지 아는지 모르는지 나비는 고개를 끄덕였다. 나비는 실실 웃으며 혜서가 준 나비 사진에 코를 처박았다.

나는 나비를 보며 생각했다. 곧 나비의 날개가 꺾일까. 그러면 영영 날아가지 못하게 될까. 날개 따위 바스러져도 나비는 비명조차 지를 수 없다. 나비가 자신을 표현하는 방법은 오로지 연약한 날개를 팔랑이는 것뿐이다. 날개가 바스러진 나비는 차라리 죽는 게 나을지도 모른다.

채팅 앱에 글자가 떠올랐다.

— 처음인 걸 어떻게 믿지?

— 믿든 안 믿든 처음이야. 20만 원 이하로는 안 돼요.

혜서가 입력하자마자 상대편에서 입력한 글자가 떠올랐다.

— ㅇㅋ

우리는 남자와 만나기로 한 모텔 건너편에 있는 식당 앞에 쪼그리고 앉았다. 인적이 드문 뒷골목에 있는 무인호텔이었다. 장사가 될까 싶게 구석에 처박혀 있었지만 그곳에는 짝을 지은 남녀가 끊임없이 드나들었다. 연미와 혜서는 긴장했는지 자리에서 앉았다 일어났다 하며 담배를 피웠다. 긴 침묵이 흘렀다. 혜서가 먼저 말을 꺼냈다. 연미와 혜서는 재미도 없는 이야기를 낄낄대며 떠들었다.

드디어 남자가 등장했다. 가슴이 마구 뛰었다. 와이셔츠에 양복을 입은 남자는 평범해 보이는 스타일이었다. 남자가 고개를 갸웃하며 주뼛거리는 우리를 한 명씩 훑어봤다. 연미가 어색하게 웃으며 나비의 등을 떠밀자 나비는 엉거주춤한 자세로 남자 앞에 섰다.

"처음이라서 부끄러운가봐요."

혜서가 웃으며 말하자 남자가 나비의 손을 잡아끌었다. 나비가 훈련받은 대로 그 남자의 팔짱을 끼고 모텔 안으로 들어가는 것을 지켜보며 우리는 아무 말도 하지 않았다. 나는 다시 식당 앞에 쭈그리고 앉았다. 연미는 이어폰을 꽂고 시끄러운 음악을 들었지만 눈은 나비와 남자가 있는 2층에 고정한 상태였다. 혜서는 자신의 손톱을 물어뜯었다.

10분쯤 흘렀을까. 연미가 비명을 질렀다. 건물을 올려다보니 나비가 옷을 반쯤 벗은 채로 창가 난간에 들러붙어 있었다. 연미가 입힌 노란색 레이스 달린 시폰 원피스 때문인지 나비는 정말로 나비 같았다. 하지만 날개가 접힌 나비처럼 나비는 움츠린 채로 몸을 떨었다. 남자는 황당한 표정으로 창가에서 나비를 내려다보고 있었다. 남자가 화난 표정으로 우리를 노려보더니 나비의 손목을 잡아 위로 끌어 올렸다. 그러고는 한동안 잠잠했다. 나는 들어가볼까 생각했지만 차마 발이 떨어지지 않았다. 혜서는 여전히 손톱을 물어뜯고 있었다. 나는 발을 구르며 말했다.

"잘 될까? 무슨 일 생기면 어떡해?"

혜서가 스마트폰을 보며 말했다.

"시키는 대로 잘하니까 걱정할 거 없어."

"약속한 1시간이 지났는데 왜 아직 안 나오지?"

"기다려봐."

"무슨 일이 있는 것 같아. 들어가볼래."

"야, 야! 기다리라니깐."

모텔 쪽으로 가려는데 불투명한 까만색 유리문이 열렸다.

나는 나비에게 달려갔다. 나비는 정확한 감정을 알 수 없는 표정으로 이상하게 웃고 있었다. 눈가에 멍이 들고 입가에 피가 흘렀지만 웃는 얼굴 때문에 더욱 이상해 보일 뿐이었다. 안도감이 드는 것과 동시에 구역질이 났다. 그리고 이유 없이 나비에게 화가 났다. 혜서가 칠해준 빨간색 립스틱은 우스꽝스럽게 번져 있었다. 나는 남자에게서 나비를 빼앗듯이 넘겨받아 연미와 혜서가 있는 곳으로 데려갔다.

혜서는 나비의 입에 코를 대고 냄새를 맡은 뒤 남자를 향해 큰 소리로 물었다.

"얘한테 술 먹였어요?"

남자는 입꼬리를 올려 웃더니 대꾸 없이 택시를 타고 사라졌다.

나비는 내 팔을 잡으며 비틀거렸다. 다리가 풀려 주저앉는 것을 보니 술을 많이 먹인 것 같았다. 혜서가 분하다는 듯이 말했다.

"개새끼, 술 먹였어."

연미가 말했다.

"지가 뭔데 술을 먹이고 지랄이야? 계약 위반이네. 돈 더

내라고 할걸.”

혜서는 나비를 안아주고 달랜 다음 나비 문양이 그려진 수첩을 주었다. 문방구에서 파는 싸구려 수첩이었지만 나비는 상 받은 어린아이처럼 좋아했다. 연미는 헤어질 때 항상 하는 말을 반복했다.

“가장 중요한 건 우리가 만나서 뭘 했는지 아무한테도 말하면 안 된다는 거야. 알았지?”

“왜애?”

“우린 친구니까. 친구는 비밀이 있어야 하는 거야.”

나비가 “우린 친구니까” 하고 따라 했다.

나비에게 나비가 되기 위한 훈련을 시킨 지 석 달이 지났다. 시간이 흐를수록 나도 점점 죄책감이 줄어들었다. 창문이 작은 모텔에 방을 잡은 뒤로 난간에 매달리는 것과 같은 일은 사라졌다. 남자가 샤워하는 사이 뛰쳐나온 날은 우리 셋이 나비를 잡아 간신히 다시 방에 집어넣었다. 나비는 나중에는 아예 모텔에 들어가려 하지 않았다. 몸을 부르르 떨고 “우워워” 하며 듣기 싫은 소리를 냈다. 연미와 혜서는 고민 끝에 나비에게 술을 먹여 들여보냈다. 술이 약한 나비에겐 꽤나 효과가 있었다. 방향을 잃고 비틀거리며 남자의 손에 이끌려 들어가는 나비의 뒷모습을 보며 연미와 혜서는 키득거렸다.

장마가 시작되던 날, 우리는 신촌의 번화가에 모여 지나가는 사람들을 쳐다봤다. 혜서가 구두코로 땅바닥을 두드리며 말했다.

"결국 이혼하려는 모양이야. 우리 엄마 아빠."

무슨 말을 해야 할까 생각하는데 혜서가 활짝 웃었다.

"상관없어. 차라리 잘됐어."

무심코 하늘을 올려다봤는데 하늘이 흐렸다. 금방이라도 비가 쏟아질 것 같았다. 나는 내 발치에서 바동거리는 곤충을 발로 꾹 눌러서 뭉개버렸다. 아까부터 나비가 신경이 쓰였다. 음식을 허겁지겁 먹는 버릇이 있는 나비는 요 며칠간 잘 먹지 않았다. 좋아하던 아이스크림도 조금 먹다가 버리더니 딸꾹질까지 했다. 빗물이 떨어지기 시작했다. 우리는 비를 피해 편의점 쪽으로 우르르 뛰었다. 마침 큰 트럭이 지나갔는데 갑자기 나비가 보이지 않았다. 발을 헛디뎌 빗물에 나동그라진 나비를 보고 우리는 미친 듯이 웃었다.

나비를 다시 만난 건 장마가 끝난 뒤였다. 장마 기간 동안 나비는 아무리 전화를 해도 몸이 아프다며 집 밖으로 나오지 않았다. 돈이 떨어졌으므로 우리는 나비네 집 근처에 있는 '나비길'에서 나비를 기다렸다. 지름길을 두고 나비는 그 길로만 다녔으므로 우리는 그 길을 나비길이라고 불렀다. 도심

에선 보기 드문 꽃길로 햇빛이 잘 들고 꽃이 잔뜩 피어 있어서 나비가 좋아할 만했다. 나비는 우리를 보고 반가운지 나비길을 한달음에 달려 내려왔다. 맑고 따듯한 햇살 덕분에 그날따라 나비길은 유난히 눈부셨다. 그래서인지 노란색 미니스커트를 입은 나비가 더 예뻐 보였다. 오랜만에 보니 나도 나비가 반가웠다. 나비는 나에게 인사도 하기 전에 꽃이 잔뜩 핀 곳으로 다가갔는데 무언가에 놀라 소스라치며 뒷걸음질쳤다. 연미가 "뭐야?" 하며 다가가더니 얼굴을 찌푸리며 말했다.

"으악, 사마귀가 나비를 잡아먹고 있어!"

풀숲 사이에 핀 노란 꽃의 줄기에 매달린 사마귀가 나비를 산 채로 잡아먹고 있었다. 연미는 그것이 보기 싫었는지 사마귀가 매달려 있는 꽃 주변의 풀을 손으로 잡아 흔들었다. 나는 사마귀와 나비가 떨어진 곳을 내려다봤다. 사마귀는 어딘가로 사라졌다. 조각난 파란색 줄무늬 날개만 바닥에 처량하게 떨어져 있었다. 나는 얼굴이 창백해진 나비의 손목을 잡아끌며 어서 가자고 재촉했다.

나비가 임신했다는 것을 안 것도 그날이었다. 헛구역질을 하는 나비를 본 순간 우리는 누가 먼저랄 것도 없이 나비의 배를 쳐다봤다. 연미가 생리가 중단된 게 언제냐고 묻자 나비는 우물쭈물 잘 모르겠다고 했다. 우리는 아무 말 없이 손에 든 소프트아이스크림을 끝까지 다 먹었다.

"재네 엄마가 알면 우리 감옥 가는 거 아니야?"

결국 연미가 걱정스러운 얼굴로 말을 꺼냈다. 나는 갈증을 느끼며 나비의 뒷모습을 멍하니 바라봤다. 아무것도 모르는 나비는 아이스크림을 한 손에 든 채로 폴짝폴짝 뛰어 앞서갔다. 비를 피해 숨어 있다가 오랜만에 햇살을 본 나비처럼 나비는 발걸음이 가벼웠다.

"이제 조금 있으면 배가 불러올 거야. 빨리 수술해야 하지 않을까?"

"그럼 어른들이 알게 될 텐데."

"수술비는? 벌써 돈 다 써버렸는데."

그동안 나비를 통해 번 돈은 족히 500만 원이 넘었지만 생기는 족족 써버려서 남은 돈은 얼마 되지 않았다.

"배를 살짝 때리기만 해도 아기가 죽는다는데."

그런 말을 아무렇지 않게 하는 혜서에게 짜증이 났다. 하지만 나 역시 나비 같은 바보 엄마를 둔 아이는 불행할 거라고 생각했다.

"예전에 우리 사촌 언니 계단에서 넘어졌는데 유산됐어."

나는 이런 이야기를 아무렇지도 않게 나누는 우리가 지금 무언가에 홀려 있다고 생각했다.

어렸을 때 집에서 키운 나비가 생각났다. 언니와 함께 뒷

산에서 애벌레를 주워와 베란다에 놓인 화분에 놓아주고 나비가 되어가는 모습을 지켜봤다. 실로 나뭇잎을 돌돌 감싼 번데기가 아름답게 변할 순간을 기다리던 순간, 나는 침을 삼켰다. 번데기가 허물을 벗고 화려한 날개를 드러내던 순간을 잊을 수 없다. 손을 갖다 대면 크레파스처럼 묻어날 것 같던 나비. 눈부신 빛을 발하던 아름다운 날개.

우리는 계획한 대로 나비를 인적이 드문 건물로 데려갔다. 계단 위에서 나비가 바보처럼 노래를 흥얼거리는데 우리는 뒤에서 서로 눈치만 봤다. 나는 누군가 대신 해주기를 바라며 가슴을 졸였다. 한참 동안 침이 넘어가는 소리를 들으며 나비의 뒷모습을 멍하니 쳐다봤다. 어느 순간 나비가 꺄악 소리를 지르며 계단 밑으로 굴렀다. 귓가에 울리는 연미와 혜서의 비명소리.

날개가 부서진 나비가 굴렀다. 한 바퀴, 두 바퀴, 세 바퀴…… 나비의 날갯짓처럼 떨리는 내 손이 보였다. 나비의 날개를 찢을 때의 쾌감, 그것은 두 사내아이의 것이 아니라 내 것이었는지도 모른다. 배를 잡고 비명을 지르는 나비의 목소리가 들리는 것 같더니 그 소리는 곧 나비의 날개가 바스러지는 소리로 바뀌었다. 바스락바스락 지지직……. 나비가 하혈하는 모습을 보며 나는 온몸이 마비된 듯 아무것도 할 수 없었다.

나는 천천히 계단을 내려가 나비에게 다가갔다. 나비는 배를 잡은 채 뭐라고 열심히 중얼거렸다. 나는 처음으로 나비의 말에 귀 기울였다.

"탈리……야는 자신을 부둥켜안으며 고……향의 온기를 기억해내려 했다. 외투로 눈을 막고 있었으나 여전……히 찬 공기가 스며들었다. 탈리야는 자……신을 부둥켜안으며 고향의 온기를 기억해내려 했다. 외……투로 눈을 막고 있었으나 여전히 찬 공기……가 스며들었다……."

나비는 컴퓨터 게임의 매뉴얼에 나온 문장 두 개를 반복해서 외우고 있었다. 토씨 하나 틀리지 않고 정확하게, 처음부터 끝까지, 마치 그것을 외우는 것에 사활이 달렸다는 듯이 헉헉대며 중얼대고 또 중얼댔다. 나비의 모습 위로, 곤충채집 상자 속의 노란 날개가 부서지며 바람에 흩어져 빨간색 가루가 되어 날아가는 환영을 보았다. 나비의 가랑이 사이로 쏟아지는 피를 보며 눈을 꾹 감았다. 나비의 날개가 바스러지는 소리가 고막을 파고들었다. 금방이라도 고막을 찢어버릴 것처럼 크고 날카로운 소리를 내면서. ■

최애의 후배

그를 처음 본 순간 조금 놀랐다. 머리가 희끗하고 배가 나온 중년 남자가 손을 내밀며 악수를 청했다. 패션 감각은 있는 편이었다. 청바지에 운동화가 제법 어울렸다. 눈가의 주름이 미소를 돋보이게 했으며 조심스러운 몸가짐이 신뢰를 주었다. 나는 왜 그를 내 또래 남자라고 생각했을까. 그의 인스타그램에는 이렇다 할 신상정보가 없었다. 그저 아이유 사진으로 도배되어 있을 뿐이었다. 그가 내게 손을 내밀며 말했다.

"후배님, 반갑습니다."

나는 그의 손을 잡으며 물었다.

"아, 안녕하세요, 그런데 저는 뭐라고 불러야 할까요?"

그가 고개를 갸웃하다가 웃으며 말했다.

"그냥 아저씨라고 부르세요. 아이유의 2년 후배라면 저보다 열다섯 살이나 어리네요."

그러고 보니 그의 인스타그램 프로필 사진은 드라마 〈나의 아저씨〉에 출연한 배우 '이선균'이었다. 그가 이선균처럼 잘생긴 건 아니었지만 아저씨가 맞긴 했다. 택배 아저씨, 경비 아저씨에게도 붙이는 아저씨란 호칭을 그에게 못 붙일 이유도 없었다.

"그러죠, 뭐."

언제부터 그와 인친이었을까. 정확히 기억나진 않지만 그가 먼저 나를 팔로우했다는 건 분명했다. 내가 올린 게시물에 그가 댓글을 달았다.

— 내 인생 최고의 드라마예요.

내가 올린 게시물은 드라마 〈나의 아저씨〉 포스터였다. 이후로 그는 내가 올리는 아이유 관련 게시물에 꾸준히 댓글을 달았다.

— 아이유를 많이 좋아하시나봐요?

그가 기다렸다는 듯이 답글을 달았다.

— 그럼요. 그녀에 대해서라면 속속들이 알고 있어요. 그녀와 동시대에 살고 있다는 것이 기쁩니다.

한국어를 너무 잘해서 그가 때때로 인스타그램에 싱가포

르 도심 풍경을 올리지 않았다면 싱가포르 사람이라는 것도 실감하기 힘들었을 것이다.

— 아, 그러시구나. 아이유는 제 고등학교 선배예요.

그 말이 사달이 되었다. 댓글을 달던 그가 디엠으로 말을 걸기 시작했다.

— 정말요? 아이유와 같은 고등학교에 다녔단 말이죠?

학교에서 마주친 적도 없고 아이유가 나라는 사람의 존재를 아는 건 아니었지만 고등학교 선배인 것은 사실이었다. 학교에 적응하지 못하는 바람에 1년밖에 다니지 못했다는 말은 하지 않았다. 엄마의 직장이 자주 바뀌는 바람에 전학을 자주 다녔고 마음에 맞는 친구 한 명 사귀지 못했다. 내성적인 성격 때문인지 은근한 따돌림을 당한 적도 있었다. 그런 상황을 견디기도 힘들었지만 학교에 다니는 시간이 아깝게 느껴졌다. 나는 엄마를 설득해 자퇴를 한 다음 검정고시를 봤다. 따라서 그 학교는 지우개로 대충 문지른 그림처럼 흐릿한 기억으로 남아 있었다.

그는 내가 다녔던 학교, 그러니까 아이유가 다녔던 고등학교에서 있었던 일에 대해 좀 더 이야기해달라고 졸랐다. 나는 대충 상상력을 발휘해 답했다.

— 고1 때였나? 시험 날 지각을 해서 뛰어가는데 앞에 어떤 여학생이 뛰어가는 거예요. 저 사람보다는 일찍 가야겠다

는 생각에 전력 질주를 했는데 그 사람도 죽어라 달리더라고요? 앞서거니 뒤서거니 하면서 동시에 들어왔는데 1분 차로 지각을 면했어요. 고마운 마음에 이름이라도 물어보려고 저기요, 하고 불렀는데 뭔가가 그 사람의 몸에서 툭 떨어졌어요. 허리를 구부려 주웠는데 명찰에 '이지은'이라고 쓰여 있었어요.

—오오, 너무 부러워요. 그러니까 후배님은 지은 님과 인생의 한순간을 함께한 거네요. 그때 지은 선배의 표정은 어땠나요? 전력 질주를 해서 피곤해하거나 짜증 나 보이지는 않던가요?

— 그럴 리가요. 그때부터 벌써 톱스타의 기질이 다분했는걸요. 선배는 밝게 웃으며 고맙다고 했어요.

그 순간 정말로 그녀의 목소리가 들리는 것 같았다. 고, 마, 워.

그런 식의 장난이 반년 동안 지속되었다. 그가 내 말에 호응할수록 거짓말은 늘어갔다. 나는 갑자기 인스타그램을 중단했다. 게시물을 올리지 않고 그냥 방치해두었다. 더 이상 지어낼 말도 없었고 그에게 거짓말하는 것에 대해 죄책감을 느꼈다.

계절이 바뀐 어느 날 그가 서울에 온다는 디엠을 보냈을 때 나는 거짓말이 들통나기라도 한 것처럼 놀랐다. 그는 다음 주에 한국에 가는데 하루 동안 가이드를 해줄 수 없겠냐고 물었다. 귀찮다는 생각이 솟는 순간 그가 대가를 지불하겠다고 말했다. 그가 제시한 돈은 30만 원이었다. 회사를 그만두고 실업급여를 받으며 구직 활동 중이던 내가 뿌리치기엔 큰 유혹이었다.

며칠 동안 잠을 설칠 정도로 고민했지만 나는 아침에 일어나자마자 만반의 준비를 마치고 약속 시간보다 10분 일찍 이곳 지하철역에서 그를 기다렸다.

"이렇게 후배님을 뵙다니 꿈만 같네요."

나를 만나서 꿈만 같다니. 아이유를 만나면 기절이라도 하지 않을지 걱정이었다. 그가 수줍게 웃으며 말했다.

"저를 학교에 데려다주세요."

학교라면……? 고등학교를 말하는 것 같았다. 그는 내가 아이유와 같은 고등학교를 다녔다는 사실만으로 나를 친근하게 느끼는 것 같았지만 나는 아이유와 내가 관계가 있다는 생각을 해본 적이 없었다. 중학생 때 데뷔한 아이유가 학교에 출석한 날이 많지는 않았을 테니 같은 학교에 다녔다고 할 수 있을지도 의문이었다. 지은 선배와 나의 공통점이라면 집 안에 빨간딱지가 붙은 적이 있다는 것 정도였다.

나는 택시를 불러서 1년 동안 다녔던 고등학교로 그를 데려갔다. 택시 안에서 낯익은 거리를 멍하니 바라봤다. 학창 시절에 종종 그랬던 것처럼. 차에서 내린 우리는 앞뒤로 서서 오르막길을 올랐다. 그가 한 계단 아래에서 숨을 헐떡이며 말했다.

"이 계단을 매일 올랐단 말이죠? 다리 근육이 튼튼해졌겠어요."

졸업할 때는 무다리를 선물해준다는 전설의 오르막길이었다. 등교 시간이 지났는지 한 학생이 우리를 앞질러 뛰어갔다. 그가 학생의 뒷모습을 보며 말했다.

"교복이 예쁘네요."

정문을 지나서도 이어지는 오르막길을 오르던 그가 물었다.

"이쯤인가요? 지은 선배와 마주친 곳이?"

나는 어색하게 웃으며 고개를 끄덕였다. 그 순간 뒤돌아보며 웃는 아이유가 보이는 것 같았다. 내가 만들어낸 이야기와 실제가 뒤섞여 이젠 나도 조금 헷갈렸다.

그는 상기된 얼굴로 왼쪽에 펼쳐진 운동장을 바라보더니 사진을 한 장 찍었다. 오른쪽의 시계탑을 감탄하며 올려다본 다음 다시 왼쪽으로 몸을 틀어 농구대로 다가가더니 밑에서 올려다보며 웃었다. 그는 보물찾기라도 하는 어린아이처럼 이곳저곳을 돌아다니며 단 한 장면도 놓치지 않겠다는 듯이 카메라 셔터를 눌러댔다.

나는 어떻게 오셨느냐고 묻는 경비 아저씨에게 삼촌에게

모교를 구경시켜드리고 싶어서 함께 왔다고 둘러대며 금방 갈 거라고 말했다. 그는 경비 아저씨의 눈총에도 기죽지 않았다. 학교에 별다른 애정이 없는 나와는 달리 그는 모든 풍경을 눈에 담으려는 듯 눈을 빛내며 걸었다. 학생들이 수업 중인 건물 안으로 들어갈 순 없었으므로 우리는 건물 밖을 샅샅이 돌아봤다. 내가 그에게 몰래 체육관에 들어가보자고 했지만 그는 낯선 아저씨가 불쑥 들어가면 학생들이 놀랄 거라면서 거절했다.

운동장 한복판에서 그가 눈을 지그시 감은 채 양팔을 벌리고 숨을 길게 내쉰 뒤 말했다.

"이곳에서 공부를 하고 거닐었단 말이죠."

나도 그의 옆에서 주변을 돌아봤다. 학창 시절 외톨이였던 나는 홀로 교정을 거닌 적이 많았다. 아무 생각 없이 걷다 보면 운동장 한복판에 와 있곤 했다. 그때는 삭막해 보였던 운동장이 지금은 싱가포르 아저씨 덕분인지 좀 더 밝은색으로 보였다. 자퇴하던 날 이 근처에는 얼씬도 하지 않겠다고 다짐했었다. 열정도, 의욕도 없이 지루한 고교 시절을 보낸 내가 수년이 지나서 이름도 모르는 싱가포르 아저씨와 함께 고등학교 교정을 걷게 될 줄이야. 정말 한 치 앞도 모르는 것이 인생인 모양이다.

"부럽습니다. 그 시절의 아이유와 같은 시공간에 있었다는 것이요."

"그게 부러워할 만한 일인가요?"

"그럼요. 지금처럼 대스타가 되기 전에 그녀가 어떤 모습이었는지 나는 아무리 애를 써도 상상하기 힘드니까요."

나는 웃으며 속으로 생각했다. 팬이란 이런 것이구나. 자신의 최애가 대스타가 되기 전에 함께한 사람을 질투하는 존재. 돈으로 그 시간과 기억을 살 수 있다면 그는 기꺼이 고액의 돈을 지불할 것 같았다.

학교에서 지은 선배와 단 한 번도 마주치지 않은 건 아니었다. 이웃에 사는 선배의 졸업을 축하하기 위해 졸업식 날 학교에 갔었다. 웅성거리는 소리가 들리는 쪽으로 가보니 한 곳에 학생들이 모여 있었고 옆에 있던 학생이 저 안에 아이유가 있다고 알려줬다. 나는 지은 선배를 보려고 고개를 앞으로 내밀었지만 사람들 사이로 그녀의 머리 같은 것을 보았을 뿐 아무것도 보지 못했다. 어쨌든 같은 시공간에 잠시 머물렀던 건 사실이었다.

솔직히 말하자면 나는 아이유를 좋아하지도, 싫어하지도 않았다. 대한민국 사람이라면 온갖 광고에 등장하는 국민 여동생 아이유를 모르는 사람은 없을 것이고, 나도 옆집 아줌마가 좋아하는 만큼 아이유를 좋아했다. 나는 무언가에 깊이 빠진 적이 없었다. 무언가를 하고 싶다든가 어떤 사람이 되고 싶다는 생각조차 해본 적이 없었다. 한마디로 강렬한 열정에 휩쓸려본 경험이 전무했다. 그래서 눈앞의 남자가 신기했다. 국적이 다른 연예인의 흔적을 찾기 위해서 휴가를 내고 먼 나라까지 찾아온 아저씨가. 집착이 없는 관계라고는 할 수 없겠지만 스토커라고 할 수도 없을 것이다.

"이제 어디로 가죠?"

내 질문에 그가 핸드폰을 들여다보며 말했다.

"목포로 갑시다. 목포에 〈호텔 델루나〉 촬영지가 있어요."

〈호텔 델루나〉는 나도 재미있게 본 드라마였다. '목포'라는 말에 잠시 망설였지만 30만 원을 받으려면 어쩔 수 없었다. 핸드폰으로 검색해보니 가볼 만한 목포 관광지로 〈호텔 델루나〉 촬영지인 목포근대역사관을 소개하는 글이 여행 인플루언서의 블로그에 올라와 있었다.

잠시 고민했다. 오늘 처음 만난 외국인 아저씨와 목포 여행을 가도 되는 걸까. 인스타그램을 통해 반년 동안 대화를 나눴으니 전혀 모르는 사람은 아니었다. 그가 위험하게 느껴지지도 않았다. 하룻밤 자고 오는 것도 아니고 당일치기니까 괜찮을 거라고 생각했다. SRT를 타고 가자는 그에게 나는 내 차로 가자고 했다. 대신 SRT 요금을 나에게 달라고 했다. 오전 시간대 좌석이 남아 있을 리 없었고, SRT는 왕복 20만 원에 달하지만 기름값은 6만 원이면 충분했다. 그는 흔쾌히 그러자고 하더니 그 자리에서 지갑을 꺼내 현금으로 50만 원을 건넸다. 나는 그를 아파트 주차장으로 데려가 엄마의 흰색 모닝에 태웠다.

고속도로에 접어들자 그는 자신의 아이폰에 저장된 아이유의 노래를 틀더니 최근 개봉한 아이유 주연의 영화에 대해 길게 늘어놨다. 나는 그가 말을 멈추었을 때 왜 갑자기 한국에 오게 되었느냐고 물었다.

"몇 년 전에 아이유가 싱가포르에 왔는데 출장을 가느라 가보지 못했어요. 아이유가 우리나라에 왔는데 나는 다른 나라에 가야 하는 기막힌 일이 벌어진 거죠. 그 후로 올해는 반드시 한국에 가겠다고 벼르고 있었어요."

그가 차창 밖을 내다보며 말했다.

"아이유도 이 길을 통해 목포로 갔겠군요."

"목포에서 드라마를 찍었다니 그랬겠죠?"

"오래전에 장거리 운전을 했던 기억이 나네요. 네 시간 동안 차를 몰고 어린 시절 친구를 만나러 갔는데 그날 아이유의 노래를 처음 들었어요."

그가 처음 아이유를 알게 된 건 드라마가 아니라 노래를 통해서였다. 10년도 더 전의 일이었다. 나는 두 시간 동안 운전을 하면서 그가 금융업에 종사하고 있다는 것과 여동생, 어머니와 함께 살고 있다는 것을 알게 되었다. 그가 말하지 않아도 알 수 있었다. 아이유의 노래는 그에게 휴식처였을 것이다. 취업이나 실연과 같은 인생의 중요한 사건에 아이유의 노래가 배경음악이 되어주었을 것이다. 힘들 때 그녀의 노래를 들으면서 수월하게 고비를 넘길 수 있었을 것이다. 나는 늦은 밤까지 이어질 것 같은 그의 말을 끊으며 말했다.

"우리 휴게소에서 쉬었다 갈까요? 지은 선배가 목포로 가는 길에 이 휴게소에 들렀을지도 모르잖아요. 졸음도 쫓을 겸 커피를 마셔야겠어요."

그가 눈을 빛내며 고개를 끄덕였다. 그에겐 아이유가 머물렀던 곳이라면 모두 명소인 것 같았다.

그가 핫도그를 사러 간 사이 나는 벤치에 앉아 천천히 목을 돌렸다. 긴장한 탓에 목과 어깨가 뻐근했다. 엄마에게서 카카오톡 문자가 와 있었다.

— 아침부터 차 끌고 어딜 간다는 거야?

나는 목포라고는 말하지 않고 그냥 항구도시에 간다고 문자를 보냈다. 멀리서 그가 다가오는 것이 보였다. 나는 핸드폰을 주머니에 넣고 어깨를 주물렀다. 그가 핫도그와 아이스 아메리카노를 건네며 말했다.

"어깨 아프죠? 무조건 처음이 어려워요. 다음엔 능숙하게 할 수 있을 거예요."

"초보운전인 거 티 났어요?"

"조금요. 장거리 운전은 처음이죠?"

"두 시간 이상 운전한 건 처음이에요. 사실 오는 동안 조마조마했어요. 꽉 잡으셔야 할 거예요."

그가 핫도그를 베어 먹으며 답했다.

"죽더라도 오는 길에 죽었으면 좋겠네요. 아이유의 나라에 와서 아이유의 후배와 함께 아이유가 다녔던 고등학교에도 가봤고, 이제 드라마 촬영장을 돌아본다면 여한이 없겠습니다."

그러고 보니 호텔 델루나는 저승에 가기 전에 들르는 곳이었다. 산 자가 아닌 죽은 자를 손님으로 모시는 호텔. 아이유가 연기한 호텔 델루나 사장 장만월은 죽은 자들의 미련을 풀어주고 극진히 대접한다. 나는 귀신인지 사람인지 헷갈리는 만월이 사람에 가깝다고 생각했다. 만월에겐 감정이 남아 있기 때문이다. 남자 주인공 구찬성이 전 여친을 만났다는 말에 질투를 하는 만월은 삶에 대한 미련이 흘러넘쳤다. 그 드라마를 보면서 나는 이런 생각을 했다. 내가 호텔 델루나에서 장만월을 만난다면, 그러니까 내가 죽게 된다면 나는 내 삶에 어떤 미련을 갖고 있을까. 혹시 아무런 열정 없이 삶을 흘려보낸 것을 후회하진 않을까.

목포 시내로 들어서자 그는 창문을 열고 사진을 찍었다. 나는 고등학교 때 수업을 빼먹고 촬영장에 가서 진을 치던

빠순이 동창을 떠올리며 물었다.

"아예 촬영할 때 와보시지 그랬어요? 요즘은 어디서 촬영을 하는지 실시간으로 정보가 뜨잖아요. 촬영장에서 진을 치고 있으면 실물을 영접할 수 있을지도 몰라요."

"콘서트가 아니고서야 촬영 현장에 가는 건 자제하려고 해요."

"왜요?"

그는 잠시 말을 멈추었다가 말했다.

"자신이 없거든요. 이성을 잃을 것이 분명해요. 다가가서 악수를 강요한다든가 머리카락 한 가닥이라도 달라고 조른다거나요."

"설마요. 나이도 먹을 만큼 먹은 분이."

그가 싱긋 웃으며 말했다.

"최애 앞에선 나이도 소용없어요. 눈이 부셔서 아무것도 안 보이니까요."

그러고 보니 최애의 머리카락을 뽑으려고 시도하는 극성팬들이 있다는 이야기를 들은 적이 있었다. 사실 그는 어딘가 어린아이 같았다. 중년의 나이지만 핫도그를 먹을 때, 사진을 찍을 때 눈빛과 몸짓에 장난기가 가득했다. 그가 진지한 표정을 지으며 말했다.

"거리를 두고 싶어요. 그래야 사고가 안 나거든요. 최애를 위해서는 적정 거리를 확보해야 해요. 목포 여행으로 충분합니다. 그곳에 아이유는 없어도 그녀의 흔적은 남아 있을 테니까요."

나는 그 순간 속도를 줄이며 앞차와의 거리를 벌렸다.

그가 아이폰에서 흘러나오는 〈좋은 날〉을 허밍으로 따라 불렀다. 노래 가사처럼 완벽한 날씨였다. 나는 차창을 내리며 물었다.

"결혼은 하셨어요?"

갑작스러운 질문이었는지 그가 콧노래를 멈추며 말했다.

"아니요. 연애도 몇 번 못해봤어요. 마지막 연애가 언제였는지 기억도 안 나네요. 마지막에 만난 사람이 저는 결혼해서는 안 될 사람이라고 하더군요."

안타깝게도 그는 현실 연애에서는 거리 두기에 실패한 모양이었다. 사실 그는 겉으로 보기에 아이를 두셋 둔 아빠처럼 보였다. 독신의 중년 남성보다는 넉넉하고 포근한 아버지 역할이 더 잘 어울렸다.

"혼자 사는 것에 익숙해져서 이제 결혼 생각은 없습니다. 덕질만으로도 벅차요."

쳇, 아이유하고 사귀는 것도 아니면서. 내 마음을 읽었는지 그가 덧붙여 말했다.

"남들은 비웃을지 모르지만 나는 나와 최애의 관계가 남녀 간의 사랑보다 사소하거나 가볍다고 생각하지 않아요."

목포는 서울과 달리 높은 건물이 많지 않았다. 무더운 날씨 때문인지 거리에 사람도 많이 보이지 않았다. 연인으로 보이는 남녀가 부채질을 하면서 차 옆을 스쳐 지나갔다. 주차를 하고 차에서 내리자 그가 식사를 하고 들어가자고 했다. 시간을 확인하니 점심시간이 한참 지난 상태였다. 능소화가 흐드러지게 핀 주택을 지나자 작은 식당이 나왔고, 우리는 약속이라도 한 듯 안으로 들어갔다.

뚝배기에 담긴 돼지국밥을 한술 뜨던 나는 고기를 간신히 목구멍으로 삼켰다. 국밥에 들어간 고기에서 비린내가 났고 조미료로 범벅된 반찬은 맛이 없었다. 맛의 도시라는 목포에서 이렇게 얻어걸리기도 쉽지 않을 텐데. 맛집 검색을 해보고 들어왔어야 했다고 후회했지만 그는 엄지를 치켜세우며 맛있다고 말했다.

"그런데 어떻게 그렇게 한국어를 잘하세요?"

억양이 조금 어색할 뿐 그의 한국어는 흠잡을 데가 없었다. 그가 김치를 입에 넣으며 답했다.

"좋아한 지 10년이 넘었으니까요."

그는 아이유 팬클럽에 가입하고 10년이 넘도록 하루도 빠짐없이 한국어로 아이유를 검색하면서 그녀의 활동을 추적해왔다면서 한국어는 그 과정에서 자연스럽게 배웠다고 했다.

"대체 아이유의 어디가 그렇게 좋아요?"

"글쎄요, 어려운 질문이네요. 좋지 않은 것이 없으니까요. 단점도 장점도 다 매력이거든요. 굳이 하나 꼽자면 작품마다 얼굴이 다 달라 보이는 것? 다양하게 변신할 수 있는 얼굴과 눈빛이겠죠."

식당에서 나온 그는 부른 배를 두드리며 여유 있게 걸었다. 드디어 장엄한 적색 건물이 눈앞에 등장했다. 역사관을 향해 길게 난 계단을 올려다보던 아저씨가 손가락으로 건물을 가리키며 말했다.

"호텔 델루나예요!"

드라마에서 봤던 건물이 위용을 뽐내며 눈앞에 서 있었다. 나는 신이 나서 계단을 두 칸씩 오르는 그를 따라 위로 올라갔다. 역사관 앞에서 숨을 고르던 그는 내게 아이폰을 건네며 건물이 나오게 사진을 찍어달라고 했다.

역사관 안으로 들어서며 나도 모르게 긴장했다. 붉은 립스틱을 바른 장만월이 "어서 오세요. 델루나에 오신 걸 환영합니다" 하며 맞아줄 것 같았지만 목포의 역사가 전시된 역사관 내부는 경건한 분위기였다. 목포에 대해 내가 아는 것이라고는 어느 노래의 가사처럼 항구도시라는 것뿐이었다. 역사관에는 일제에 수탈당한 목포의 슬픈 역사가 전시되어 있었다. 목포는 개항 이후 항구도시로 발달하면서 다양한 노동자 계층이 형성된 도시였다. 일제 치하 노동자의 현실은 열악했으므로 노동자의 처우 개선을 위한 노동운동이 활발히 일어났다. 목포는 노동운동의 성지이자 항일민족운동의 성지였다. 내가 목포의 역사를 곱씹으며 역사관을 돌아보는 동안 아저씨는 옆에서 아이유의 역사를 읊었다.

"아이유는 오디션에 여러 번 떨어졌지만 어린 나이인 열다섯 살에 데뷔했어요. 데뷔 무대에서는 큰 관심을 끌지 못했지만 현재 최정상의 자리에 오른 것은 결코 우연이 아닙니다. 그녀가 오랫동안 노력해 얻어낸 결과물이라고 할 수 있죠. 그녀가 처음으로 주연으로 발탁된 드라마는……."

그녀가 출연한 드라마 줄거리까지 줄줄 외는 아저씨 덕분에 목포근대역사관이 아니라 아이유 역사관을 돌아본 기분이었다.

역사관 안에 마련된 포토존을 발견했을 때는 허탈했다. 〈호텔 델루나〉 포스터를 그려놓은, 파란색으로 배경을 칠한 자그마한 공간에는 둥근 의자가 두 개 놓여 있었다. 그곳에서 그는 내게 함께 사진을 찍자고 했다. 포토존 앞에 삼각대를 세운 그가 잽싸게 자리로 돌아와 양손을 정수리에 얹어 하트 모양을 만들었고 나는 천년 묵은 괴팍하고 사치스러운 귀신, 호텔 델루나의 사장 장만월처럼 도도한 표정으로 카메라를 응시했다.

다시 차에 올라 어디를 갈까 고민하는 그에게 내가 말했다.

"케이블카 타러 가요. 목포 해상 케이블카가 유명하대요."

북항에서 고하도를 왕복하는 케이블카는 두 종류가 있었다. 발밑이 투명한 유리로 되어 있는 백색 케이블카와 발밑이 막힌 빨간색 케이블카. 내가 매표소 직원에게 5천 원 저렴한 빨간색 케이블카를 달라고 하자 그가 직원에게 카드를 내밀며 백색으로 달라고 정정했다. 그는 웃으며 말했다.

"더 좋은 걸로 해요. 목포 케이블카를 탈 수 있는 기회가 언제 또 올지 모르니까요."

케이블카 안에서 그는 말이 없었다. 입을 헤벌린 채로 밑을 내려다볼 뿐이었다. 유달산과 목포 시가지, 다도해가 우리의 운동화 밑으로 펼쳐졌다. 바다 위를 지날 때는 그의 입에서 감탄사가 흘러나왔다. 사방에서 물과 바람 소리가 들려왔고 발밑으로 보이는 윤슬은 팔색조 매력을 지닌 아이유의 다양한 눈빛과 표정처럼 시시각각 빛났다. 그는 오랜 시간 사랑해온 자신의 최애를 마주한 것처럼 경이로움을 담은 눈빛과 신사다운 태도로 자연경관을 감상했다.

목포 여행의 마지막 코스는 포장마차 거리였다. 인터넷으로 검색해보니 목포항에 컨테이너 부스를 활용한 포장마차 거리가 형성되어 있었다. 이번엔 제대로 찾아온 것 같았다. 초저녁인데도 테이블이 절반 가까이 채워져 있었다. 포장마

차 입구에 서 있는 남자아이가 눈에 들어왔다. 서너 살로 보이는 아이는 비눗방울을 입에서 뿜어내고 있었고, 아이 엄마로 보이는 여자는 누군가와 통화를 하고 있었다. 여자는 우는 것을 아이에게 들키지 않으려는 듯 아이를 등지고 바다를 향해 서 있었다.

나는 포차 안으로 들어서자마자 말했다.

"이번엔 제가 살 테니 마음껏 드세요."

그가 고개를 저으며 말했다.

"최애의 후배에게 술값을 내라고 할 순 없죠."

목포항 바다와 유달산이 바라다보이는 포차에서 마주 앉은 우리는 입을 벌린 채로 육회와 산낙지를 섞은 육회산낙지 탕탕이를 내려다봤다. 아저씨가 소주잔을 엎으며 말했다.

"운전을 해야 하는 후배님을 두고 혼자 마실 순 없어요."

그는 점원을 불러 사이다를 한 병 시켰다. 그리고 숟가락으로 능숙하게 병을 딴 다음 내 앞에 놓인 맥주잔에 따르며 말했다.

"멋진 여행이었어요. 평생 잊지 못할."

그에게는 아이유의 콘서트에 온 것만큼이나 오늘이 특별한 날인 모양이었다. 그가 꿈틀거리는 산낙지를 젓가락으로 집어 입에 넣으며 말했다.

"후배님도 언제 싱가포르에 올 일 있으면 연락하세요. 제가 가이드할게요. 여동생 방에 하룻밤 재워드릴 수도 있습니다."

최애의 후배는 언제든 환영이니 놀러 오라는 말로 들렸다.

"안 그래도 요즘 뒤숭숭한데 싱가포르 여행이나 갈까요?"

그가 조심스럽게 물었다.

"무슨 고민 있어요?"

"사실은 대학 졸업하고 회사를 몇 년 다니다가 권고사직을 당했어요. 상사가 회사에 나오는 제 표정이 도살장에 끌려 나오는 소 같다면서 이 일이 맞지 않는 것 같은데 그만두는 게 어떻겠냐고 하더라고요. 그 말을 들었을 땐 절망스러웠는데 막상 회사를 그만두고 나니 어찌나 홀가분했는지 몰라요. 구직활동을 하는 동안 마음이 편했어요. 재취업에 성공하지도 못했지만 다시 회사에 다녀야 한다고 생각하면 괴로워요. 이왕 이렇게 된 거 정말 하고 싶은 게 뭔지 생각해보려고 해요. 대학 때처럼 닥치는 대로 아르바이트를 하면서 지낼 생각이에요. 편의점 알바라든가 웨딩홀 예식 도우미라든가……."

"좋은 생각이에요. 누구나 그런 시간이 필요하죠. 다시 날아오르기 전에 잠시 숨을 고르는 시간이요."

그가 탁자를 살짝 내리치며 말했다.

"아참, 아이유가 시상식 도우미 역할을 한 적이 있어요."

"지은 선배가요?"

“〈리얼〉이라는 영화에 카메오로 출연했어요. 그 장면을 백 번은 돌려봤죠.”

“멋진 장면이었어요?”

“아니요. 대사 한마디 없이 병풍처럼 서 있었지만 이상하게 그 장면이 좋더라고요. 아이유의 오디션 영상도 자주 돌려봐요. 떨어진 오디션 영상이요. 그 두 가지가 내가 가장 많이 찾아보는 영상이에요.”

나는 여전히 포차 앞에서 비눗방울을 내뿜는 아이를 바라보며 물었다.

“덕질을 하는 동안 안 좋은 일은 없었어요?”

그가 생각났다는 듯이 자신의 이마를 두드리며 말했다.

“사기를 당한 적이 있어요. 아이유를 막 좋아하기 시작했을 때였는데 인터넷 카페에서 알게 된 사람이 자신이 한국인이라면서 돈을 주면 아이유가 출연한 드라마, 예능 프로를 모두 구운 시디를 보내주겠다고 했어요. 자신이 번역해서 자막도 깔았다면서요. 즉시 돈을 입금했는데 아무리 기다려도 우편물이 오지 않더라고요.”

“왜 의심하지 않았어요?”

그가 웃으며 답했다.

“아이유를 좋아하는 사람이 그런 짓을 할 거라고 생각하지 않았거든요. 물론 그는 아이유의 팬이 아니었겠지만요.”

좋아하는 마음을 이용하는 사람들이 있다니. 누군가를 미치도록 좋아하는 상태는 위험한 상태인지도 모른다. 하지만 그런 일쯤은 그에게 상처가 되지 않는 것 같았다. 그에겐 덕질이 삶의 이유이고 구원일 테니까.

나는 공중에 떠다니는 비눗방울을 보면서 장만월에게 구찬성이 그렇듯 아저씨는 아이유를 소멸되지 않게 지키는 존재가 아닐까 생각했다. 스타는 팬들의 사랑을 연료 삼아 살아가므로 팬이 단 한 명도 없으면 소멸할 수밖에 없을 테니까.

비눗방울 사이로 희미한 얼굴이 떠올랐다가 사라졌다. 내 기억에는 없지만 나는 두 살 때 목포에 온 적이 있다. 엄마는 아빠와 결혼하기 전에 나를 가졌다. 동거를 3년째 하던 해에 입덧이 시작되었다. 배가 불러오기 시작했고 예정일을 일주일 앞둔 날 아침에 출근한 아빠가 집으로 돌아오지 않았다. 혹시나 하는 마음에 회사에 전화해보니 사장은 아빠가 회사를 그만둔 지 며칠 되었다고 했다. 엄마는 홀로 나를 낳은 뒤 아빠 친구를 찾아가 아빠의 고향 집 주소를 알아낸 다음 나를 데리고 목포에 갔다. 엄마는 할머니, 할아버지에게 아이가 크면 학교에 가야 하는데 혼인신고를 하고 출생신고도 해야 학교에 보낼 수 있다면서 아빠가 어디에 있는지 알려달라고 했다. 그들은 나를 곁눈질하며 자신들도 아들과 연락이 잘 안 된다고 했다. 이것이 엄마에게 아빠에 대해 전해 들은 전부였다.

엄마에게 왜 결혼도 하기 전에 동거를 하고 아기를 가졌느냐고 따져 물은 적이 있다. 엄마는 웃으며 답했다.

"너무 좋아서 어쩔 수 없었어. 이것저것 재고 셈할 생각조차 하지 못했어."

그날의 기억 때문인지 나는 목포를 막연히 이별의 도시라고 생각해왔다. 이별과 배신의 항구도시. 하지만 오늘 목포는 사랑의 도시였다. 건너편에 앉은 사람이 그것을 증명하고 있었다. 그는 상대가 자신의 존재를 몰라도 상관없이, 아무것도 바라지 않고 퍼주는 사랑을 하고 있었다. 두려움도 없이.

나는 그의 잔에 사이다를 따르며 말했다.

"믿을지 모르지만 전 한 번도 없었어요. 그런 마음 자체가 든 적이요. 누군가를 미치게 좋아한다거나 무언가를 미치도록 하고 싶다거나."

"언젠가는 생기지 않을까요? 그러면 물불 안 가리고 달려갈 거예요."

"그럴까요?"

그가 얼굴에 장난기 가득한 미소를 띠며 답했다.

"그럼요. 이제 장거리 운전도 잘하잖아요." ■

작품 해설

빛진 자들의 세계 • 허희(문학평론가)

1. 수치와 동요의 고백록

2023년 1학기, 인원이 그리 많지 않던 대학 강의 종강일. 수업 종료 시간이 점심 즈음이라 수강생에게 다음과 같은 요지의 제안을 했다. 수업 뒤풀이를 거하게 하기는 여의치 않으니 학교 식당에서 점심을 같이 하면 어떨까. 결코 강요는 아니다. 성적 처리를 하는 데 식사 참석 여부가 어떠한 영향도 끼치지 않음을 약속한다. 비용은 선생인 내가 낼 테니 여러분은 부담 없이 오면 된다. 의향이 있다면 지금부터 15분 뒤인 낮 12시 학교 식당 앞에서 만나자. 이후 그곳으로 발걸음을 한 학생은, 단 한 명이었다. 선약이 있어서, 간헐적 단식을 하느라 점심은 먹지 않아서, 선생과의 식사 자리 자체가 불편해서, 하고많은 밥집 중 학교 식당을 고른 선생의 안목이 마음에 들지 않아서, 선생의 보잘것없는 지갑 사정을 지켜주고 싶어서 등 불참의 이유는 많았으리라. 혼자 온 수강생에게 물었다. 단둘이 점심을 먹어야 하는데 괜찮겠냐고. 그러자 학생이 진지하게 답했다. "저는 선생님이 점심 사주신다고 해서 왔습니다. 밥을 제대로 먹지 못할 때가 많으니까요. 가난해서."

태연한 척하려 했지만 적잖은 충격을 받았다. 수강생 대다수의 불참이 실망스러워서도, 유일하게 참석한 학생의 솔직한 화법이 낯설어서도 아니다. 그 순간 나는 자기 자신에 대한 부끄러움을 느꼈다. 빈곤으로 끼니를 제대로 해결하지 못하는 사람이 세상에 전혀 없으리라고는 생각하지 않았다. 그러나 나의 주변에, 나와 어떤 식으로든 연결된 이가 그러한 상황에 처해 있으리라고는 예상치 못했다. 비정규직 강사인 나는 나이로야 기성세대일망정, 권력의 영역에서 기득권에 속한다고는 여겨본 적 없었는데 그때 처음으로 어떤 면에서는 그렇지 않을 수 있음을 알았다. 이와 유사한 강도의 쇼크를 김의경 소설에서 받는다. 2020년부터 2023년까지 코로나 팬데믹 기간 발표된 여덟 편의 작품은 나에게 이렇게 말하는 것 같다. 당신의 좁디좁은 세계를 현실의 전부라고 간주하지 마라. 당신 스스로 가진 것이 없다고 함부로 말하지 마라. 얼마나 많은 혜택을 누리고 사는지 당신만 모를 뿐이다.

이러한 점에서 이 글은 작품 해설이라기보다, 김의경 소설이 나를 뒤흔든 경험을 기록한 고백록이라고 규정하는 편이 옳을 듯하다. 단도직입하건대 그녀의 작품은 문학평론가의 설명을 딱히 필요로 하지 않는다. 보다시피 김의경이 그려내는 서사는 분명하고, 꼬아놓은 플롯도 없어서 독해하는데 큰 어려움이 없다. 대신 그녀의 작품은 동시대 독자의 무수한 응답과 논의를 필요로 한다. 김의경 소설은 비주류의 면면을 통하여 오늘날 세상의 단면—우리가 정말로 모르거나, 알면서 모른 척하는 실재를 적시하는 까닭이다. 그럴 때 읽는 사람이 경계해야 할 태도는 그녀의 작품이 구현한 사건과 마주하여 상대적 우월감에 젖는 일이다. 거기에 휘말린 당사자가 내가 아니어서 다행이다. 이와 같은 은밀한 안도의 독후감은 김의경 소설에 가장 잘못된 방식으로 접근한 예다.

2. 생존이냐 삶이냐

먹고사는 일의 고단함이 이번 소설집의 문제의식 가운데 하나다. 이는 등단작《청춘파산》(2014)부터 일관되게 이어져 왔다. 엄마의 사업 실패로 인해, 이십대에 신용불량자로 전락해 사채업자에게 쫓겨 다니며 아르바이트를 전전할 수밖에 없던 딸의 이야기는 실상 김의경 본인의 체험담이었다. 그리하여 그녀는 먹고사는 일, 곧 인간으로서의 생존이 시민으로서의 삶을 어떻게 갉아먹는지를 어떤 작가보다 핍진하게 보여준다. 예컨대 《청춘파산》의 다음과 같은 구절이 그렇다. "친구들이 생애 첫 대통령 선거투표라고 호들갑을 떨며 투표한 2002년에 나는 혹시라도 부재자 신고를 하면 사채업자들이 나를 찾아낼까봐 투표할 엄두를 못 냈고, 2007년에는 사채업자로부터 아무런 보호도 해주지 못하는 국가의 국민으로서 투표하고 싶은 생각이 들지 않았다." 민주주의 국가의 투표는 국민의 당연한 권리라는 슬로건이 무색하게 '나'의 시민권은 박탈되어 있다. 한국에서 경제적 지위를 잃으면, 다시 말해 빈민층으로 굴러떨어져버리면 그는 어떤 보호막도 작동하지 않는 '벌거벗은 인간'이 되고 만다.

그러기에 김의경 소설에서 먹고사는 일의 고단함은 시지프스의 형벌 같은 "밥벌이의 지겨움"(김훈)이나, 트렌디하고 산뜻한 "일의 기쁨과 슬픔"(장류진)과는 상이한 스펙트럼을 형성한다. 두 번째 장편소설 《콜센터》(2018)와 첫 번째 소설집 《쇼룸》(2018)도 마찬가지다. 그녀는 작품에서 화이트칼라 직종이 아닌 블루칼라, 그중에서도 (단기)아르바이트생을 주로 초점화한다. 이 소설집에서는 〈시디팩토리〉가 대표적이다. 다혜(나)는 겉으로 보기에는 자발적 단기알바생 같다. 왜 단기알바를 하느냐는 하령의 물음에 그녀는 "그냥 일하기 싫어서요. 사실은 정규직으로 다니는 거 피곤해서 못해요. 집에 있다가 컨디션 좋아지면 일하러 나오고 일하기 싫으면 며칠간 누워 있고"라고 답한다. 자유로운 노동을 갈망하는 프리터족 같은 발언이다. 속내를 들여다보면 그렇지 않다. 몇 년 동안 시도한 정규직 취업의 실패가 다혜를 "무기력증 직전의 상황"으로 몰고 갔다.

스튜어디스 시험을 8년째 준비 중인 하령도 비슷한 처지다. 공무원 임용 시험에 거푸 떨어진 그녀의 고등학교 친구는 몇 달 전 자살했는데, 절망한 하령 또한 결국 같은 선택을 한다. 기묘한 점은 "시디 속으로 들어가 숨어버리고 싶다"던 그녀의 소망이 결말에서 다혜에게 실현된다는 데 있다. 리얼리스트인 김의경의 평소 갈등 해결 방식과는 사뭇 다른 환상적 엔딩이다. 그렇지만 이를 뒤집어보면 극적인 탈출(혹은 또 다른 구속)은 현존재를 변이하거나 포기하지 않고는 새로운 국면을 맞을 수 없다는 근원적인 좌절감이 녹아 있다. 〈순간접착제〉도 동일한 맥락에서 읽힌다. 삼각김밥 공장에서 아르바이트하는 "가난한 대학생"인 '나'와 예은을 보라. 휴식시간 예은은 웃음기 없이 중얼거린다. "쌀 한 톨이 돼서 밥으로 태어나고 싶어. (……) 뭔가 쓸모 있는 사람이 되고 싶어." 이 작품에서 그녀가 진짜 쌀로 변하지는 않지만, 독자는 역으로 유추할 수 있다. 예은이 자신을 무용한 존재로 받아들이고 있고, 이것이 김의경 소설 속 대다수 등장인물이 공유하는 패배감이며, 〈시디팩토리〉에서 시디-음악이 된 다혜는 "뭔가 쓸모 있는 사람이 되고 싶"다는 소망의 역설적 가능태라는 것.

"최소한만 일을 시켜서 임시로 지탱"하는 순간접착제 같은 도구로 부림당하는 것은 청년 세대만의 문제는 아니다. 이 소설의 70세 할머니 소순, 〈호캉스〉의 41세 동갑내기 '나'와 혜수도 그러하다. 이들은 〈시디팩토리〉와 〈순간접착제〉의 젊은이가 앞으로 도달하게 될 유력한 미래상이다. 세월이 흘러감에 따라 그들은 향상하는 삶이 아니라 겨우 현 상태를 유지하거나, 후퇴할 것이 빤히 예상되는 경로로 내몰린다. 게으름 등 자기귀책 사유라면 변명의 여지가 없다고 할지도 모른다. 그런데 어떤가. 소순은 교통사고로 전신 마비가 된 딸을 돌보느라, 혜수는 낙상사고를 당한 아버지를 뒷바라지하느라 자신의 시간과 꿈을 원치 않는 일에 저당 잡혔다. 주목해야 할 점은 이들이 동정받아 마땅한, 달리 표현하면 평면적 캐릭터가 아니라는 데 있다. 이를테면 소순은 짊어진 고난과는 별개로, 에어 샤워기 안에서 덩실덩실 어깨춤을 출 정도로 흥이 넘치고, 능숙하게 작업을 잘하는 만능 일꾼이며, 그러면서도 신입 알바생이 들어올 때마다 자기 일자리를 빼앗길까 경계하고, 예은의 손에 붙은 순간접작체를 기지를 발휘해 떼어주는 인물이다.

이처럼 김의경의 작가적 역량은 캐릭터에 내재한 입체성을 놓치지 않음으로써 입증된다. 감당하기 힘든 시련을 겪음에도 불구하고 그를 피상적인 연민의 대상으로 재현하지 않기. 그것이 그녀가 실천하는 소설의 윤리다. 이는 〈두리안의 맛〉에서 SNS로 윤지의 신경을 건드리는 '스파이더맨'에게도 적용된다. 윤지가 올린 여행 게시물에 스파이더맨은 "하루 종일 개같이 일해도 알바에서 벗어나기 힘든데 윤지님은 여행을 가시는군요. 저는 대리 만족하겠습니다", "세상에는 님처럼 운 좋은 사람보다는 하루하루 힘들게 살아가는 사람이 더 많답니다", "여행지에서 사고 조심하세요. 저는 어제 죽을 뻔했어요. 일하다가 하마터면 지게차에 치일 뻔했답니다. 윤지님은 운 좋은 사람이니까 불행도 피해가겠지만요" 등 이죽거리는 댓글을 남긴다. 그녀에게 스파이더맨은 영웅은커녕 열등감에 절어 막무가내로 시비 거는 빌런이나 다름없다. 하지만 이 소설은 안전이 보장되지 않는 일터에서 노동자로 근무할 수밖에 없는 그의 사연을 지우지 않는다.

나는 지옥에서 허우적대는데, 어째서 당신은 천국에서 웃는가. 이러한 상대적 박탈감을 윤지에게 쏟아내는 스파이더맨의 행태는 온당하지 않다. 하나 그로 인해 그녀는 깨닫는

다. 내가 속한 예쁘고 환한 작위적인 세계 말고, 위험하고 고된 리얼한 당신의 세계가 확실하게 존재하고 있음을. 그래서 윤지는 "너무 부정적으로 생각하는 거 아닐까요? 님도 꿈꾸세요. 님도 갈 수 있다는 꿈을 꾸셔도 될 텐데요. 이런 댓글을 달 시간에 자기 자신에게 몰두하는 게 낫지 않을까요?"라는 상투적인 자기계발서의 대응을 철회하고, "공짜여행 별로였어요"라는 "첫 진심"을 내보일 수 있었다. 〈주인집 딸〉에서 임대인 딸과 임차인 '나'의 관계 변화도 이와 흡사한 경로를 따른다. 계약 기간이 남았음에도 전셋집을 비워줄 수 있느냐는 요구에 '나'는 임대인 딸이 속칭 갑질을 한다고 생각한다. 그렇지만 임대인 딸도 형편이 여의치 않고, 무엇보다 암 투병 중인 엄마를 곁에서 돌보기 위해 무리한 부탁을 한 것임을 알게 되자 '나'의 마음은 한층 더 복잡해진다.

그녀의 심경을 남편은 이해하지 못한다. 그는 (우리에게 유리한) 원칙대로 처리하라고 조언하면서, 임대인 딸과 아내가 여자라서 쓸데없는 감상주의에 빠져 있다고 일침을 놓는다. 이에 '나'는 속으로 대꾸한다. "나는 살면서 감정적인 남자를 많이 봤다. 분노 조절을 못해서 행패를 부리거나 여자를 때리는 남자들. 그런 남자들이 이성적이란 말인가. 설사 여자들이 감정적이라고 해도 그게 왜 나쁜 것인지 알 수 없었다. 세상 모든 사람이 이성적이기만 하면 세상이 더 살기 좋아질까. 아줌마 딸이 이성적이기만 해서 아줌마 아들처럼 어머니의 병에 대해 아무런 책임감을 못 느끼면 아줌마가 너무 불쌍하지 않은가. 주인집 딸이 감상적이고 감정적이라고 생각할 수도 있겠지만 공감능력이 뛰어나고 상상력이 풍부하다고 할 수도 있지 않을까. 머리를 식히러 집 밖으로 나갔다가 담배 냄새가 나는 곳을 올려다봤다. 주인아저씨가 2층 방에서 몸을 내밀어 담배를 피우고 있었다. 암이 폐로 전이된 아내가 있는 집에서 담배를 피우다니. 나도 모르게 남자는 원래 공감 능력이 떨어지는 게 아닐까 생각했다."

아집에 사로잡힌 건 당신이다! 속으로만 대꾸하지 말고 면전에서 남편이 좋아하는 논리로 찍소리 못하게 들이받았다면, 나 같은 독자는 훨씬 흡족했으리라. 그러한 아쉬움과는 별개로 이 대목에서 김의경 소설에서 간과되어서는 안 될 중요한 요소를 발견할 수 있다. 그것은 그녀가 쓰는 작품에 페미니즘의 기율이 서려 있다는 사실이다. 전투적 페미니즘의 프레임은 아닐지언정, 여성 캐릭터를 주인공으로 내세운 김의경 소설에는 여성을 향한 남성의 무시와 무지(〈주인집 딸〉), 여성을 대상으로 한 남성의 성폭력(〈두리안의 맛〉, 〈유라TV〉)이 표면화된다. 특히 〈유라TV〉에서 효나의 잇따른 자살 시도는 성착취 영상을 찍어 인터넷에 유포한 전 남자친구의 범죄가 직접적 원인이다. 불법 촬영물을 아무렇지도 않게 유통시키고 소비하는 익명의 (남성)집단 역시 공범이라고 할 수 있다. 김의경 소설은 미소지니(misogyny)를 공기처럼 휘감은 한국에서 여성으로 살기가 이토록 버겁다는 것을 극명하게 보여주고, 편향적으로 구조화된 젠더 의식을 바꿔야 한다고 독자로 하여금 자각하게 만든다.

그러는 한편 그녀는 남성을 악으로, 여성을 선으로 단순화하는 오류를 범하지 않는다. 〈호캉스〉에서 혜수를 좋아한 민준은 미소지니와 무관한 순정남에 가깝고, 〈나비〉의 여고생 무리는 지적 장애인 지혜를 성노예로 부려 돈을 갈취하는 악당이다. "나비의 가랑이 사이로 쏟아지는 피를 보며 눈을 꾹 감았다. 나비의 날개가 바스러지는 소리가 고막을 파고들었다. 금방이라도 고막을 찢어버릴 것처럼 크고 날카로운 소리를 내면서"와 같은 결말이 예증하듯이 〈나비〉는 이 소설집에서 제일 참혹하게 느껴지는 작품이다. 그것은 성매매 강요와 강제 낙태라는 끔찍한 행각이 전면화되는 탓만은 아니다. 선의를 가장하여 자기 편의를 위한 사물로 타인의 존엄성을 소모시키는 현 세태의 비정한 속성을, 있는 그대로 형상화하기 때문이라고 하는 편이 맞을 것이다. 〈유라TV〉에서 먹방 유튜버로 활동하는 유지의 상황도 다르지 않다. 그녀는 대중 앞에 기이한 구경거리가 되기를 자처하여, 괴로움을 참고 "혼신을 다해 연기"하면서 자신의 존엄성과 수익을 맞바꾸고 있다. 이것이 김의경 소설이 포착한 2020년대 한국에서 작동하는 자본의 메커니즘-교환양식의 실체다.

그러나 그녀의 작품은 비관적 허무주의에만 사로잡혀 있지 않다. 소설의 형식상으로는, 캐릭터들이 대부분 짝패 구성을 취하면서 고통을 상호 분담하는 것과 연관된다. 그렇게 하여 홀로 감당하기 어려운 아픔이 그나마 견딜 만해진다. 소설집의 순서상으로는, 밝은 분위기의 〈최애의 후배〉가 마지막에 놓인다는 점과 결부된다. 소설집을 여는 작품으로서 〈순간접착제〉가 제기한 먹고사는 일의 고단함에 관한 질문을, 소설집을 닫는 작품으로서 〈최애의 후배〉에 제시된 사랑의 깨달음으로 받는 것은 희망적 기류를 형성하기 때문이다. "상대가 자신의 존재를 몰라도 상관없이, 아무것도 바라지 않고 퍼주는 사랑"이 최애 연예인 '덕질'에만 해당하지는 않으리라. "너무 좋아서 어쩔 수 없었어. 이것저것 재고 셈할 생각조차 하지 못했어"라는 엄마의 달뜬 답변이 그러하다. 먹고사는 일에 매몰되면 생존이야 근근이 해나가겠지만 온전하고 고유한 삶을 살기는 어렵다. 생존에서 삶으로의 전환은 "누군가를 미치게 좋아한다거나 무언가를 미치도록 하고 싶다거나" 하는 마음에 기초한다. 이것을 나는 김의경 소설에서 배웠다.

3. 채무자의 세상살이

소설집의 캐릭터들은 자본주의적 생존의 장 안에 얽매여 있다. 그들은 경제적 곤란에만 맞닥뜨리는 것이 아니라, 자본 이데올로기하에서 규율된다. 작금의 자본주의는 이익을 창출하고 소비하는 것을 넘어, 생존의 다양한 유형에서 인간을 '채권자-채무자 관계'로 변모시켜 무형의 빚을 거듭 짊어지게 한다. 이러한 관점에서 김의경 소설에 가까이 다가설 수 있는 개념 중 하나를 이탈리아 철학자 마우리치오 라자라토가 제안한다. 그에 따르면 "채권자-채무자 관계 자체가 현대 자본주의의 가장 중요하고도 보편적인 권력관계다. 대출 혹은 부채와 그에 따른 채권자-채무자 관계는 주체를 특수한 방식으로 생산·통제하는 특수한 힘 관계를 구성한다. 채권자-채무자 관계는 자본-노동의 관계, 복지 시스템-수혜자의 관계, 기업-소비자의 관계와 겹쳐지면서, 수혜자·노동자·소비자를 '채무자'로 만들어버린다"(마우리치오 라자라토, 양진성 옮김, 《부채인간》, 메디치미디어, 2012, 57쪽) 그 안에서 김의경 소설의 인물들-우리는 능동적 주체성을 상실할 위험이 크다.

자본과 노동, 소비와 부채의 고리로 연결된 세계에서 개개인은 채권자가 요구하는 틀 속에 자기 자신의 정체성을 부단히 재구성해야 하는 숙명을 지닌다. 그 과정에서 존재의

무력함을 절감한다. 청년부터 노년 세대에 이르기까지 그녀의 작품 속 인물들은 (일시적) 노동을 통해 채무를 갚으려 애쓴다. 하지만 빚을 지속적으로 질 수밖에 없는 악순환의 굴레에서 벗어나기는 힘들다. 실업과 곤궁 등의 외적 조건만이 원인은 아니다. 김의경 소설은 그것이 현대 자본주의 사회에서 채무자 주체가 형성되는 방식 자체에 깃든 모순임을 명징하게 드러낸다. 낙관은 아득히 멀리 있다. 그렇다고 작품 속 인물들이 비통에 빠져 있기만 한 것은 아니다. 이들은 채무자로서 본인의 존재성을 위협받으면서도 '약한 연결'의 관계망을 단단하게 구축하려고 한다. 상처를 내보이고, 지지와 위로를 주고받으며, 끊임없이 서로를 보듬고 일으켜 세운다는 말이다.

그러한 생활 속 교류는 자본주의의 해독을 피할 수 있는 몇 안 되는 가능성이자, 그들이 원하는 삶으로 나아갈 수 있는 길을 닦는다. 소설집이 독자에게 전하는 메시지도 이와 연동한다. 김의경 소설의 캐릭터는 궁핍의 아이콘만으로 기능하지 않는다. 채무의 속박에도 불구하고 각자 추구하는 삶의 의미는 재발견될 수 있고, 그것은 우리가 타인에게 건네는 공감 나아가 사랑에 의해 이루어진다는 전언이 작품에 스며 있는 까닭이다. 머리말에 언급한 함께 점심을 먹었던 학생과의 만남. 그날의 대화를 통해 나는 그동안 몰랐던, 바꿔 말하면

관심조차 없었던 낯선 현실의 무게를 새롭게 인식하고 실감할 수 있었다. 이에 조응하여 김의경 소설은 나를 재차 추궁한다. 빚진 자들의 세계에서 당신은 어떻게 살 것인가. ■

작가의 말

이 책에 실린 소설들은 대부분 코로나를 거치면서 쓰고 발표한 글들이다. 한 편의 소설을 시작할 때마다 '이 소설을 완성하면 코로나가 끝나 있겠지' 생각했는데 팬데믹은 생각보다 더 오래 지속되었다.

팬데믹 기간 동안 노동과 거주에 대한 불안이 커졌다. 이사를 가야 하는 상황이 생기면 어쩌나, 일거리가 줄어들면 어떡하나 걱정했다. 하지만 팬데믹을 통과하는 동안 좀 더 오랜 시간 책상 앞에서 소설을 구상하고 쓰는 시간을 가질 수 있었다. 그 어느 때보다 글을 쓰고 싶다는 마음이 간절했고 하고 싶은 이야기가 솟아났다.

팬데믹을 견디는 마음으로 소설을 썼다. 팬데믹은 소설이 내게 큰 위안을 준다는 것을 새삼 깨닫게 해주었다. 이 마음을 오래도록 가져가고 싶다.

정성껏 원고를 살펴봐주신 김서해 편집자와 추천사와 해설을 주신 김이설 작가님과 허희 평론가께 감사드린다.

2024년 가을

김의경

수록 작품 발표 지면

순간접착제	《귀하의 노고에 감사드립니다》, 문학동네, 2023
시디팩토리	《실천문학》, 2020년 여름호
두리안의 맛	《코스트 베니핏》, 해냄, 2022
호캉스	《내일을 여는 작가》, 2022년 상반기호
유라TV	《당신의 떡볶이로부터》, 수오서재, 2020
주인집 딸	웹진 《비유》, 2021년 4월호
나비	《마이너스 스쿨》, 자음과모음, 2021
최애의 후배	《소설 목포》, 아르띠잔, 2023

두리안의 맛

1판 1쇄 발행 2024년 11월 19일

지은이 · 김의경
펴낸이 · 주연선

(주)은행나무
04035 서울특별시 마포구 양화로11길 54
전화 · 02)3143-0651~3 | 팩스 · 02)3143-0654
신고번호 · 제 1997—000168호(1997. 12. 12)
www.ehbook.co.kr
ehbook@ehbook.co.kr

ISBN 979-11-6737-491-2 (03810)

• 이 도서는 2024년도 한국문화예술위원회 아르코문학창작기금(문학창작산실) 사업에 선정되어 발간되었습니다.